O Códex dos Caçadores de Sombras

OBRAS DE CASSANDRA CLARE PUBLICADAS PELA

GALERA RECORD

Série OS INSTRUMENTOS MORTAIS
Cidade dos ossos
Cidade das cinzas
Cidade de vidro
Cidade dos anjos a caídos
Cidade das almas perdidas
Cidade do fogo celestial

Série AS PEÇAS INFERNAIS
Anjo mecânico
Príncipe mecânico
Princesa mecânica

Série OS ARTIFÍCIOS DAS TREVAS
Dama da meia-noite
Senhor das sombras
Rainha do ar e da escuridão

Série AS MALDIÇÕES ANCESTRAIS
Os pergaminhos vermelhos da magia
O Livro Branco perdido

Série AS ÚLTIMAS HORAS
Corrente de ouro
Corrente de ferro
Corrente de espinhos

O códex dos Caçadores de Sombras
As crônicas de Bane
Uma história de notáveis Caçadores de Sombras e seres do Submundo
contada na linguagem das flores
Contos da Academia dos Caçadores de Sombras
Fantasma do Mercado das Sombras

O Códex dos Caçadores de Sombras

Registro dos
Caminhos e Leis dos Nephilim,
dos Escolhidos do Anjo Raziel

Compilado por
CASSANDRA CLARE
e JOSHUA LEWIS

Tradução de
RITA SUSSEKIND

Vigésima sétima edição, 1990

Primeira revisão, 2002

Alicante, Idris

Segunda Revisão, 2007.

Clary Fray, Brooklyn, NY, EUA

Terceira Revisão, 2007, Simon Lewis, Livro Roubado de Clary

Enquanto Ela Tenta Estudar, Funkytown, EUA

Quarta Revisão, 2007, Jace Wayland

Devolve o Livro a Clary e Encara Simon, EUA

13ª edição
— Galera —

RIO DE JANEIRO

2023

CIP-BRASIL. CATALOGAÇÃO NA FONTE
SINDICATO NACIONAL DOS EDITORES DE LIVROS, RJ

C541c
13ª. ed.   Clare, Cassandra
O Códex dos caçadores de sombras / Cassandra Clare, Joshua Lewis; ilustração Cliff Nielsen... [et al.]; tradução Rita Sussekind. – 13ª. ed. - Rio de Janeiro: Galera Record, 2023.
il.

Tradução de: The Shadowhunter's Codex
ISBN 978-85-01-40395-7

1. Ficção americana. I. Lewis, Joshua. II. Sussekind, Rita. III. Título.

13-06775

CDD: 813
CDU: 821.111(73)-3

Título original em inglês:
The Shadowhunter's Codex

Publicado mediante acordo com o autor,
c/o BAROR INTERNATIONAL, INC., Armonk, New York, U.S.A.

Texto revisado segundo o novo Acordo Ortográfico da Língua Portuguesa.

Adaptação de layout de capa e composição de miolo: Renata Vidal da Cunha

Direitos exclusivos de publicação em língua portuguesa somente para o Brasil adquiridos pela
EDITORA RECORD LTDA.
Rua Argentina 171 - Rio de Janeiro, RJ - 20921-380 - Tel.: (21) 2585-2000,
que se reserva a propriedade literária desta tradução.

Impresso no Brasil

ISBN 978-85-01-40395-7

Seja um leitor preferencial Record.
Cadastre-se em www.record.com.br e receba
informações sobre nossos lançamentos e nossas promoções.

Atendimento e venda direta ao leitor
sac@record.com.br

EDITORA AFILIADA

Este livro foi impresso no Sistema Digital Instant
Duplex da Divisão Gráfica da Distribuidora Record.

SUMÁRIO

Bem-vindo e Parabéns. Você foi escolhido para se tornar um dos Nephilim. Em breve, se é que ainda não o fez, beberá do Cálice Mortal, ingerindo o sangue dos anjos, e se tornará um dos "Caçadores de Sombras", batizados com o nome do fundador da nossa ordem. Nosso eterno ofício é a batalha contra as forças sombrias que invadem nosso mundo. Também conservamos a paz no Mundo das Sombras — as sociedades ocultas da magia e as criaturas mágicas moldadas pelos demônios que combatemos — e o mantemos escondido do mundo mundano. E esta agora também é a *sua* obrigação. Você é protetor, defensor, cavaleiro errante em nome dos anjos. Será treinado para combater demônios, proteger mundanos e negociar com a complexa variedade de integrantes do Submundo — lobisomens, vampiros e afins — que encontrar. Sua vida será dedicada à busca do angelical contra o demoníaco. E quando morrer, será com glória.

Esta pode parecer uma descrição intimidante da vida dos Caçadores de Sombras, mas temos que enfatizar a sacralidade e a importância da nossa missão. Juntar-se aos Nephilim não é como se tornar um policial mundano, nem mesmo um soldado mundano. "Caçador de Sombras" não é *o que você faz*, e sim *quem você é*. Todos os aspectos da sua vida vão mudar para acomodar a missão divina para a qual foi escolhido.

Este Códex serve para assisti-lo na adaptação ao novo mundo em que foi lançado. A maioria dos Caçadores de Sombras nasce nesta vida, é criado e imerso nela constantemente, desde o nascimento, portanto, muitas coisas que são como uma segunda natureza para eles serão novidade para você. Você foi recrutado do universo mundano e, rapidamente, vai se deparar com coisas que são confusas e perigosas. Este livro foi feito especificamente para reduzir sua confusão e, de preferência, mantê-lo vivo por tempo suficiente para se tornar um Caçador de Sombras completo e atuante em seu Instituto local.

Não é necessário dizer que é contra a Lei compartilhar o Códex com qualquer pessoa que não seja um Caçador de Sombras ou mundano em processo de Ascensão (ver "Casamentos" página 187).

O QUE É UM CAÇADOR DE SOMBRAS?

Os Nephilim são os guerreiros escolhidos na Terra pelo Anjo Raziel. Somos escolhidos especificamente para controlar e combater a presença demoníaca no nosso mundo, tanto os demônios quanto todas as criaturas sobrenaturais que são fruto de sua presença entre nós. Há mil anos, Raziel nos concedeu as ferramentas para a execução desta tarefa. São elas:

— Os Instrumentos Mortais, através dos quais podemos conhecer a verdade, conversar com anjos e produzir mais dos nossos;

— Idris, o país onde podemos viver em segurança, longe dos demônios e da vida mundana;

— O Livro de Raziel (ou Livro Gray), com o qual podemos usar a magia dos anjos para nos proteger e nos fortalecer.

Estes foram presentes dados por Raziel ao primeiro Nephilim, Jonathan Caçador de Sombras, e, em homenagem a ele, nos chamamos Caçadores de Sombras.

Tá, tá, tá. Vamos logo para a parte em que aprendo Kung fu.

SEM DÚVIDA, FOI CONVENIENTE ELE TER ESTE NOME. É UM BOM NOME PARA ELES.

O JURAMENTO DOS CAÇADORES DE SOMBRAS

Já houve muitas versões do juramento que é feito pelos novos Nephilim quando bebem do Cálice Mortal e se juntam aos nossos. A atual foi criada há pouco mais de cem anos, como parte das reformas instituídas no Mundo das Sombras naquela época. Ela substituiu uma versão mais antiga do juramento, cuja linguagem tinha um tom muito bélico e que focava essencialmente no fato de que os Caçadores de Sombras são bons em matar criaturas. Tradicionalmente, naqueles tempos o juramento era dito em uma das muitas línguas sagradas — latim, sânscrito, hebraico etc. — e, portanto, era tratado mais como uma formalidade a ser cumprida do que como palavras que precisavam ser ouvidas e consideradas.

Segue o juramento. Você deve decorá-lo. Quando se tornar Caçador de Sombras, deverá recitá-lo sem consulta. Muitos novos Caçadores de Sombras já reclamaram que este é um fardo desnecessário, e a isso respondemos que soldados meio angelicais que combatem as forças obscuras do mundo não devem se assustar com a missão de decorar uma centena de palavras.

Por meio deste, juro:

Serei a Espada de Raziel e a extensão do seu braço para combater o mal.
Serei o Cálice de Raziel e oferecerei meu sangue à nossa missão.
Serei o Espelho de Raziel; quando meus inimigos me virem, que enxerguem sua face na minha.

Por meio deste, prometo:

Servirei com a coragem dos anjos.
Servirei com a justiça dos anjos.
E servirei com a misericórdia dos anjos.

Até a morte, serei Nephilim. Comprometo-me neste Pacto como Nephilim e dedico minha vida e minha família à Clave de Idris.

Não é assim — existem milhões de leis às quais você está concordando em respeitar. Falam delas na parte de "neste Pacto".

O juramento não deveria ser mais longo?

NOMES DE CAÇADORES DE SOMBRAS

A maioria dos mundanos Ascendentes como você abre mão dos sobrenomes em favor da criação de um nome de Caçador de Sombras. Tradicionalmente, a maioria dos sobrenomes de Caçadores de Sombras é composto, como o próprio "Caçador de Sombras" — neste caso "caçador" + "sombra". O nome de Jonathan Caçador de Sombras obviamente não era "Caçador de Sombras" — tal coincidência seria quase inacreditável.

Essa coincidência: quase inacreditável. Um anjo de 18 metros aparecer para você: aparentemente plausível.

NM. minha reclamação foi antecipada. CÓDEX 1 x 0 EU.

Como Jonathan Caçador de Sombras se chamava, antes de ser o primeiro Nephilim criado por Raziel, se perdeu na história; não sabemos nem qual é o seu país de origem. Ele recebeu de Raziel o nome Caçador de Sombras (frequentemente escrito com hífens, Caçador-de-Sombras, nos primórdios da história) como um símbolo de sua transformação. De acordo com as muitas versões da história, Raziel disse a Jonathan: "Concedo-lhe a luz e o fogo dos anjos para iluminar seu caminho na escuridão a fim de que você e seus companheiros sejam Caçadores das Sombras."

Parece com He-Man e os Mestres do Universo.

Não parece, não.

Espere até conhecer Jonathan Mestre do Universo.

Há certa poesia na seleção de um sobrenome de Caçador de Sombras; apenas combinar duas palavras não é o suficiente. Seu nome deve refletir algo da sua personalidade, da sua origem ou do que você pretende ser. Para incentivar que tenha ideias próprias, oferecemos uma lista de palavras adequadas que podem ser combinadas para criar sobrenomes. Escolha duas e junte-as. Normalmente elas soam melhor em uma ordem do que em outra.

OBSERVAÇÃO: UTILIZE SEU BOM-SENSO. Seu nome deve ser aprovado por quem avaliar sua petição para Ascender. Não tente escolher Dragonrider, Firedance ou Elfstar. Os Nephilim devem ser discretos. Obviamente também se deve evitar coisas como Hammerfist ou Bloodsteel.

ALDER	GOLD	SCAR
APPLE	GRAY	SHADE
ASH	GREEN	SHADOW
ASPEN	HALLOW	SILVER
BAY	HAWK	STAIR
BEAR	HEAD	STARK
BLACK	HEART	STORM
BLOOD	HERON	THRUSH
BLUE	HOOD	TOWER
BOW	HUNTER	TREE
BRANDY	KEY	WAIN
BROWN	LAND	WALKER
BULL	LIGHT	WATER
CAR	MAPLE	WAY
CART	MARK	WEATHER
CHERRY	MERRY	WELL
CHILD	NIGHT	WHEEL
COCK	OWL	WHITE
CROSS	PEN	WINE
DOVE	PINE	WOLF
EARTH	RAVEN	WOOD
FAIR	RED	WRIGHT
FISH	ROSE	YOUNG
FOX	SCALE	

Qual é o seu nome de Caçador de Sombras?

Fairchild.

Não acredito que você realmente escreveu isso.

Com certeza STORMWEATHER ou NIGHTRAVEN – que tal?

BLOODSUCKER é perfeito.

Sem graça, cara

GLOSSÁRIO DOS CAÇADORES DE SOMBRAS

Não deveria ser "glossarium"?

O mundo no qual está você entrando é secreto. É mantido em segredo da maioria dos mundanos, que nem sequer sabem da existência dos nossos, quanto mais da variedade de ~~monstros~~ *belos indivíduos* entre os quais somos os encarregados da manutenção da paz. Naturalmente, os habitantes desse mundo devem fazer referências comuns a lugares e coisas que você ainda não conhece. Por isso oferecemos este pequeno guia com alguns dos termos mais recorrentes, que serão mais explorados nos capítulos subsequentes. *Ah, graças a Deus.*

PESSOAS E LUGARES

Somos chamados de *Nephilim* ou *Caçadores de Sombras*. Somos filhos de humanos e *anjos*; o Anjo *Raziel* nos concedeu nosso poder.

Oi.

Não conheço você, nem posso adivinhar quem você é. Mas já acabei de estudar o Códex e acho que é hora de passá-lo adiante.

Tudo bem, escrevi um monte de coisas nele. E... desenhei também. Mas acho que é melhor do que um Códex novo, pois corrigi algumas coisas e acrescentei outras que acho mais verdadeiras, com menos coisas políticas que a Clave insere para passar uma boa imagem de si.

Então ele é seu agora. Não importa quem você seja. Se precisar encontrar isto, encontrará.

Enfim, seja bem-vindo. Este é o Códex. Sempre achei que fosse um incrível exemplar de sabedoria, porém é mais um manual militar de campo — como você ensina alguém a ser Caçador de Sombras quando já está sendo perseguido por demônios. Sendo assim, não sou a leitora usual.
Por sorte, Jace também acrescentou algumas observações. Aliás, ele está levando meu treinamento um pouco a sério demais. Acho que é porque todo mundo pensa que estamos fingindo treinar, mas, na verdade, estamos nos agarrando. Como é o Jace, ele tem que provar que estão todos errados. Logo, o treinamento é de verdade. E por essa

razão estou escrevendo esta carta com uma bolsa de gelo no quadril, diga-se de passagem.

Simon apareceu para anunciar que o Códex parece um manual de Dungeons & Dragons. "Tipo, sabe, ensina as regras. Vampiros são vulneráveis... ao fogo! Eles mordem com suas presas malignas e o dano é de 2d10!", e agora está fazendo cara de predador para mim. Ele está meio parecido com um hamster. Sério, eu amo Simon, mas ele é o pior vampiro do mundo.

Simon, você não precisa fazer
presas falsas com
os dedos.
Você tem
presas de
verdade.

<u>Por que as pessoas se tornam Caçadoras de Sombras, por Magnus Bane</u>

Esta coisa de Códex é uma bobagem. Os membros do Submundo falam sobre o Códex como se fosse um grande segredo cheio de conhecimentos esotéricos, mas na verdade é um manual de escotismo.

Um dos tópicos que misteriosamente não é abordado é *por que* as pessoas se tornam Caçadoras de Sombras. E você precisa saber que o fazem por muitas razões estúpidas.

Então segue um adendo ao seu exemplar.

Saudações, jovem que aspira se tornar Caçador de Sombras — ou que, talvez, já seja tecnicamente um deles. Não me lembro se primeiro você bebe do Cálice ou recebe o livro. Seja como for, meus parabéns. Você acaba de ser recrutado pela Polícia dos Monstros. Talvez esteja perguntando-se: por quê? *Por que, dentre todos os mundanos que existem por aí, eu fui selecionado e convidado para este clube exclusivo que consiste essencialmente, pelo menos sob a perspectiva histórica, de psicopatas assassinos?*

<u>Possíveis razões:</u>
1. Você tem um coração forte, grande determinação e corpo adequado.
2. Você tem um corpo forte, determinação adequada e coração grande.
3. Caçadores de Sombras locais estão ironicamente te punindo ao fazer com que se junte a eles.
4. Você foi recrutado por um Instituto local para se juntar aos Nephilim como um castigo irônico pelos seus maus-tratos aos integrantes do Submundo.
5. Sua casa, cidade ou nação encontra-se sob o cerco de demônios.
6. Sua casa, cidade ou nação encontra-se sob o cerco de rebeldes do Submundo.
7. Você estava no lugar errado, na hora errada.

8. Você sabe demais e teve que ser recrutado, pois o Mundo das Sombras já não é segredo para você.

9. Você sabe muito pouco; seria útil para os Caçadores de Sombras se soubesse um pouco mais.

10. Você sabe exatamente o que deve saber, o que o torna um recrutado natural.

11. Você tem resistência natural a feitiços de disfarce e teve que ser recrutado para ficar quieto e receber algumas proteções básicas.

12. Você já tem um nome composto e convenceu alguém importante de que sua família é de Caçadores de Sombras e a linhagem foi enfraquecida por gerações de descendentes ruins.

13. Você teve um caso tórrido com algum membro do Conselho Nephilim e agora ele está tentando encobrir os próprios rastros.

14. Caçadores de Sombras estão preocupados com a ameaça de não serem orgulhosos e condescendentes o bastante e o recrutaram para obterem uma injeção um tanto necessária de orgulho condescendente.

15. Você foi mordido por um Caçador de Sombras radioativo e recebeu a força e a velocidade proporcionais de um Caçador de Sombras.

16. Um homem grande e barbudo apareceu em uma moto voadora para levá-lo à escola de Caçadores de Sombras (observação: a presença de uma moto voadora sugere que o barbudo seja um vampiro).

17. Sua mãe vive escondida do seu pai malvado, e você descobriu que é Caçador de Sombras há poucas semanas.

Isso mesmo. Dezessete razões. Pois foi o quanto eu consegui pensar. Agora vá, Caçadorzinho de Sombras, e aprenda a assassinar coisas. E seja gentil com o povo do Submundo.

Nossa missão primordial é eliminar *demônios*, que vêm em uma ampla variedade de espécies e formas. Também visamos manter a paz entre diversas populações de semi-humanos, conhecidos como *Integrantes do Submundo*. Estes grupos são os *licantropes, vampiros, fadas e feiticeiros*. Presidimos um tratado, conhecido como os *Acordos*, que determina como nós e todos estes grupos devemos interagir, além de estabelecer os direitos, responsabilidades e restrições de cada grupo. Os Acordos são revisados e assinados a cada 15 anos por representantes dos Nephilim e de todos os povos do Submundo.

Temos nosso próprio país secreto, que fica escondido no centro da Europa e é conhecido como *Idris*. A capital — aliás, a única cidade — se chama *Alicante*, e é onde se encontra o Conselho e acontecem as reuniões da Clave (ver abaixo).

A maioria dos Caçadores de Sombras passa os anos da juventude sendo guerreiros. As exceções são os integrantes das duas ordens monásticas, os *Irmãos do Silêncio* e as *Irmãs de Ferro*. Os Irmãos atuam como nossos guardiões do conhecimento e da erudição: são nossos bibliotecários, pesquisadores e médicos. Vivem na *Cidade do Silêncio*, um lugar nas profundezas, cujos muitos níveis são secretos até mesmo para Caçadores de Sombras normais. As Irmãs desenham e forjam nossas armas; são as guardiãs do *adamas*, o metal sagrado que Raziel nos deu. Vivem na *Cidadela Adamant*, que é mais secreta que a Cidade do Silêncio, exceto por uma câmara solitária de recepção na qual só as Irmãs de Ferro podem entrar.

Obsessão por segredo? Só um pouquinho?

CLAVE, CONSELHO, CÔNSUL, PACTO

A *Clave* é o nome coletivo do corpo político composto por todos os Nephilim ativos. Todos os Caçadores de Sombras que reconhecem a autoridade de Idris — e deveriam ser todos que continuam a ser Caçadores de Sombras — compõem a Clave. Quando os Caçadores de Sombras se tornam adultos, aos 18 anos, declaram sua lealdade à Clave e se tornam membros plenos da mesma, com o direito de contribuir em qualquer problema discutido pela Clave. Ela guarda e interpreta a Lei, além de tomar decisões sobre a conduta dos Nephilim ao longo da história enquanto esta se desenrola. *E se você não declarar lealdade?*

Grupos de Caçadores de Sombras menores e mais regionais — *Isso se chama "abandono" os Caçadores de Sombra. Será abordado mais tard*

por exemplo, os Caçadores de um país específico ou, às vezes, uma cidade particularmente grande — se reúnem no que chamamos de Enclaves em quase todo o mundo, e Conclaves nas Américas e na Austrália. Estes grupos regionais coordenam as próprias estruturas de organização e tomadas de decisões conforme considerem adequado, apesar de a Clave como um todo ser responsável pela indicação dos Caçadores de Sombras que dirigem cada Instituto. A Clave pode interceder em casos onde um Enclave ou Conclave seja organizado de forma a contradizer o espírito dos Nephilim como um todo (por exemplo, em situações onde algum Caçador de Sombras tenha tentado obter poder ditatorial sobre os Integrantes do Submundo próximo, como no notório culto de personalidade e sacrifício humano declarado por Hezekiah Short, nas ruínas maias do sudeste do México, em 1930).

O termo "Clave" vem do latim *clavis*, que significa "chave", e sua utilização em termos como "Enclave" e "Conclave" se refere abstratamente à ideia de uma assembleia "sob tranca e chave" — isto é, que se reúne em segredo. A Clave é, por assim dizer, o grande segredo dos Nephilim; com o Cálice Mortal como chave é que se obtém entrada para suas câmaras.

O *Conselho* é o corpo que governa a Clave. Outrora havia poucos Caçadores de Sombras no mundo, de modo que, em assuntos importantes, toda a Clave opinava, mas centenas de anos já se passaram desde então. O Conselho, contudo, representa a Clave maior e detém o poder de chamar qualquer Caçador de Sombras a Idris em qualquer época. Hoje, os Enclaves locais escolhem representantes para o Conselho, que lida com questões de importância imediata e que não são amplas o bastante para envolver a Clave. Enclaves podem decidir por conta própria como escolher os seus representantes no Conselho. Na maioria das vezes, isso é feito com um simples voto ou com o líder do Conclave apontando um delegado; às vezes, a própria figura líder do Conclave vai para o Conselho. Algumas regiões têm maneiras mais criativas de escolher um representante. Por exemplo, na França do século XVIII, comandada pelo Rei Sol, o delegado do Conselho foi escolhido em uma competição de dança. O Enclave de São Petersburgo até hoje faz um grande torneio anual de xadrez; o candidato que mais perde é apontado como representante do Conselho.

O *Cônsul* é a autoridade mais alta da Clave. É mais como uma espécie de primeiro-ministro do que um rei ou presidente; ele detém pouco poder executivo, mas preside o Conselho, apura os votos e ajuda a interpretar a Lei para a Clave. Também atua como um conselheiro do Inquisidor e deve ser um mentor dos líderes dos Institutos. Sua única verdadeira fonte de poder direto é a autoridade de convocar sessões do Conselho e julgar disputas entre Caçadores de Sombras. Os Nephilim não possuem noções mundanas incivilizadas como partidos políticos; o Cônsul é eleito pelo Conselho e, como a maioria dos primeiros-ministros, pode ser exonerado do cargo por um voto de não confiança.

O que amarra todas estas entidades é o *Pacto*, outro nome para a Lei Nephilim. Ele dita as regras de conduta para Caçadores de Sombras e Integrantes do Submundo; é por direito do Pacto que os Nephilim impõem suas leis aos habitantes do Submundo (já houve tempos e lugares em que a Lei foi mantida por força, mais do que pelo Pacto, entretanto felizmente hoje vivemos em tempos mais esclarecidos). O Pacto protege os direitos dos Caçadores de Sombras de impor relações civilizadas entre a Clave, o Submundo e o mundo mundano, e também protege os direitos dos membros do Submundo, para que não sejam maltratados por Caçadores de Sombras.

É o Pacto que também garante que o Mundo das Sombras permaneça oculto dos mundanos. Os Nephilim são obrigados pelo Pacto a jamais revelarem a um mundano a verdade sobre o mundo, a não ser que não possa evitar tal revelação de jeito nenhum. Todos os integrantes do Submundo que assinaram os Acordos concordam com isso. Os demônios são a grande força imprevisível que pode impedir que o Mundo das Sombras continue a ser um segredo, mas até agora eles decidiram que, para eles, a prudência também é melhor.

Esta descrição faz o Pacto parecer simples, mas seu texto contém mais ou menos todo o sistema jurídico dos Caçadores de Sombras, especificando não apenas o código penal acordado pelos Nephilim e pelas diversas comunidades do Submundo, mas também a forma como ele deve ser executado, como devem ser feitos os julgamentos, e assim por diante. Isto significa que tanto Caçadores de Sombras quanto membros do Submundo devem consultar o Pacto para reclamar algum direito específico. Por exemplo, Caçadores de Sombras podem jurar pelo Pacto que vão manter confidenciais as informações que forem compartilhadas em uma investigação.

O Pacto é muito anterior aos Acordos; estes podem ser vistos como uma espécie de Declaração dos Direitos, emendas ao Pacto que devem ser encaradas como lei local por todos do Mundo das Sombras.

QUESTÕES PARA DISCUSSÃO E COISAS A SE TENTAR

1. O que você percebe nas palavras que são utilizadas para formar os nomes dos Caçadores de Sombras? O que elas têm em comum? O que isto diz sobre a identidade dos Caçadores de Sombras e o que os nomes de família devem representar?

   SIMON NIGHTRAVEN NÃO PRECISA DE QUESTÕES PARA DISCUSSÃO.

   Este livro não é seu, Simon. Você TAMBÉM NÃO PRECISA DE QUESTÕES PARA DISCUSSÃO, CLARY HORSEPHONE.

2. Você sabe quem é seu representante local no Conselho? Sabe quem coordena seus Institutos locais? Descubra!

   Sim. Sim. Certo.

   QUEM

   Não foi essa a pergunta!

   VENHA FALAR COMIGO

3. Tente: apresentar-se a um Irmão do Silêncio! A aparência deles pode ser intimidante, mas você descobrirá que são amigáveis e pacientes (Observação: por enquanto não tente se apresentar a uma Irmã de Ferro).

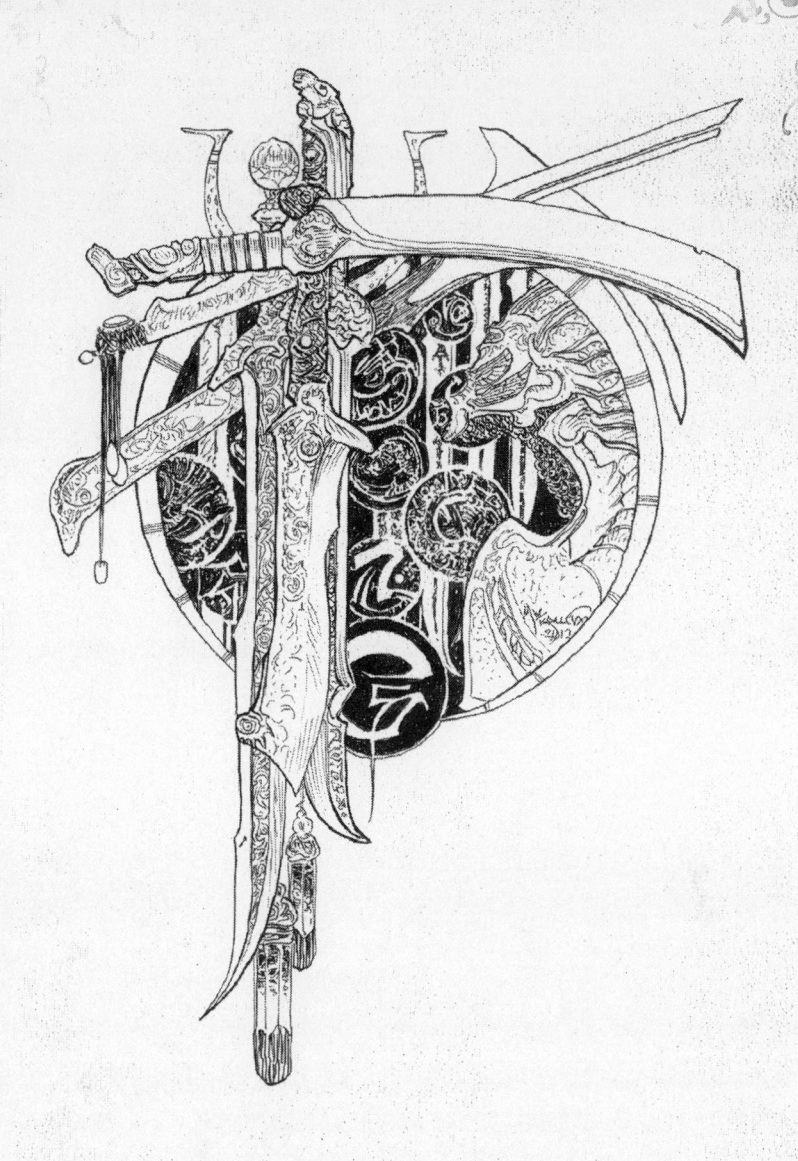

CAPÍTULO UM

TESOURO

—— ARMAS ——

ESCOLHENDO UMA ARMA

Caçadores de Sombras não utilizam armas de fogo, e, normalmente, nós lutamos em combate próximo. Além disso, é comum lutarmos em confrontos curtos e improvisados, em vez de batalhas planejadas. Assim sendo, os armamentos básicos dos Caçadores de Sombras são aqueles que os humanos usam há milhares de anos. Cada um deles possui uma infinidade de variações, e você terá que adequar seu treinamento às especificidades da sua localidade. Aqui vamos nos aventurar a expor as categorias de armas e discutir os prós e contras de cada uma.

Você deve planejar adquirir rapidamente uma competência básica em cada uma dessas categorias. Lembre-se de que demônios são infinitos em tipo e variedade; um Caçador de Sombras nunca sabe quando poderá enfrentar algum inimigo contra o qual a arma escolhida é totalmente inútil. No entanto, você também deve pensar no tipo de arma que pode escolher para se especializar. Alguns preferem a espada, enquanto outros têm dom natural para o arco e flecha. Encontrar a interseção do interesse com o talento é um dos grandes objetivos do treinamento inicial.

Qualquer Instituto decentemente equipado deve possuir uma seleção de todas as armas aqui mencionadas, além de outras ferramentas básicas úteis ao combate, tais como: fios de prata, ouro e/ou electrum; estacas de carvalho e freixo; amuletos de proteção; símbolos sagrados de grandes

religiões do mundo; implementos básicos de magia (giz, limalha de ferro, pequeno frasco de sangue animal etc.). Um grande Instituto bem equipado de fato pode incluir itens especiais como espadas de chumbo, trompetes sagrados, aduelas de osso etc., dependendo da localização.

Você sabia?

Armas de Caçadores de Sombras são Marcadas com símbolos. Ao passo que apenas as lâminas serafim podem causar danos permanentes a demônios, Marcas angelicais em outras armas vão, no mínimo, retardar a recuperação de um ferimento em um demônio. Sem estas Marcas, os demônios facilmente superam os efeitos de nossas armas físicas.

ESPADAS

Espadas são lâminas de cabos longos utilizadas para ferir tanto com perfuração quanto com cortes. As variações vão de leves e flexíveis, que podem ser empunhadas em uma das mãos, tais como a rapieira, a lâminas pesadas, como a antiga espada escocesa, que exige duas mãos e cuja lâmina pode ser maior que uma pessoa. E estão incluídas mais ou menos todas as variações entre estas duas. Normalmente, os Caçadores de Sombras preferem velocidade e agilidade no combate, por isso, a maioria dos Nephilim que prefere a espada se especializa nas menores, que exigem apenas uma das mãos. Há exceções, é claro. Note que se você nunca empunhou uma espada, pode se surpreender com a rapidez com que seu braço vai se cansar, mesmo utilizando uma lâmina leve. Se for este o seu caso, pode começar o treino pela simples prática de segurar uma espada à frente do corpo, paralela ao chão, por um tempo. Estará pronto para começar verdadeiramente o treinamento de combate quando conseguir manter a espada firme por trinta minutos.

FACAS E ADAGAS

Estas lâminas menores são menos cansativas de serem manejadas, e frequentemente são utilizadas duas simultaneamente. A consequência, claro, é que elas têm um alcance mais curto que uma espada e exigem que você se posicione mais próximo ao inimigo. Também são mais fáceis de esconder que uma espada. Lâminas serafim normalmente são manejadas com técnicas associadas a lutas de adaga, então você terá que se especializar nestas armas de qualquer jeito. *Obrigada, Códex,*
porque eu não sabia o que era uma faca.

Você também pode aprender a atirar facas e adagas, mas é uma habilidade muito difícil de ser obtida, e adagas normalmente são mais caras e mais difíceis de produzir do que flechas, considerando que podem ser perdidas após uma única utilização. Mesmo assim, Caçadores de Sombras visam a habilidade de lançar facas por sua natureza exibicionista. *HAHA JACE LANÇA FACAS PORQUE É EXIBIDO.*

Todo mundo já teve 14 anos. Você também teria aprendido se pudesse.

BASTÕES, MACHADOS, MARTELOS ETC. *TOUCHÉ, SEJA QUAL FOR SEU SOBRENOME.*

Aqueles que não buscam sutileza nos combates podem considerar a especialização em uma arma nestas categorias; através delas, o inimigo é simplesmente golpeado por um bloco de metal pesado e possivelmente afiado. Você vai se deparar com algumas criaturas que não podem ser derrotadas pela aplicação de um trauma suficientemente forte. A maior vantagem destas armas é que, apesar de ser possível aprender a ter *finesse* na sua empunhadura, elas costumam ser eficientes mesmo quando falta tal *finesse*. A pessoa só precisa de força bruta e de espaço. *AH, POR FAVOR, POR FAVOR, POR FAVOR, CLARY.*
GAROTINHA PEQUENA COM UM MARTELO GIGANTE! TOTALMENTE ANIME!

As grandes desvantagens destas armas são que, em primeiro lugar, é difícil escondê-las e é preciso que a pele do inimigo seja mais fraca que o material da mesma, o que normalmente acontece com membros do Submundo, mas não com demônios.

Maças e estrelas da manhã, nos quais os pedaços pesados de metal mencionados anteriormente são presos a cabos por uma corrente e consequentemente podem ser manejados para intensificar

Na vida real, uma garotinha pequena com um martelo gigante tem antebraços gigantes.

o impulso, acrescentam força a seus golpes em troca de um risco maior de você ferir a si mesmo ou a quem estiver ao seu lado.

HASTES, PIQUES, LANÇAS E LANCETAS

Existem quase tantas variações destas quanto sempre existiram exércitos humanos na história, mas todas têm a mesma estrutura básica: uma lâmina afiada na ponta de um longo bastão rijo. Tradicionalmente, eram utilizadas em guerras mundanas para oferecer ao combatente um alcance mais longo que o normal — o que pode ser útil num ataque contra a cavalaria (ou lagartos gigantes, no caso de alguns demônios), um demônio cheio de tentáculos, um demônio com membros absurdamente longos, e assim por diante. Hoje, no entanto, lutar em cavalaria é obsoleto, e o incômodo de carregar uma haste afiada de 1,80m raramente vale o esforço. Provavelmente você verá Caçadores de Sombras portando-as como armas cerimoniais; provavelmente também descobrirá que eles possuem outras armas para serem empunhadas caso um combate ecloda.

ARCOS E BESTAS

Estas são as armas de Caçadores de Sombras para lutas de longo alcance. São leves e fáceis de carregar, e você pode levar grande quantidade de flechas sem muito trabalho. Caçadores de Sombras costumam ter flechas com pontas de diferentes materiais, úteis para combater diferentes tipos de criaturas (recomendamos penas de cores distintas para facilitar a identificação).

Como as lutas de espada, o tiro com arco é complexo e difícil, e você terá que treinar diligentemente para conseguir colocar esta habilidade em prática. Caçadores de Sombras quase nunca disparam flechas de uma posição estável e entrincheirada, como alguém defendendo um castelo de uma invasão. Imagine ter que armar, mirar e disparar a flecha no meio de um caos completo. Não espere que seu instrutor permita que leve seu arco para o combate até que você tenha demonstrado grande habilidade.

ARMAS IMPROVISADAS

Os Nephilim são treinados para utilizar armas, e nossas armas representam uma parte vital dos nossos métodos de combate. Contudo, é sempre importante lembrar que um Caçador de Sombras sem armas não está perdido. A luta contra demônios é desesperada, e armas podem ser improvisadas a partir do ambiente — um galho de árvore, um pedaço de ferro, um punhado de pedras arremessado na cara de um inimigo. E o Caçador de Sombras deve sempre ter em mente que o próprio corpo é uma arma. Eles são treinados para serem mais velozes e fortes que os mundanos, e no pânico da batalha devem sempre se lembrar da própria força e utilizá-la. Uma arma não vence uma batalha; quem o faz é o Nephilim que a empunha.

ARMAS EXÓTICAS

Existem, claro, tantas armas diferentes e exóticas quanto há culturas humanas, e talvez você descubra que seus Nephilim locais possuem algumas especialidades de combate fora do comum. Chicotes, bengalas-espada, armas obscuras de artes marciais tradicionais, objetos domésticos modificados para servirem também como lâminas, e assim por diante. Estas armas "especializadas" mais raras não são proibidas e nem desencorajadas. De fato, um Caçador de Sombras tende a ser mais eficiente com uma arma com a qual tenha afinidade do que com alguma que seja forçada pelos protocolos de treinamento.

Duas armas exóticas específicas merecem uma observação aqui, uma angelical e outra demoníaca.

A *aegis* é uma adaga que foi fervida e temperada com sangue de anjo. Ela é incrivelmente rara, como se pode imaginar, considerando que não é fácil obter sangue angelical.

Existem pouquíssimas lâminas destas nas mãos de Caçadores de Sombras; elas são guardadas pelas Irmãs de Ferro e não são permitidas em um Instituto. Podem ser solicitadas no arsenal, mas quem o fizer deve ter um motivo muito bom para isso. As Irmãs de Ferro não costumam entregá-las alegremente.

A *athame* é uma adaga cerimonial de dois gumes, normalmente com um cabo preto e símbolos demoníacos marcados. É utilizada em rituais de invocação de demônios para extrair o sangue ou desenhar linhas de força mágica, e somente é utilizada em rituais. A arma perde o poder se for levada para o combate. É uma das quatro ferramentas elementares da religião neopagã Wicca; como tal, existem muitas *athames* falsas por aí. Os feiticeiros obviamente percebem a diferença a olho nu, mas os mundanos não. Às vezes, isso pode levar um mundano a possuir acidentalmente uma *athame* legítima, o que é um perigo.

LÂMINAS SERAFIM

Existe uma lenda sobre a primeira lâmina serafim que pode ou não ser verdadeira. A lenda data dos primórdios das Irmãs de Ferro, quando elas eram poucas e a Cidadela Adamant consistia meramente de uma fornalha de *adamas* e algumas barreiras protetoras. Naqueles tempos, as trilhas do mundo mundano para as planícies vulcânicas da Cidadela não eram tão escondidas e protegidas como agora, e diz-se que um demônio, um Dragão — pois na época os Demônios Dragão não estavam quase extintos —, foi parar na Cidadela. Naquele momento havia apenas uma única Irmã trabalhando na forja, e ela foi flagrada desprevenida e desarmada, pois tinha confiado na impossibilidade de a estação das Irmãs ser encontrada pelo inimigo.

Risonho e ameaçador, o Dragão passou pela lava como se saltitasse sobre riachos rasos. Apavorada, a Irmã procurou uma arma em volta, mas tudo que tinha eram pedaços irregulares de *adamas*, recentemente extraídos do metal bruto, que esperavam para ser lapidadas. Ela pegou um dos pedaços e o segurou entre si e o Dragão que se aproximava como uma lanceira se preparando para o ataque.

Sua mão tremeu; ela temeu não pela própria vida, mas pela continuidade da existência das Irmãs de Ferro: se demônios conseguiam chegar ali, certamente dominariam a Cidadela em breve.

Apavorada, ela rezou para as forças do bem. Quando o Dragão estava próximo, a Irmã chamou em voz alta o nome de Miguel, assassino de Samael, general do exército do Céu. Imediatamente, o pedaço de *adama* se iluminou, azul e brilhante com o fogo celeste. A mão da Irmã queimou onde a segurava, mas com toda a sua força ela manejou a lança artesanal e perfurou o Dragão na carne frágil sob a mandíbula. Ela esperava ferir a criatura, nada mais — talvez lhe desse tempo para fugir.

Em vez disso, a lança de *adamas* atravessou o pescoço do Dragão como se cortasse papel, e, em volta da arma, brilharam chamas de fogo serafim. O Dragão gritou e ardeu, e, enquanto a Irmã observava, o demônio cambaleou para longe dela, ferido de uma forma como ela nunca vira. Pelo fosso de lava que cercava a Fornalha Adamant, o Dragão sucumbiu, tombou no chão e queimou por uma hora.

A Irmã caiu de joelhos, exausta, e assistiu a carcaça do Dragão desaparecer lentamente do mundo. Ela poderia ter descansado depois — ninguém a culparia —, mas era uma Irmã de Ferro, e, quando as outras Irmãs a encontraram algumas horas mais tarde, ela já havia deduzido a natureza do poder que tinha descoberto e desenhado em velino os primeiros projetos para a lâmina serafim.

Irmãs de Ferro: surpreendentemente incríveis

Hoje as lâminas serafim, ou lâminas angelicais, são armas fundamentais para os Caçadores de Sombras. Claras como vidro, normalmente têm dois gumes e cerca de 60 centímetros. Por serem feitas de *adamas*, elas são incrivelmente afiadas e duram indefinidamente. Portanto, são armas potentes contra quaisquer inimigos. Seu verdadeiro poder, no entanto, é revelado quando são batizadas — quando um Caçador de Sombras as segura e invoca o nome de um anjo. O espírito do referido anjo então passa a habitar a lâmina por um tempo, e a arma vai brilhar intensamente com o fogo sagrado, como a espada ardente do anjo que guarda o Jardim do Éden.

O fogo sagrado é muito potente contra os demônios. A maioria deles consegue se curar de ferimentos mundanos muito depressa, assim como os lobisomens e os vampiros. Nós Marcamos nossas armas mundanas (ver seções abaixo) para torná-las mais potentes, embora mesmo assim o máximo que conseguimos é machucar demônios o suficiente para que tenham que recuar para lamber as feridas, por assim dizer. Somente as lâminas serafim são capazes de provocar danos permanentes a um demônio, de modo que este precisa se recolher para se curar de forma mais significativa e duradoura, ou voltar para o Vazio e se corrigir.

Após um tempo, o poder de uma lâmina serafim ativada se esgota, e esta terá que ser renovada pelas Irmãs de Ferro para que possa voltar a ser utilizada. Lâminas serafim esgotadas podem ser levadas à sala de armas do seu Instituto local para serem recicladas regularmente.

As Irmãs de ferro também são incríveis em termos de reciclagem!

Note que a lâmina serafim também é viável, porém absurdamente excessiva em uma luta contra um mundano. Membros do Submundo são feridos por estas lâminas mais ou menos da mesma forma que os demônios; a carne mundana perfurada por uma lâmina serafim vai pegar fogo, que pode consumir completamente o mundano em questão. A Clave declarou oficialmente que isto é "incrível".

Caçadores de Sombras não são queimados por lâminas serafim por causa de nosso sangue angelical, mas mesmo assim lâminas ativadas podem queimar a mão de quem as brandir, e você não deve tocar uma lâmina serafim até ter recebido a Marca do Poder Angelical (normalmente é colocada na base da garganta ou na parte interna de cada pulso). Um Caçador de Sombras perfurado por uma lâmina serafim *não* vai pegar fogo, mas é importante lembrar que lâminas serafim ainda são lâminas e podem matar um Caçador de Sombras por meios menos celestiais, como qualquer outra espada ou adaga.

Observação: a maioria dos Caçadores de Sombras acha que temos que nomear as lâminas serafim apenas porque Jonathan Caçador de Sombras achava importante fazer todos decorarem muitos nomes de anjos. Esse cara era demais.

Isso significa que você é ótimo em jogos de perguntas e respostas sobre anjos.

E também em palavras cruzadas com tema angelical.

MATERIAIS

Você encontrará armas fabricadas com todo tipo de materiais em seu Instituto local, selecionados por suas propriedades mágicas.

ADAMAS

Adamas é um metal celestial concedido aos Caçadores de Sombras pelo Anjo Raziel. O metal é branco-prateado, translúcido e brilha levemente (apesar de este brilho talvez ser invisível à luz do dia). Normalmente é liso ao toque, como o vidro, porém notoriamente mais morno e pesado. É a substância mais dura que os Nephilim conhecem, e não pode ser trabalhada por meios mundanos. As Irmãs de Ferro utilizam Marcas serafim desconhecidas a não Irmãs para moldar o metal; para fabricar armas e estelas com o mesmo, as Irmãs utilizam fornalhas cujo fogo vem do coração de um vulcão.

FERRO

Este elemento é tóxico para as fadas. Você verá com frequência o termo "ferro frio" se referindo a elas; quer dizer apenas o ferro regular. O termo "ferro frio" se refere ao fato de que é frio ao toque, fato que em determinada época foi creditado às suas propriedades mágicas. O ferro absorve encantos e bênçãos muito bem. Normalmente acredita-se que é a grande quantidade de ferro no sangue humano que provoca esta afinidade com encantos. Vale mencionar que o ferro meteórico, a liga de níquel-ferro que compõe muitos meteoros, é um condutor de energia mágica particularmente bom.

AÇO

Este tipo de liga de ferro normalmente *não* é tóxico para as fadas. É a pureza do ferro que o faz ter poder sobre as fadas. O aço, no entanto, funciona muito bem com a ponta afiada, portanto, os Caçadores de Sombras normalmente passam um bom tempo treinando com armas de aço para aprender a perfurar um demônio.

PRATA

A prata é um metal com o qual todos os Nephilim estão intimamente familiarizados. Utilizar uma arma de prata é uma das únicas formas de ferir permanentemente um licantrope, capaz de se curar de ferimentos causados por quaisquer outros materiais. O elemento é tóxico para vampiros e faz com que sintam dor, enxaqueca, náusea e por aí vai, mas não os mata. A prata é um potente condutor de energia mágica, perdendo apenas para o ouro e o *adamas*, e por isso as fadas também utilizam uma grande quantidade dela em suas armas e armaduras, e também nas artes decorativas. Caçadores de Sombras possuem a ingrata tarefa de aprender a utilizar tanto armas de prata quanto de aço, que diferem nitidamente em peso, e devem aprender a alterná-las muito rapidamente.

OURO

Este metal é venenoso para demônios. Também é um excelente condutor de energias mágicas, apesar de raramente ser utilizado na fabricação de armas ou ferramentas, pois, em sua forma bruta, é um dos metais mais moles e flexíveis. Curiosamente, possui associações muito positivas e muito negativas em rituais religiosos. Por um lado, sua raridade, resistência à corrosão e beleza o associam à alta estima, ao poder e à luz do Céu. Por outro, o preço e a escassez o tornam símbolo de cobiça e da profanação da riqueza material, em vez da sacralidade da riqueza espiritual. Portanto, encontra-se ouro em decorações religiosas poderosas e sagradas, mas também em alguns dos mais obscuros rituais demoníacos.

ELECTRUM

Electrum é uma liga de ouro e prata que pode ser encontrada naturalmente na terra. É conhecido e utilizado desde os tempos dos faraós do antigo Egito. Sua falta de pureza significa que raramente é utilizado em rituais específicos, mas é considerado um bom condutor de magia. Combina as habilidades místicas da prata e do ouro, com menos resistência que qualquer um dos referidos metais em estado de pureza, mas é muito menos caro que ouro puro e sem algumas de suas desvantagens.

COBRE

Este elemento é essencialmente utilizado como um potencializador de outros materiais. Acredita-se que ajuda a alinhar as qualidades dos outros metais com o portador, e é frequentemente utilizado de forma decorativa ou na confecção de cabos de armas de prata, por exemplo.

METAL DEMONÍACO

Metal demoníaco é um metal nobre (isto é, resistente à corrosão), e a crença é de que tenha origem no Vazio, pois não é encontrado naturalmente no nosso universo. Tem aparência escura, mas acredita-se que seja transparente, mas brilhe com poder demoníaco escuro. É como se fosse um equivalente demoníaco do *adamas*, pois provoca ferimentos que não são facilmente curáveis por Marcas angelicais e exigem mais cuidados médicos. Você vai descobrir que, às vezes, ele é utilizado para fabricar armas ou armaduras brandidas ou vestidas pelos próprios demônios. É incrivelmente raro encontrar este material nas mãos de integrantes do Submundo ou de humanos.

SORVEIRA-BRAVA

A europeia sorveira-brava há muito tempo é conhecida por ser dotada de propriedades mágicas. Na Europa, é utilizada para afastar espíritos e encantos malevolentes há milhares de anos. Estas propriedades, assim como a densidade e a resistência da árvore, tornaram-na uma escolha comum para bastões de druidas e outros sacerdotes, e é comumente utilizada na construção de Institutos e de flechas para Nephilim.

FREIXO

A madeira de Yggdrasil, a árvore mundial da mitologia nórdica, é tida como a fonte do chamado Licor da Poesia, a bebida mitológica que magicamente transformava quem a bebia em erudito. Tem propriedades semelhantes às da sorveira-brava, porém é de mais fácil manuseio. Também é frequentemente utilizada de forma semelhante ao ferro — acredita-se que tenha uma afinidade parecida com humanos (a mitologia nórdica também se refere a ela como a madeira com a qual o primeiro humano foi criado).

CARVALHO

O carvalho costuma ser considerado a "mais mundana" das madeiras, e por este simples fato ela atrai poder. Tem muita resistência e rigidez, e, portanto, é frequentemente o material de escolha para armas de madeira. Estacas para destruir vampiros, por exemplo, tradicionalmente são feitas de carvalho, que, acredita-se, ajuda a guiar a mão do portador para a fonte da magia demoníaca, visando eliminá-la. *Jace é considerado o melhor material para a fabricação de um Caçador de Sombras.*

ESTOU AO MESMO TEMPO ENOJADO E CONFUSO.

ÁGUA BENTA *Batman!*

Você provavelmente já conhece água benta. Aliás, a utilização de água benta como arma contra o mal é muito explorada em mitos e lendas. Água é a substância que, mais que qualquer outra, define e sustenta a vida no nosso mundo. Pode, por meio de um ritual, absorver algo angelical e tornar-se não apenas a água da vida, mas uma água sagrada. A água benta já se mostrou uma arma útil contra os poderes demoníacos: é absurdamente tóxica para demônios e vampiros. Pode ser utilizada para combater a incipiência da infecção vampiresca, para salvar alguém que tenha ingerido sangue de vampiro (ver Bestiário, Parte II, Capítulo 4, para mais detalhes). Fadas, por outro lado, suportam sua presença e contato, mas ficarão extremamente enfraquecidas e doentes se forem induzidas a bebê-la (é interessante notar que licantropes não são afetados de forma alguma pela água benta, assim como não são afetados por qualquer objeto religioso mundano).

Isso é de fato interessante! Perguntar a Luke.

Muitas religiões mundanas incluem esta noção de água santificada, e é com os homens e mulheres santos que os Nephilim obtêm quase toda a nossa água benta. Como parte das nossas relações com as religiões mundanas, mantemos laços com ordens monásticas ao redor do mundo. Uma das responsabilidades de uma dessas ordens é abençoar água e outros objetos para os Nephilim. As ordens ligadas aos Nephilim tendem a estar entre as ordens monásticas mais secretas, frequentemente aquelas com votos de silêncio, e as relações normalmente são mantidas por meio dos Irmãos do Silêncio e das Irmãs de Ferro.

A forma como coletamos, armazenamos e distribuímos toda esta água benta para os Institutos e para Idris é um problema fascinante de engenharia hidrodinâmica que não será contemplado neste texto. Aqueles que se interessarem mais pelo assunto podem visitar a Cidade do Silêncio, onde os Irmãos pesquisadores ficarão felizes em oferecer diversos tomos manuscritos que criaram e que especificam os processos, para que você possa ler em seu tempo de lazer.

Não precisa ser sarcástico, Códex.
Acho que está sendo sincero, para falar a verdade.
Uau.

ARMADURAS E OUTRAS FERRAMENTAS

Preto para caçar pela noite
Para a morte e o luto, a cor é o branco
Ouro para uma noiva com seu vestido
E vermelho para chamar o encanto.
Seda branca quando nossos corpos queimarem,
Bandeiras azuis quando os perdidos voltarem.
Chama para o nascimento de um Nephilim
E para lavar nossos pecados.
Cinza para conhecimentos que devem ser secretos,
Marfim para os que não chegam a envelhecer.
O açafrão ilumina a marcha da vitória,
Verde repara nossos corações partidos.
Prata para as torres demoníacas,
E bronze para invocar poderes incríveis.

— Antigo verso infantil Nephilim.

UNIFORME DE CAÇADORES DE SOMBRAS

O primeiro uniforme de um Caçador de Sombras, para a maioria deles, é algo marcante no processo de treinamento — é o instante em que começam a *parecer* com os outros Caçadores de Sombras. Quando você veste o uniforme, se torna parte de uma tradição, unindo-se a Caçadores de Sombras de centenas de anos; nosso uniforme permaneceu basicamente inalterado desde o advento das técnicas têxteis modernas.

O uniforme de guerra é fabricado com couro preto cuidadosamente processado, criado pelas Irmãs de Ferro na Cidadela, mais forte que qualquer couro mundano e capaz de proteger a pele contra a maioria dos venenos demoníacos ao mesmo tempo que permite movimentos livres e ágeis. Os Nephilim em patrulhas regulares ou excursões semelhantes podem decidir vestir apenas o uniforme básico, mas aqueles em preparação para a batalha frequentemente acrescentam luvas e caneleiras, tradicionalmente feitas de electrum (ver "Materiais", página 23). Tanto uniformes quanto acessórios como luvas geralmente são Marcados, tanto com símbolos de proteção e força quanto com outros mais decorativos. Eles podem incluir brasões de família, Marcas que comemoram batalhas, nomes de anjos invocados como protetores e por aí vai.

O uniforme padrão masculino e feminino dos Caçadores de Sombras inclui sapatos baixos simples e resistentes calças justas. Ao longo da maior parte da história dos Nephilim, os uniformes foram diferentes para homens e mulheres — os homens também usavam uma camisa justa e curta, e, às vezes, um casaco, ao passo que as mulheres usavam túnicas longas, até o joelho, com cinto. Esta túnica sempre foi uma escolha menos prática e, historicamente, era usada para manter os padrões de modéstia e decoro exigidos das mulheres que circulavam na sociedade mundana. Ao longo dos últimos cinquenta anos, mais ou menos, a utilização desta túnica diminuiu, favorecendo um uniforme mais unificado e unissex.

PROBLEMAS DA ARMADURA TRADICIONAL

Ao longo dos anos, muitos novos Caçadores de Sombras chegaram ao primeiro dia de treinamento trajando orgulhosamente a ancestral armadura de placas da família, como se fossem lutar a Guerra dos Cem Anos (obviamente este problema teve seu pior momento durante a Guerra dos Cem Anos de fato). Na verdade, este tipo de armadura pesada não é muito útil aos Nephilim; o uniforme padrão de combate é preferível, e as especificidades da vestimenta são menos importantes que as armas do combatente. Os mundanos passaram por uma complicada "corrida bélica" durante a Idade Média em termos de armaduras. Tanto armas quanto armaduras gradualmente tornaram-se mais eficientes, com novas peças projetadas para perfurar armaduras, e, então, armaduras desenvolvidas para resistirem a essas armas. As armaduras chegaram ao ápice com uma inteiramente de aço, um tanto ridícula, que visava parar uma lâmina ou uma flecha, e rapidamente se tornou obsoleta com o advento da artilharia e das armas de fogo dos mundanos.

Caçadores de Sombras nunca participaram deste exercício tolo. Primeiramente, os Caçadores de Sombras, por necessidade, sempre priorizaram atributos como liberdade de movimento, assimilação detalhada das cercanias e velocidade sobre a força bruta do material, e, consequentemente, raramente se viram tentados por armaduras pesadas e volumosas. Em segundo lugar, as armaduras mundanas são feitas para proteger quem a está vestindo de ataques de outros mundanos. Nós, ao contrário, enfrentamos inimigos que dispõem de magia e que, a qualquer momento, podem nos atacar com fogo, ácido, raios demoníacos e venenos de todas as espécies. Não conhecemos nenhum material — nem mesmo *adamas* — que possa proteger um Caçador de Sombras contra todos os recursos disponíveis aos nossos inimigos demoníacos. Portanto, sempre tivemos que aprender a evitar o mal com esperteza e reflexo, pois nem cobrir nosso corpo com todo o aço do mundo poderia nos manter seguros de fato.

EQUIPAMENTOS DO DIA A DIA

Caçadores de Sombras normalmente não andam com muitos equipamentos. O que levam consigo em patrulhas ou investigações não podem torná-los muito lentos nem comprometer sua agilidade. Por isso, geralmente preferem pequenas ferramentas, leves e fáceis de serem carregadas nos bolsos; é bom considerar quais ferramentas você acha útil ter em mãos. Algumas mais comuns são sugeridas aqui e descritas detalhadamente quando necessário.

EQUIPAMENTO TÍPICO DOS CAÇADORES DE SOMBRAS

— Uniforme

— Armas primárias

— Duas lâminas serafim   *ESTILINGUE? TIPO AQUELE COM UMA PEDRA? É SÉRIO?*

— Arma de longo alcance (ex.: besta, estilingue) (opcional)

— Estela   *Tá brincando. Que babaquice. Muito bem. Aula sob medida do Jace aqui. Sim, leve todas essas coisas. Na verdade, leve duas pedras de luz enfeitiçada.*

— Luz enfeitiçada   *Outras coisas que sempre carrego para a patrulha: giz, uma*

— Sensor   *multiferramenta com chaves de fenda, duas facas, saca-rolhas e tudo mais. Um relógio pesado. Um canivete dobrável e resistente. Um isqueiro. Um telefone. Se estiver de mochila, recomendo uma corda de nylon, um pé de cabra, binóculos, um kit básico de primeiros socorros, uma estela extra, duas lâminas serafim extras. Ah, e luvas de borracha.*

O SENSOR

O Sensor é um dispositivo comum dos Caçadores de Sombras e é utilizado para detectar atividades demoníacas. Os sensores tiveram designs variados ao longo dos anos, mas atualmente é um pequeno retângulo que cabe na mão, feito de metal preto. Parece um pouco com um telefone celular moderno ou outro comunicador manual mundano, mas em vez de ter botões de controle e interruptores indicados em língua humana, o Sensor possui Marcas cujos significados têm que ser aprendidos. O Sensor original foi inventado no fim dos anos 1880 por Henry Branwell e, por um tempo, revolucionou a busca e captura de demônios. *É um tricorder. Quê? O que é um tricorder? Três... cordas?*

Infelizmente, o Sensor tem limitações quanto ao que consegue sentir. Funciona como um detector de frequências e capta as vibrações que demônios criam ao passar pelo éter mágico. Estas vibrações

Muitas vezes vai ficar feliz em tê-las.

variam entre as espécies de demônios e mudam em intensidade de acordo com a atividade demoníaca (quantidade de demônios, magia demoníaca utilizada etc.). Em tese, é possível criar uma "tabela de frequência", associando raças específicas de demônios a frequências específicas, e muita tinta e tempo foram gastos nos anos seguintes à invenção do Sensor, criando uma infinidade de tabelas para "traduzir" sinais específicos de demônios. No campo, os Caçadores de Sombras quase nunca têm tempo para consultar uma tabela, e, normalmente, é mais fácil e mais rápido aprender por experiência a reconhecer os tipos de demônios ao vê-los. Estas tabelas agora são consideradas basicamente uma curiosidade histórica. *Mas, ainda assim, desperdiçamos seu tempo falando sobre elas.*

Hoje, os Sensores são feitos para não serem afinados manualmente (apesar de a maioria poder ser, se o usuário assim desejar), mas para procurar atividade demoníaca continuamente e oferecer alguns palpites bem dados sobre as fontes das frequências. Sensores modernos podem contar com sistemas de mapeamento, alarmes de proximidade e outras funções.

O Sensor costuma impressionar novos Caçadores de Sombras, principalmente por causa dos botões de controle, marcados com símbolos angelicais. Isto é feito para que o dispositivo seja utilizado universalmente ao redor do mundo, afinal, a língua que os Caçadores de Sombras compartilham é a de Raziel e do Livro Gray.

SENSORES ATRAVÉS DOS ANOS

Esse título me dá sono só de olhar.

O primeiro Sensor utilizava como mecanismo de alerta um metrônomo mecânico padrão, que, ao detectar a presença demoníaca, começava a soar de forma rítmica, com a velocidade aumentando à medida que o demônio se aproximava. Este metrônomo se encontrava em uma grande caixa de madeira presa em cobre; ele era cuidadosamente decorado com Marcas elaboradas, e uma variedade de instrumentos mecânicos, Marcados e não Marcados, na parte interna cuidavam da detecção e faziam o metrônomo funcionar. A peça completa se encontrava sobre uma carreta

Jamais fiquei entediado o suficiente para ler esta coluna.

pesada com quatro rodas que tinha que ser empurrada, já que o metrônomo precisava se manter no chão o tempo todo e podia ser influenciado por movimentos bruscos. Muitas experiências foram feitas no princípio do século XX para tentar tornar o Sensor capaz de se conduzir sozinho e seguir um Caçador de Sombras, patrulhando por conta própria e coisas assim. Estas experiências jamais resultaram em invenções utilizáveis e, frequentemente, acabavam se tornando uma carreta perigosa com energia demoníaca que, a qualquer instante, poderia atacar o Caçador de Sombras mais próximo sem intenção, batendo ensandecidamente por causa de sua extrema proximidade com o próprio aparato de detecção. Este modelo de Sensor foi descontinuado definitivamente nos anos 1960 quando a moderna magia dos símbolos para miniaturização possibilitou a criação de Sensores que podiam ser carregados nos bolsos.

O Caçador de Sombras interessado na história pode ver modelos antigos em bibliotecas e coleções de museus localizadas em Institutos mais antigos.

Você sabia? *Não!* O Códex e eu temos definições distintas para o que é "interessante".

Interessantemente, as etiquetas Marcadas no Sensor originalmente eram uma medida temporária. Em sua clássica biografia de 1910, *Um Ops e um Bang: o Caçador de Sombras dos Tempos Modernos*, Henry Branwell fala sobre a hipótese de uma única Marca que poderia ser utilizada para fazer com que os botões de um Sensor (ou qualquer outra coisa) aparecessem na língua materna da pessoa que o segurava. Tal Marca não é conhecida, mas naquela época Branwell discutia entusiasmadamente a possibilidade de utilização da mágica dos feiticeiros em colaboração com as Marcas Nephilim para a criação de efeitos novos e mais complexos, uma opinião rejeitada na época e ainda hoje (contudo, ver Grimório, Capítulo 6, para a discussão da história do Portal). Este curso experimental de Branwell, no entanto, foi interrompido quando, em 1914, ele iniciou uma longa parceria com as Irmãs de Ferro, cujos resultados permanecem secretos até os dias de hoje. A Marca da Tradução não foi criada, e o Sensor permanece coberto de símbolos cujos significados devem ser memorizados.

SUPORTE TÉCNICO DO SENSOR E DÚVIDAS FREQUENTES

O Sensor é uma ferramenta complexa, e muitos Caçadores de Sombras têm dificuldades para utilizá-la. Aqui tentamos responder às perguntas que surgem com frequência.

Sim, é isso que significa "dúvidas frequentes", muito obrigado.

O Sensor pode ser alterado para detectar lobisomens, vampiros e outros integrantes do Submundo?

Não. O Sensor é programado para detectar energia demoníaca; embora os membros do Submundo possuam magia demoníaca em si, não são demônios e têm almas humanas. Por isso, não serão registrados pelo Sensor.

O Sensor pode ser modificado para detectar apenas certos tipos de demônio?

Pode! Esta é uma função menos conhecida do Sensor, e não é preciso haver modificação. Os botões podem ser manipulados através da utilização de Marcas para que o dispositivo isole apenas demônios com determinadas características.

O Sensor pode ser modificado para detectar um Demônio Maior específico?

Não.

O Sensor pode ser modificado para detectar onde larguei algum objeto?
Não.

Quando meu Sensor vai suportar o símbolo Trovão?
O símbolo Trovão ao qual você se refere provoca uma explosão de luz sagrada brilhante, e há anos correm boatos de que o Sensor seria modificado para conseguir suportar o símbolo Trovão. Infelizmente, este símbolo atualmente faz com que a função normal do Sensor perca velocidade, e, muitas vezes, pare de funcionar completamente. Até o momento, os Sensores disponíveis não suportam o Trovão, e somente as Irmãs de Ferro sabem se algum dia o farão.

Ajudem-me, os botões do meu Sensor estão com símbolos.
São Marcas.

Ainda não aprendi estes símbolos!
Podemos recomendar um truque muito conhecido dos Caçadores de Sombras, que envolve desenhar as próprias etiquetas no Sensor com uma caneta marcadora.

Meu Sensor está vibrando!
Isso é normal no sistema de operação do Sensor. Quando um Sensor se sobrecarrega com a proximidade das energias demoníacas, ele começa a vibrar intensamente. Isto, durante muito tempo, foi considerado uma falha no Sensor, mas o advento da tecnologia moderna fez com que muitos Caçadores de Sombras, principalmente os mais familiarizados com a vida mundana, considerassem a vibração algo útil.
Ao contrário das ferramentas mundanas que vibram, o Sensor pode ficar tão sobrecarregado com energias demoníacas a ponto de inflamar e explodir. Portanto, recomenda-se cuidado.

Meu Sensor vibrou tanto que inflamou e explodiu.
Infelizmente, você terá que solicitar um novo Sensor ao seu
Instituto. Além disso, existe uma tremenda quantidade de
energia demoníaca ao seu redor. Você deve se certificar de avaliar sua situação imediata antes de tentar examinar o Sensor;
é possível que esteja prestes a ser devorado por um Demônio
Maior ou um Portal para o Inferno.

Então, se você se deparasse com um humano que tivesse bebido
muito sangue de um Demônio Maior quando bebê, ele faria um
Sensor disparar?

Quem faria algo tão terrível. Hipoteticamente.

Se você já conhece este cara, vá atrás dele!

Sensores são para demônios que você não conhece pessoalmente!

Bom argumento.

DEUS DO CÉU, ARRUMEM
UM QUARTO, VOCÊS DOIS.

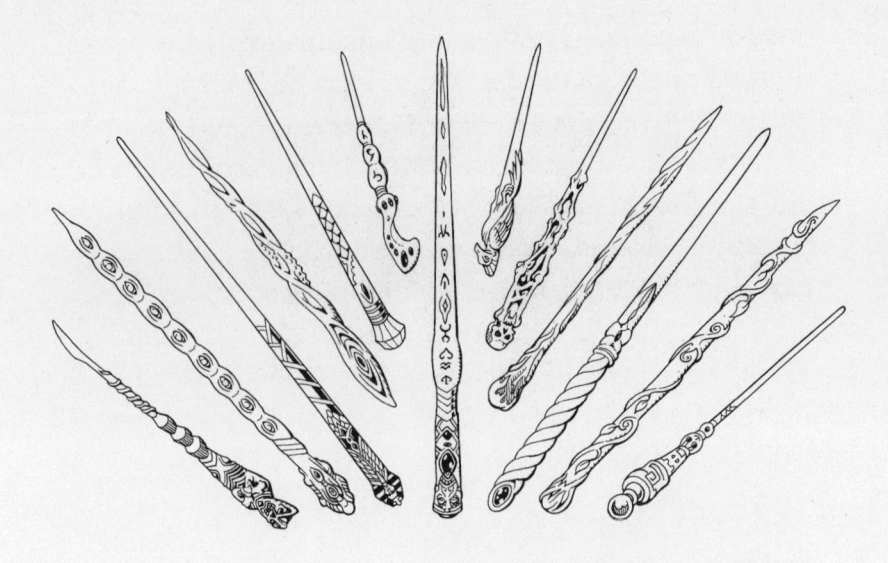

A ESTELA

A estela (que se pronuncia *estéla*) aparece aqui listada entre as ferramentas dos Caçadores de Sombras, mas poderia facilmente ser mencionada como arma; é o objeto fundamental dos Nephilim, o dispositivo por meio do qual as Marcas, nossa única magia, são executadas. Uma estela bem decorada costuma ser a primeira ferramenta dada a um jovem Caçador de Sombras no início de seus estudos.

A estela é um instrumento que parece uma varinha, feita de puro *adamas*. Fica inerte quando não está sendo utilizada, mas, quando a seguram, ela brilha e aquece com a magia das Marcas. É mais longa que os instrumentos modernos de escrita, normalmente 30 centímetros ou mais, e por isso os Caçadores de Sombras contemporâneos precisarão de prática para desenhar símbolos com facilidade.

Todas as estelas são idênticas em termos de funcionalidade, mas é óbvio que existe uma grande variação no design. Muitas têm cabos com brasões de famílias marcados e coisas do tipo, algumas têm pedras preciosas — o único pré-requisito para a estela funcionar é incluir um bastão de *adamas* inteiro com um tamanho mínimo estipulado. Na outra extremidade do espectro, estão as estreitas estelas de treino dadas a crianças Nephilim para que pratiquem desenho de símbolos em pedaços de pergaminho.

Acredita-se que a primeira estela tenha sido uma haste comprida de *adamas* utilizada por Jonathan Caçador de Sombras para desenhar as primeiras Marcas na própria pele. O design das estelas se aprimorou com o passar do tempo. Alguns acadêmicos enxergam uma ligação entre a estela e o *yad* judaico, o apontador ritualístico utilizado para evitar contato direto com as folhas da Torá, mas nenhuma conexão direta pode ser feita, apesar de ser provável que as primeiras Irmãs de Ferro tenham se inspirado no design. *Representando!*

Demônios não se ferem com a exposição a uma estela, mas normalmente fogem delas, como fogem de tudo que tem *adamas*.

PEDRAS DE LUZ ENFEITIÇADA

Um dos grandes segredos mantidos pelas Irmãs de Ferro é a maneira exata pela qual o *adamas* é extraído e purificado. O que sabemos, no entanto, é que a presença de *adamas* afeta a pedra da qual o mineral é extraído e, apesar de ser uma simples pedra, ela emite um brilho branco e puro, como se refletisse a luz inerente ao *adamas*. Estas "pedras irmãs" do *adamas* são quebradas e polidas pelas Irmãs de Ferro, e Marcadas para que seu brilho tenha uma propriedade capaz de ser ativada e desativada, de acordo com a vontade do Caçador de Sombras. A maioria das pedras é simples e intercambiável, e raramente os Caçadores de Sombras se apegam a uma ou outra pedra em particular. Todos os Caçadores de Sombras carregam uma pedra de luz enfeitiçada para lembrá-los de que a luz pode ser encontrada mesmo nas sombras mais escuras, e também para terem acesso à luz quando estão no escuro, literalmente.

A grande vantagem das pedras é que o brilho nunca desbota ou dissipa, pois não há consumo de combustível na produção da luz. Tal pedra pode, no entanto, ser destruída por pulverização, e, neste caso, a luz angelical é absorvida e se dissipará; portanto, ninguém encontra "areia de luz enfeitiçada" ou coisa que o valha.

O maior cristal solitário de luz enfeitiçada pode ser encontrado na Cidade do Silêncio sob a forma do Colosso Angelical, uma representação do Tríptico, o tema familiar de Raziel subindo da água e brandindo os Instrumentos Mortais. O cristal tem mais ou menos 9 metros de altura e guarda (e ilumina) a entrada dos aposentos dos Irmãos do Silêncio. No entanto, o Colosso raramente é visto por alguém além dos Irmãos do Silêncio. Os interessados em grandes instalações de luz enfeitiçada devem visitar o Instituto de Cluj, onde o famoso Arco Vampiresco forma a entrada do Instituto. Por muitos anos, acreditou-se que humanos infectados por vampirismo fossem sensíveis à luz natural e sagrada, e se esquivassem dela; o Arco foi construído segundo a crença de que protegeria o Instituto contra humanos infectados. Hoje sabemos que isso não ocorre, mas o Arco permanece como um símbolo da dedicação do Instituto de Cluj ao Anjo.

Ou talvez eles simplesmente gostem muito de machucar vampiros.

Definitivamente é isso. Os caras de Cluj são uns idiotas.

Viu, por isso você é um professor útil. Eu fico sabendo das notícias dos bastidores.

ACHO QUE MENCIONEI ALGUMA COISA SOBRE UM QUARTO PARA VOCÊS DOIS HÁ ALGUMAS PÁGINAS, NÃO?

QUESTÕES PARA DISCUSSÃO E COISAS A SE TENTAR

1. O que você carrega no dia a dia? O que você acrescentaria para cobrir suas novas responsabilidades como Caçador de Sombras?

Carteira, relógio, telefone, estela, lápis, caderno, caneta tinteiro à prova d'água, apontador, pedra de luz enfeitiçada e protetor labial de menta.

SOUBE QUE LÁBIOS RESSECADOS SÃO UMA DAS PRINCIPAIS CAUSAS DE MORTE ENTRE CAÇADORES DE SOMBRAS. MINHA VEZ! CARTEIRA, RELÓGIO, PALHETAS DE BAIXO, CANETAS, CADERNO, VÁRIOS TIPOS DE DADOS, PEDAÇO DE PANO PRA LIMPAR OS ÓCULOS — SÓ QUE NÃO USO MAIS ÓCULOS... HUM, ACHO QUE NÃO PRECISO MAIS CARREGAR O PANO —, CANIVETE SUPERNERD.   *Eeeeee protetor labial.*

Nem tente mentir. Você está com cheiro de morango bem agora.

2. Em qual arma você gostaria de se especializar? O que chama a sua atenção?

DROGA! MINHA VERGONHA SECRETA FOI REVELADA!

Vai, diz logo que é uma "sagacidade afiada". Sei que você quer.

SAGACIDADE AFIADA, ISSO, EXATAMENTE O QUE EU IA DIZER, PORQUE SOU MUITO ENGRAÇADO. *Pobre Simon.*

Enfim, não faço ideia de como responder a esta pergunta, e, francamente, Códex, este é o menor dos meus problemas no momento. Eu gostaria de me especializar em não ser quase morta outra vez.

EU GOSTARIA DE ME ESPECIALIZAR EM SER UMA MÁQUINA ASSASSINA IMORTAL E INVULNERÁVEL, QUE DESEJA O SANGUE DOS VIVOS.

CAPÍTULO DOIS

AS ARTES

TREINAMENTO DE COMBATE

Uma vez que tenha se familiarizado com as ferramentas dos Caçadores de Sombras, você deve começar a aprender as artes: combate, discrição, agilidade, resistência.

Surpreende a muitos novos Caçadores de Sombras a descoberta de que não existe nenhum grupo de habilidades que nos define como guerreiros. Estamos por todo o mundo, assim como demônios também estão. Assim sendo, existem tantas variedades de estilo de combate de Caçadores de Sombras quanto há variedades no mundo mundano. Normalmente você passa por treinamento em diversos tipos de luta, frequentemente escolhidos a partir da cultura humana, e encontrará naturalmente os estilos que mais lhe agradam e com os quais você consegue ser mais eficiente. Provavelmente estudará o estilo de combate ocidental, as artes marciais orientais e, muitas vezes, esportes de combate estilizados como esgrima ou judô. Há um grande território comum de habilidades físicas e valentia alicerçando quase todos estes estilos, então, como novo Caçador de Sombras, você deveria passar um bom tempo no treinamento básico para aprimorar força, velocidade, flexibilidade e assim por diante, antes de sequer escolher uma arma.

As Marcas podem ser utilizadas para potencializar atributos físicos, mas normalmente isso não é feito durante o treino, e Marcas não podem substituir a memória muscular que o corpo adquire por meio da repetição e do treino.

Nossa ênfase no aprendizado oriundo de uma série de fontes é respaldada por uma tradição na qual, ao completar a maioridade, aos 18 anos, o Caçador de Sombras viaja e passa um tempo morando em um Instituto longe de casa. Existem grande diferenças em culturas Nephilim locais, tanto em filosofia quanto em técnicas específicas. Os Caçadores de Sombras que cresceram em Idris são particularmente estimulados a viajar, já que o ambiente protegido de Alicante pode não prepará-los para a dura realidade do universo mundano.

Se possível, os novos Caçadores de Sombras também devem buscar viajar durante o treinamento. Não há ocasiões óbvias que marcam quando os Caçadores de Sombras se tornam adultos, então converse com o diretor do seu Instituto ou Enclave local para agendar.

UMA FILOSOFIA DE GUERRA

Os primeiros Caçadores de Sombras, inclusive Jonathan Caçador de Sombras, sonhavam com um mundo onde um dia as pessoas não precisariam de guerreiros. David, o Silencioso, em particular, detestava lutas e violência, e escrevia com eloquência sobre a principal missão dos Nephilim de "descobrir a Paz em todo o Mundo". Acredita-se que os Irmãos do Silêncio foram, aliás, fundados com a missão primária de reverter os grandes atos maldosos de Samael e Lilith, e novamente fechar nossa dimensão para os demônios. Esta filosofia continuou norteando os Irmãos do Silêncio por centenas de anos. O Irmão Christopher de Sevilha escreveu, em 1504, que a função dos Nephilim era "tornarem-se obsoletos" graças ao "afastamento da horda e do fechamento da porta atrás deles".

O fato, no entanto, é que mil anos de trabalho e pesquisa não nos aproximaram em nada de uma compreensão sobre como Samael e Lilith conseguiram sua grande Incursão, muito menos de uma descoberta sobre como revertê-la. O fio de esperança de que a infinita horda de demônios possa ser revertida se fragilizou e hoje é tão tênue na cultura Nephilim que praticamente desapareceu. A maioria

AGENDA DE TREINAMENTO DE FIM DE SEMANA
RECOMENDADA PARA: CLARY FAIRCHILD.

Apenas uma proposta de regime para o seu fim de semana, com a intenção de mantê-la em forma para a próxima semana.

(Prepare-se para lutas com bastões!!!)

8h – 9h: Acordar. Tomar café (proteína magra, carboidrato leve, NADA DE CAFEÍNA).

9h – 9h30: Exercícios de relaxamento em casa

9h30 – 10h: Ioga em casa

10h – 12h: Estudo de línguas (grego, latim)

12h – 13h: Almoço

13h – 15h: Exercícios aeróbicos intensos (provavelmente, corrida)

15h – 16h: Estudo de fraquezas demoníacas e aparições em livro-texto

   Demônios, Demônios, Demônios.

16h – 18h: Treino de kata (sua escolha entre as artes marciais)

18h – 19h: Jantar

19h – 23h: Estudar (sugestão: histórias de sequestros de fadas, venenos e seus antídotos,

   marcas de clãs licantropes)

23h – 0h: Tempo livre!

0h: Dormir

AGENDA DE TREINAMENTO PARA: MIM

8h: Acordar

9h: Acordar de novo: desta vez, levantando. Café da manhã (pão, cream cheese, tomate, café com leite). Exercícios de relaxamento (marcha rápida até a delicatessen e voltar).

10h – 10h15: Ioga. Muito centralizadora.

10h15 – 11h: Estudo de línguas (folheei o livro de latim, assisti aos 45 minutos finais de Gladiador. Cenas de luta muito inspiradoras. Fiz algumas anotações).

11h – 12h: Levei meu caderno de desenho para o gramado do Parque. Simon trouxe almoço (o macarrão que gosto de um lugar ao lado da casa dele). Desenhei crianças jogando criquete na grama. Estudei a técnica do criquete para uma possível aplicação em combate. Desenhei gladiadores jogando criquete. Síntese.

12h – 13h: Laboratório: entrevista com vampiro. Abordei história e cultura dos vampiros, técnicas de combate dos vampiros etc. Muito edificante.

13h – 14h: Exploração urbana (peguei o metrô até Manhattan).

14h – 16h: Pesquisa literária (fui à loja de quadrinhos e comprei diversos exemplares de longos estudos ilustrados sobre combate medieval no Japão).

16h: Lanche saudável de meio de tarde (vitamina)

16h – 19h: Assisti a um filme no multiplex que serviu para pesquisa.

19h – 21h: Jantar em um pequeno restaurante coreano na rua 13, sopa (sopa é saudável!). Critiquei técnicas de luta do filme — muito inverossímeis.

21h – 22h: Orientação (metrô para casa)

22h – 0h: Falei ao telefone com o Caçador de Sombras encarregado do meu treinamento e o atualizei sobre meu status. Planejei o regime de treino para o dia seguinte. Trocamos afirmações positivas.

0h – 2h: Li o estudo ilustrado sobre o combate medieval japonês. Intercâmbio cultural com vampiro: estudo ilustrado, tédio atual do vampiro. Cochilei, pratiquei o difícil "equilíbrio do telefone no rosto" por tempo indefinido antes que ele caísse no chão e me acordasse.

2h: Sono revigorante e merecido.

acredita que se a onda demoníaca for revertida, será por ação Divina, não nossa. Nosso papel é ficar atrás dos portões abertos e devolvê-los, um a um. E continuarmos lutando.

TEMAS DE ESTUDO NEPHILIM

Este Códex pretende oferecer a você, novo Caçador de Sombras, os conhecimentos básicos dos quais necessitará para sobreviver e entender seu novo mundo e as pessoas que nele habitam. Não podemos oferecer um treinamento completo nestas páginas, e instruções escritas sem a ajuda de um instrutor habilidoso, que pode não só demonstrar as técnicas, mas também avaliar suas habilidades, seriam um desserviço ao treinamento que você merece.

Em vez disso, oferecemos o esboço de um curso geral de treinamento para Caçadores de Sombras, assim como objetivos criteriosos para iniciantes, para alunos intermediários e para aqueles que buscam verdadeira especialização. Pode ser difícil para novos Caçadores de Sombras compreender o progresso do próprio treinamento. Não temos patente, promoções, "faixas", níveis, medalhas de mérito, nem nada do tipo. A maioria dos seus colegas Nephilim viveu na nossa cultura guerreira desde sempre, e as qualidades dos Caçadores de Sombras bem treinados sempre fizeram parte do seu desenvolvimento. Portanto, estas sugestões não devem ser consideradas exigências rigorosas, mas constituem orientações que podem ajudá-lo a entender seu progresso enquanto treina.

Uma observação final para o Caçador de Sombras particularmente ambicioso: ninguém consegue ser especialista em tudo. Na medida em que for treinando, um dos seus objetivos será encontrar os elementos da vida Nephilim que deseja buscar com mais afinco, por aptidão natural ou por interesse. Todos os Caçadores de Sombras devem ambicionar, em primeiro lugar, obter no mínimo uma competência de iniciante em todas estas categorias antes de buscar estudos mais avançados.

MONOMAQUIA (COMBATE MANO A MANO)

Iniciante: competência básica (equivalente à "faixa preta") em, pelo menos, uma arte marcial oriental ou luta ocidental. Habilidade de combater com segurança dois ou três agressores simultaneamente.

Intermediário: competência em três a cinco tradições mundanas de luta. Habilidade de combater com segurança entre cinco e oito agressores simultaneamente.

Expert: competência em mais de dez tradições mundanas de lutas. Habilidade de combater com segurança um exército absurdamente grande de demônios.

COMBATES DE LONGO ALCANCE

Iniciante: competência com o grupo básico de armas de longo alcance: arco, besta, estilingue, adagas, dardos, pedras grandes e pesadas.

Intermediário: competências supracitadas com os olhos vendados.

Expert: competências supracitadas com os olhos vendados e deitado.

DISCRIÇÃO

Iniciante: capacidade de passar por um beco ou sala escura sem ser detectado.

Intermediário: capacidade de passar por um beco escuro ou uma sala cheia de pequenos objetos quebráveis precariamente equilibrados sobre outros objetos quebráveis sem ser detectado.

Expert: capacidade de passar por terrenos abertos em plena luz do dia sem ser detectado.

MISTURA E OCULTAÇÃO

Iniciante: capacidade de se passar por mundano em um cenário público típico ("dirigir um carro", "fazer compras" etc.). Por favor, ver *Mundanos fazem as coisas mais estranhas*, edição de 1988, em seu Instituto local para obter outras sugestões.

Intermediário: capacidade de se passar por mundano em uma pequena recepção ou festa.

Expert: capacidade de se passar por mundano em meio a um culto demoníaco mundano enquanto executam um sacrifício humano.

AGILIDADE E GRAÇA

Iniciante: competência básica em acrobacias, saltos, trapézio, ginástica etc.

Intermediário: competência acima da média nas habilidades supracitadas enquanto veste 30 quilos de uniforme e armas pesadas.

Expert: competência acima da média enquanto veste 30 quilos de uniforme e armas pesadas, com os olhos vendados e algemas de ferro.

RESISTÊNCIA

Iniciante: competência em habilidades de sobrevivência improvisadas em ambientes tipicamente difíceis (por exemplo: deserto, bloco de gelo flutuante).

Intermediário: competências supracitadas em ambientes extremos (dentro de um prédio durante um incêndio, queda livre de um avião com grande altitude, no espaço sideral, no Inferno).

Expert: capacidade de suportar tortura imposta por um Demônio Maior em ambientes difíceis ou extremos.

RASTREAMENTO

Iniciante: conhecimento sobre símbolos de rastreamento, capacidade de identificar sinais que denunciam atividade demoníaca ou animal e persegui-los.

Intermediário: capacidade de manter perseguição ao mesmo tempo que se esquiva de possível perseguição por um demônio ou animal diferente.

Expert: capacidade de manter perseguição em ambientes difíceis ou extremos (ver Resistência acima).

ORIENTAÇÃO

Iniciante: percepção intuitiva sobre altitude, direção cardeal, hora do dia, condições climáticas etc.

Intermediário: capacidade de encontrar o caminho para um local seguro quando cair em algum ambiente arbitrário.

Expert: capacidade de encontrar o caminho para um local seguro quando cair em algum ambiente arbitrário difícil ou extremo (ver acima).

OBSERVAÇÃO E DEDUÇÃO

Iniciante: conhecimento forense básico; capacidade de "ler" a cena de um crime e reconstruir os eventos discorridos ali com grande precisão.

Intermediário: capacidade de identificar com precisão detalhes reveladores que algum oficial mundano não fosse notar.

Expert: conforme descrito acima, porém, com olhos vendados.

LÍNGUAS

Iniciante: conhecimento de diversas línguas mundanas, de preferência uma mistura de línguas vivas que são faladas perto da sua base geográfica e línguas antigas utilizadas em escritos religiosos (ex.: sânscrito, hebraico, grego arcaico, sumério).

Intermediário: conhecimento supracitado e pelo menos duas línguas demoníacas.

Expert: conhecimento supracitado e, pelo menos, quatro línguas demoníacas, além da capacidade de intuir significados básicos de línguas escritas ou faladas jamais encontradas.

DIPLOMACIA

Iniciante: capacidade de se livrar de ser devorado por um demônio ou morto por alguma horda de furiosos do Submundo graças ao diálogo.

Uma rápida avaliação sobre mim e meus amigos com base na escala acima:

Alec: intermediário, expert, intermediário, intermediário, expert, intermediário, intermediário, iniciante, intermediário, iniciante, intermediário.

Isabelle: expert, intermediária, iniciante, iniciante, expert, expert, intermediária, intermediá intermediária, intermediá iniciante.

Eu: iniciante, iniciante, iniciante, expert (sou muito boa em me misturar aos mundanos!). Extremamente iniciante, iniciante,

Intermediário: capacidade de se livrar de ser devorado por um Demônio Maior ou morto por algum líder político furioso do Submundo graças ao diálogo. *intermediária, intermediária, iniciante, expert (estou contando Símbolos aqui, tudo bem?)*

Expert: capacidade se livrar de ser devorado por um Demônio Maior ou morto por algum líder político furioso do Submundo graças ao diálogo e convencer o referido adversário de que liberá-lo foi ideia dele. *Expert (pelo menos, em comparação ao resto do grupo).*

POR QUE OS NEPHILIM NÃO USAM ARMAS DE FOGO?

Armas de fogo raramente são utilizadas por Caçadores de Sombras, pois, para nossos propósitos, normalmente não funcionam bem. Desenhar Marcas no metal de uma arma ou em uma bala impede que a pólvora inflame corretamente. Muitas pesquisas foram feitas sobre este assunto, sem muito sucesso. As teorias atuais dominantes preferem explicações alquímicas que opõem a fonte divina das nossas Marcas com o enxofre e o salitre, que são aliados dos demônios e se fazem presentes na pólvora tradicional. Mas esta explicação, infelizmente, não possui muito fundamento. Símbolos demoníacos possuem os mesmos efeitos negativos que as nossas Marcas em armas, e o problema persiste mesmo com a utilização de propulsores modernos que não contêm estes materiais supostamente "demoníacos". Este permanece um dos grandes mistérios inexplicáveis da magia dos símbolos, e pesquisadores ainda buscam respostas e soluções.

Eu: expert, intermediário, expert, expert, expert, expert, expert, expert, expert, expert, iniciante.

Eu: VAMPIRO, VAMPIRO, VAMPIRO, VAMPIRO, VAMPIRO, VAMPIRO, VAMPIRO, VAMPIRO, VAMPIRO, VAMPIRO, VAMPIRO.

As armas podem, é claro, ferir vampiros e lobisomens (usando balas de prata) com sucesso, mas os tiros requerem uma precisão cirúrgica. O risco de dano colateral e a dificuldade de acertar um tiro direto, aliado à compreensão de que as armas Nephilim serão muito mais utilizadas para combater demônios do que integrantes do Submundo, resultou em uma rejeição geral das armas de fogo como parte do arsenal dos Caçadores de Sombras.

Finalmente, é vantajoso para os Nephilim ter armas fabricadas pelas Irmãs de Ferro. A fabricação moderna de armas envolve máquinas industriais que nossas tradições não exigem, e, se fizéssemos as Irmãs de Ferro produzirem armas de fogo, a necessidade de materiais das Irmãs mudaria drasticamente.

A TRADIÇÃO DO *PARABATAI*

Onde fores, irei;
Onde morreres, morrerei, e lá serei enterrado:
Que o Anjo o faça por mim, e ainda mais,
se qualquer coisa além da morte nos separar
—Juramento *Parabatai*

A tradição do *parabatai* data do princípio da história dos Caçadores de Sombras; os primeiros *parabatai* foram o próprio Jonathan Caçador de Sombras e seu companheiro, David. Por sua vez, eles se inspiraram no conto bíblico de seus homônimos, Jonathan e David:

"E ocorreu... que a alma de Jonathan foi costurada à de David, e Jonathan o amava como à própria alma... então, Jonathan e David fizeram um pacto, pois ele o amava como à própria alma."
—Samuel 18, 1-3

A partir desta tradição, Jonathan Caçador de Sombras criou os *parabatai* e registrou a cerimônia em uma Lei.

David, o Silencioso, não foi um Irmão do Silêncio inicialmente (ver Excertos de *História dos Nephilim*, Apêndice A, para conhecer mais detalhes). A princípio, não havia Irmãos do Silêncio; os primeiros Nephilim torciam para que os papéis mais difíceis e místi-

cos pudessem ser integrados à vida de guerreiros. Somente com a passagem do tempo ficou claro que o trabalho de David o conduziria em direção ao angelical e para cada vez mais longe de sua forma física. David e seus seguidores repousaram as armas, trocando-as por uma vida de contemplação mística e a busca pela sabedoria.

Antes desta época, no entanto, Jonathan e David lutaram lado a lado como os primeiros *parabatai*. A tradição nos conta que o ritual que executaram, em que tomaram o sangue um do outro, falaram as palavras do juramento e desenharam Marcas de ligação um no outro, marcou a penúltima ocasião em que David derramou lágrimas humanas. A última foi o momento em que o laço *parabatai* se rompeu quando David recebeu as Marcas que o tornaram o primeiro Irmão do Silêncio. *Este é um "bromance" de proporções surreais.* *Você não faz ideia*

Hoje os *parabatai* devem ser ligados na infância; isto é, antes que qualquer um deles tenha completado 18 anos. Eles não serão apenas guerreiros que lutam juntos; os juramentos recém-feitos por *parabatai* diante do Conselho incluem votos de arriscar a vida pelo parceiro, viajar para onde o outro for e, no fim, ser enterrado no mesmo local. As Marcas dos *parabatai* então são feitas, o que permite que extraiam força um do outro nas batalhas. Eles conseguem sentir a força vital um do outro; os Caçadores de Sombras que perderam seus *parabatai* descrevem ter sentido a vida deixando o parceiro. Além disso, as Marcas feitas por um *parabatai* no corpo do outro são mais fortes que outras Marcas, e há algumas que só os *parabatai* podem utilizar, pois elas atuam na força duplicada dos parceiros.

O único laço proibido aos *parabatai* é o laço romântico. Estes pares precisam manter a dignidade da ligação guerreira e não devem permitir que ela se transforme no amor terreno que chamamos de Eros. O fim da Idade Média foi inundado com músicas de trovadores que cantavam o amor proibido entre pares *parabatai* e as tragédias que se abatiam sobre os mesmos. Os alertas não tratam apenas de corações feridos e traições, mas de desastres mágicos impossíveis de serem contidos quando *parabatai* se envolvem de forma romântica.

Como o laço matrimonial, o dos *parabatai* normalmente só se rompe com a morte de um dos integrantes da parceria. Esta ligação também pode ser interrompida no raro evento de que um deles se torne membro do Submundo ou mundano. O laço se dissolve naturalmente se um dos parceiros se tornar um Irmão do Silêncio ou uma Irmã de Ferro: as Marcas da transformação que os novos oblatos recebem são das mais poderosas que existem e se sobrepõem, dissolvendo as Marcas *parabatai* de ligação da mesma forma que se fazem com Marcas mais comuns de guerreiros.

Um Caçador de Sombras só pode escolher um *parabatai* ao longo da vida e não pode executar o ritual mais de uma vez. A maioria dos Caçadores de Sombras nunca vai ter um *parabatai*; se você, novo Nephilim, encontrar algum, considere uma grande bênção.

COMO INFORMAR
SOBRE UM DEMÔNIO

- Se você não tem certeza de que consegue dar conta do demônio sozinho, não converse nem inicie combate contra ele.
- Lembre-se de coisas como o número de demônios, a exata localização, a atividade que estão executando.
- Se você conhece a espécie do demônio (ou nome, em caso de um Demônio Maior), relate-o; se *não* souber a espécie, lembre-se de possíveis traços de investigação, tais como:
  - » Cor da pele (cinza, verde, roxo-escuro, iridescente) e textura (escamas, couro, espinhos ossudos, pelos);
  - » Presença de lodo, cor de lodo;
  - » Número de olhos, bocas, narizes, braços, pernas, cabeças;
  - » Tamanho (compare a outras coisas de tamanhos semelhantes em vez de tentar estimar a medida de fato. Por exemplo: "mais ou menos do tamanho de um urso pardo");
  - » Ruídos (línguas faladas, vozes agudas ou graves);
  - » Marcas de gênero (muito raras, exceto em Demônios Maiores);
  - » Poderes notáveis (come pedras ou metais, consegue se prender a paredes e tetos etc.) e fraquezas notáveis (sensível ao frio, necessidade compulsiva de contar grãos individuais de arroz derrubado, excessivamente presunçoso);

- » Fontes óbvias de perigos físicos: presas, garras, unhas, espinhos, corpo que se comprime, sangue ácido, língua preênsil etc.
- Traga seu relatório completo para o Instituto local, que avaliará a ameaça e decidirá quais serão os próximos passos. Você pode ajudar procurando o demônio que viu no *Rastreador de Demônios*, o recurso mais completo de catalogação de demônios baseado em suas características físicas (contudo, é bem possível que o Instituto já conheça o demônio que está denunciando e, neste caso, a investigação pode ser bem curta).

CAPÍTULO TRÊS

Bestiário Parte I:
DEMONOLOGIA

Demônios, os grandes invasores do nosso universo, são as razões pelas quais os Nephilim existem. Eles são as sombras que caçamos. Apesar de o nosso trabalho de gerenciamento e manutenção do equilíbrio cuidadoso entre membros do Submundo e mundanos constantemente parecer a nossa principal responsabilidade, ele é secundário. É o trabalho que executamos quando não estamos combatendo demônios. A missão primária dos Caçadores de Sombras, a missão que nos foi dada por Raziel, é eliminar a praga dos demônios e devolvê-los, de uma vez por todas, ao Vazio do qual vieram.

—— O QUE SÃO DEMÔNIOS? ——

A própria palavra "demônio" é problemática. Sua etimologia não tem nada a ver com espíritos malignos; é utilizada para descrever estas criaturas apenas por confusões nas traduções dos primórdios do Cristianismo, muitos anos antes do surgimento dos Nephilim. Nós usamos a palavra "demônios" para descrever estas criaturas que combatemos só porque Jonathan Caçador de Sombras a utilizou, baseando-se em sua própria história religiosa. A maioria das crenças humanas possui algum conceito que representa o que chamamos de demônios: daevas persas, asuras hindus, oni japoneses. Para não complicar a terminologia, nós nos referimos a eles como demônios, assim como a maior parte dos Nephilim.

Demônios não são seres vivos como os compreendemos. Não pertencem ao nosso universo e não são sustentados pelas mesmas forças que nos sustentam. Demônios não têm alma; em vez disso, são fortalecidos por uma energia demoníaca turva, uma faísca de vitalidade que mantém suas formas em nossa dimensão. Quando os demônios morrem, esta energia é separada do corpo físico, e este corpo rapidamente será puxado para sua dimensão de origem. Aos olhos humanos, este desaparecimento pode ter diversas formas, dependendo da espécie de demônio. Alguns explodem e viram pó, outros desaparecem da vista, outros se reduzem até sumir. Contudo, em todos os casos, nenhum resto físico do demônio permanece em nosso mundo (existem rituais de feitiçaria que conseguem "preservar" algum de seu aspecto físico em nosso mundo, que permitem que se mantenha, digamos, um frasco de sangue de demônio sem que este desapareça quando a fonte demoníaca some).

O QUE OS DEMÔNIOS QUEREM COM O NOSSO MUNDO? POR QUE ELES VÊM AQUI?

Nós realmente não sabemos. O folclore Nephilim relata que demônios eram originalmente *do* nosso mundo antes de serem banidos (ver *Uma História dos Nephilim*, Apêndice A), então talvez queiram retomá-lo. Por outro lado, nossas histórias também contam que os demônios foram destrutivos e vis desde o princípio — por isso foram banidos. Então podem, de algum modo, representar o espírito do mal no nosso mundo.

Individualmente, os demônios parecem vir ao nosso mundo para causar estragos. Às vezes, vêm em busca de poder — poder sobre outras criaturas, mais magia poderosa e coisas do tipo —, mas este poder não parece ter um objetivo final além da própria existência, além de promover o caos no mundo.

Muitos discutem sobre origens mais filosóficas para o ódio dos demônios ao nosso mundo — que odeiam nossa capacidade de criar, por exemplo, coisa que não conseguem. Este argumento costuma ser utilizado para explicar por que demônios criam feiticeiros: é o único ato de criação do qual são capazes, e, mesmo assim, só pode ser atingido quando roubam de nós o nosso próprio ato de criação.

Mas devemos, por enquanto, nos render e admitir que a razão pela qual os demônios vêm ao nosso mundo permanece um mistério. Tudo que podemos afirmar com certeza é que estão aqui para praticar violência e não têm interesse em tréguas ou acordos.

COMO OS DEMÔNIOS "REALMENTE" SÃO FISICAMENTE? PARECEM MONSTROS FEIOS MESMO NAS PRÓPRIAS DIMENSÕES?

A relação dos corpos demoníacos em nosso mundo com a "realidade" do deles é um segredo que talvez jamais tenhamos como descobrir. Acreditamos que demônios não tenham escolha quanto a forma física que assumem na nossa dimensão, mas, fora isso, a verdadeira forma é um mistério. Não sabemos se termos como "aparência" sequer se aplicam ao Vazio de onde vêm. Uma teoria comum diz que, quando um demônio viaja para uma dimensão, um corpo é criado para ele a fim de que possa sobreviver nela, e esta é a razão pela qual eles são as únicas criaturas capazes de se mover livremente entre os mundos. Isto é mera suposição, claro.

COMO RECONHEÇO UM DEMÔNIO NA NATUREZA?

Reconhecer demônios, a não ser que eles sejam capazes de alterar suas formas, não costuma ser difícil. Demônios sempre assumem formas monstruosas no nosso mundo e, normalmente, podem ser identificados pela sensação inconfundível e nauseante que se forma em torno deles, como uma aura sombria. Em raros casos de incerteza, uma identificação afirmativa pode ser feita através da reação violenta dos demônios a itens e locais sagrados ou através de uma reação violenta de um Sensor.

Além da feiura geral, demônios normalmente trazem um cheiro de morte que costuma ser muito forte. Caçadores de Sombras aos quais já se solicitou a descrição de um deles normalmente procuraram termos como "podre", "estragado", "enxofre", "cabelo queimado" e coisas do tipo. O efeito pode ser debilitante para o Caçador de Sombras despreparado. *Estou me sentindo meio mal pelos demônios aqui. Isso é errado?* *É.*

O QUE É AQUELE LÍQUIDO PRETO E NOJENTO QUE APARECE QUANDO VOCÊ OS CORTA?

Como outras criaturas vivas, os corpos de demônios são mantidos frescos por um fluido vital, mas não é o sangue vermelho do nosso mundo. Em vez disso, eles possuem um icor sobrenatural. O termo "icor" originalmente se refere ao sangue dourado dos anjos, e vem da palavra grega que descreve o sangue dos deuses. Sangue demoníaco também é icor, mas, como é cheio de energias demoníacas, é preto e viscoso, mais ralo que sangue, porém totalmente opaco. Icor não é perigoso ao toque, mas é relativamente tóxico para os humanos se entrar em contato com o sangue através de um ferimento ou outro meio. Dificilmente prejudica algum Caçador de Sombras que possua as Marcas de proteção mais comuns, porém deve-se tomar cuidado.

DEMÔNIOS SABEM FALAR LÍNGUAS HUMANAS?

A maioria dos demônios não sabe falar línguas humanas. Muitas espécies conseguem, no entanto, imitar a fala humana que tenham escutado. Este é um sinal frequente de que o demônio foi invocado, em vez de ter vindo ao nosso mundo por conta própria; o demônio repetirá, muitas vezes de forma obsessiva, palavras e frases ditas por quem o invocou.

Existe uma quantidade de línguas demoníacas — possivelmente uma quantidade infinita —, mas algumas que identificamos e que feiticeiros, e, mais raramente, Caçadores de Sombras interessados em pesquisa sobre demônios podem aprender. As mais comuns conhecidas pelos filólogos são Cthonic e Purgatic. Vale a pena conhecer, no mínimo, estas duas línguas em suas formas escritas e faladas, e, talvez, memorizar algumas frases frequentemente utilizadas, tais como "oi", "tchau", "sou Nephilim", "em nome de Raziel, eu te repudio", "vade retro", e por aí vai.

DEMÔNIOS POSSUEM PESSOAS?

Apesar da obsessão mundana sobre demônios possuindo corpos, possessões de fato são muito raras e exigem um Demônio Maior muito poderoso. Isso é uma sorte, pois trata-se de uma das magias mais poderosas que os demônios possuem. Normalmente, a única forma pela qual a conexão entre o possuidor e o possuído pode ser rompida é com a morte do demônio, o que, quase sempre, também mata a vítima mundana. Se você se deparar com uma possessão, *não* tente cuidar da situação sozinho. Não tente negociar com o possuído como se ele fosse um preso político. Os possuídos não são meramente corrompidos pela influência demoníaca, mas sim completamente controlados. Tornam-se passageiros nos próprios corpos, capazes de experimentar tudo o que o demônio está fazendo, mas incapazes de exercer qualquer ato independente (felizmente, os possuídos não costumam guardar memórias de seus atos durante a possessão). Você pode conter a vítima, de preferência com a ajuda de outros Caçadores de Sombras, e, em seguida, deve entrar em contato com os Irmãos do Silêncio e permitir que estes a levem para a Cidade do Silêncio, onde realizarão magias que é melhor você não testemunhar.

POR QUE OS DEMÔNIOS QUEREM TANTO NOS DESTRUIR?

Acredita-se que os demônios possuam um ódio intrínseco por nós, resultante da inveja da vida em nossa dimensão. A deles, até onde sabemos, é uma dimensão morta, desprovida de vida, e o desejo dos demônios de nos consumir, e ao nosso mundo, é para obterem aquilo que eles próprios não (talvez não mais) possuem. Demônios conseguem sentir a presença da vida por perto; aliás, frequentemente utilizarão esta capacidade para rastrear suas presas.

VOCÊ SABIA?

Um dos maiores heróis desconhecidos dos Nephilim, Gregory Hans, foi um Irmão do Silêncio do século XVII que descobriu a combinação correta de Marcas para incrementar os sentidos de um Nephilim e, ao mesmo tempo, excluir o odor de demônios deste aprimoramento. Gerações de Caçadores de Sombras o agradecem (observe que, sob feitiço demoníaco padrão, aqueles que são suscetíveis não conseguem farejar um demônio mais do que conseguem ver ou ouvir um. Todos os sentidos, graças a Deus, são negados).

—— COMO NÓS OS MATAMOS? ——

A principal fraqueza dos demônios é, sem dúvida, sua vulnerabilidade ao poder angelical e ao fogo sagrado. Assim como os membros do Submundo que criaram, os demônios não são facilmente feridos por armas terrenas normais, pelo menos não permanentemente. Por este motivo, você descobrirá que até mesmo as armas mais básicas dos Caçadores de Sombras são Marcadas para se fortalecerem contra os demônios e que a lâmina serafim (ver Tesouro, Capítulo 1) é sua mais importante ferramenta de combate.

Além de ser repelida pela energia angelical direta, a maioria dos demônios é contida por símbolos sagrados de todas as espécies. Demônios muito poderosos, no entanto, como Demônios Maiores, talvez fiquem apenas desconfortáveis com a presença de símbolos sagrados, em vez de serem, de fato, feridos, então um Caçador de Sombras não deve confiar apenas nestes símbolos para se proteger.

Assim como vampiros, demônios não conseguem suportar a luz direta do sol em seus corpos. Observe que — como no caso dos vampiros — isto não significa que demônios não sejam ativos durante o dia. Eles suportam nossas luzes artificiais sem qualquer dano colateral. E, diferentemente dos vampiros, que normalmente tentam viver ocultos entre os mundanos, demônios não têm necessidade de fingir que suportam a luz do sol. É possível destruir um demônio com luz, mas o Caçador de Sombras terá que, de alguma forma, prender o demônio em uma situação em que este não possa escapar do sol, o que pode ser muito difícil. Uma lâmina serafim na garganta ou no coração é uma forma mais confiável de ataque.

Finalmente, uma grande vantagem que temos no nosso combate aos demônios é o fato de que eles não conseguem perceber a diferença entre mundanos e Caçadores de Sombras, e não detectam a presença da magia angelical. Isto permite que nos escondamos deles com feitiços até estarmos prontos para a luta. Demônios conseguem, no entanto, perceber a presença de outros demônios ou integrantes do Submundo.

Esta parte é resumida para a sua conveniência: não sabemos nada dessas coisas.

O VAZIO E A CIDADE DEMONÍACA DE PANDEMÔNIO

Bem, isso é uma economia de tempo, obrigada.

Bem, sabemos pouco sobre o Vazio, o lar dos demônios. Muitos nomes foram utilizados na literatura para se referir ao lar dos demônios — todos os termos religiosos mundanos que se referem a Inferno e outros termos abstratos como "Caos" e "Abismo", por exemplo —, mas, nos tempos modernos, estabelecemos "Vazio" tanto em termos descritivos quanto ecumênicos, e, estranhamente, os Demônios Maiores que se manifestaram no nosso mundo nesses últimos tempos também utilizaram o termo.

A geografia do Vazio permanece um mistério para nós. Frequentemente temos a impressão de que os demônios não possuem lares de fato e se apresentam em todos os lugares, o tempo todo. É possível, por exemplo, invocar qualquer demônio, desde que o invocador conheça o ritual, e todos esses demônios aparecem em qualquer lugar que o ritual esteja sendo executado. Por outro lado, certas espécies de demônios tendem a ocorrer "naturalmente" em certas partes do nosso mundo — os Rakshasas do subcontinente indiano, por exemplo, ou os Gorgons da Grécia. Muitas teorias tiveram avanços no sentido de explicar por que isso acontece, mas o fato é que não entendemos por que certos demônios possuem afinidade com determinados locais. O fato de alguns demônios terem afinidades com alguns lugares é uma vantagem para nós. Caçadores de Sombras vivendo nesses locais tornam-se especialistas no combate de determinados demônios e quase sempre não precisarão saber tudo sobre todos eles, mas poderão ter algumas especialidades.

É possível presumir que a quantidade de diferentes demônios no Vazio seja, para todos os efeitos, infinita. No mínimo, acredita-se na existência de centenas de centenas de milhões de espécies, e, apesar de os Caçadores de Sombras terem combatido demônios durante toda a sua existência milenar, é muito improvável que conheçamos sequer uma porcentagem ínfima deles. Especula-se que haja muitos demônios incapazes de se manifestar materialmente no nosso mundo.

Uma constante na nossa comunicação com aqueles que falam língua humana é a referência que fazem à cidade de Pandemônio, supostamente o grande elo de demônios no centro do Vazio, se é que um vazio pode ter um centro. Evidentemente, nenhum humano visitou essa cidade e voltou para contar a história, então é impossível fazer qualquer declaração definitiva a respeito do local:

sobre como ele é ou sequer afirmar que pode ser descrito como uma entidade física tal como as nossas cidades. A única coisa que podemos falar sobre Pandemônio é que é muito, muito grande — absurdamente maior que qualquer cidade humana, e possivelmente maior e mais populosa que o planeta Terra. As pesquisas sobre Pandemônio são limitadas, em grande parte porque os Nephilim consideram que existem demônios demais no nosso mundo para irmos procurar mais.

DEMÔNIOS VERSUS DEMÔNIOS MAIORES

Não sabemos se há, de fato, "Demônios Maiores".

Existem demônios específicos aos quais nos referimos como Demônios Maiores, e eles têm alguns aspectos em comum: inteligência comparável a de humanos, personalidades, nomes e incapacidade de serem destruídos por nós com qualquer arma disponível. Sabemos disso em função de uma longa história registrada de Demônios Maiores que foram "mortos" apenas para retornarem mais tarde, intactos. A teoria do Vazio nos conta que a destruição do corpo físico de um Demônio Maior o envia de volta aos espaços do Vazio, onde seu corpo etéreo existe. Lá, ele passa um tempo acumulando poder, cuidadosamente, para poder reconstruir sua forma física.

Mas também é importante lembrar que praticamente tudo isso é especulação. Pode ser que, por exemplo, nenhum demônio, Maior ou não, possa ser morto por nós, mas como não conseguimos discernir indivíduos entre demônios que possuem inteligência sub-humana, não sabemos se um demônio que julgamos morto vai voltar depois. Foram feitas tentativas de "marcar" demônios para rastreamento em vários momentos da história, normalmente com terríveis resultados. Matar demônios já é suficientemente difícil; capturar alguns vivos para marcá-los e acompanhá-los se mostrou impossível.

É possível, no entanto, que "Demônio Maior" signifique simplesmente "qualquer demônio com inteligência semelhante a dos humanos", em vez de o termo indicar alguma distinção mais forte entre eles e demônios comuns. Outras pesquisas descobrirão a verdade; por sorte, a torrente infinita de não vidas horrorosas de além do Vazio não demonstra sinais de desaceleração, e pesquisas materiais provavelmente jamais terão poucos dados.

DEMÔNIOS, DEMÔNIOS, DEMÔNIOS

Agora com demônios adicionais!

I. ALGUNS DEMÔNIOS MAIORES

LILITH

Diferentemente de seu consorte sombrio, Samael, Lilith continua viva, e há registros de aparições na Terra. Reze para jamais encontrá-la.

Lilith é conhecida por muitos nomes, mesmo quando se leva em conta apenas a tradição judaica na qual a maior parte do seu folclore se baseia. Ela não inclui as diversas entidades em outras tradições mitológicas que são semelhantes em forma ou função, e podem ou não ser o mesmo demônio. Os outros nomes de Lilith no folclore judaico incluem: Satrina, Abito, Amizo, Izorpo, Kokos, Odam, Ita, Podo, Eilo, Patrota, Abeko, Kea, Kali, Batna, Talto e Partash.

A tradição judaica diz que, por causa de sua desobediência, Lilith foi castigada com a impossibilidade de ter filhos. Muitas versões do conto trazem uma narrativa ainda mais brutal, na qual Lilith é capaz de parir, mas todos os filhos morrem ao nascer. Assim sendo, ela é associada ao mal e ao enfraquecimento de bebês humanos, e grande parte do nosso conhecimento sobre Lilith vem da tradição mística judaica criada para proteger recém-nascidos contra a influência de Lilith através de amuletos e encantos.

SAMAEL

Fora seu papel fundador na Incursão, pouco se sabe sobre Samael. Acredita-se que ele foi a grande Serpente que tentou a humanidade e a fez cair em desgraça. Mas sua forma física é um mistério, pois Samael não é visto na Terra há muitas centenas de anos.

Contos tradicionais relatam que, por seu crime de ter suavizado os véus entre o mundo dos humanos e o Vazio, ele foi caçado e assassinado pelo arcanjo Miguel, comandante dos exércitos do Céu. Esta história chegou a nós pela tradição religiosa mundana, mas é frequentemente repetida, e os demônios de Pandemônio também acreditam nela. Como Samael não é visto no nosso mundo há muito tempo, não sobraram rituais para invocá-lo.

ABBADON

O Demônio do Abismo. São dele os espaços vazios entre os mundos. Dele é o vento e o chiado da escuridão. É um esqueleto humano apodrecido de 2,80 m.

Ele é um tremendo babaca.

AZAZEL

Tenente do Inferno e Fabricante de Armas. Como a maioria dos grandes Demônios Maiores, já foi anjo um dia. Diz-se que ensinou a humanidade a fabricar armas em tempos que antecedem a história, quando a confecção de armas era um conhecimento exclusivo dos anjos. Esta grande transgressão o fez cair e se tornar demônio. A ironia de um demônio ser o responsável por oferecer à humanidade o conhecimento necessário para lutar contra demônios não escapou aos Nephilim; acreditamos que o próprio Azazel também reconheça o fato. Como diz o Livro de Enoch, "e toda a Terra foi corrompida pelos trabalhos ensinados por Azazel. A ele, se atribui todo o pecado".

FOME

O demônio conhecido como Fome é um humanoide obeso e diabólico, coberto de escamas ossudas e uma variedade de bocas cheias de presas por todo o corpo. Consta que Fome devora tudo que encontra, normalmente de forma desordenada e grotesca.

MARBAS

Um demônio azul, do tamanho da metade de um humano, coberto de escamas azuis, com uma longa cauda amarelada e um ferrão na ponta. Tem olhos vermelhos, feições de lagartos e focinho achatado de cobra.

SRA. DARK

Uma criatura grande de pele dura e semelhante à pedra, aparentemente fêmea (apesar de não se saber com clareza o que o gênero significa no reino dos demônios). Ela tem um chifre, membros contorcidos e garras nas mãos. Também pode ser identificada pelos olhos amarelos brilhantes e a tripla fila de bocas cobertas por presas esverdeadas. Ela é de Eidolon (ver observação na página 70).

II. ALGUNS DEMÔNIOS COMUNS

BEEMOTE

O Beemote é uma monstruosidade amorfa de um demônio. É ligeiramente oblongo e pode ser descrito como semelhante a uma lesma

em termos de movimento, mas com menos coerência na forma. É maior, muito maior que um humano e gosmento. Fileiras duplas de dentes alinham o comprimento do corpo. O Beemote devora tudo o que encontra no caminho, inclusive pessoas.

DRAGÃO

Demônios Dragão são o que há de mais próximo no mundo moderno dos mitos antigos de dragões. São lagartos grandes, voadores e que soltam fogo, e são muito inteligentes. Existem em uma variedade de formas e cores. São inimigos formidáveis; por sorte, os Caçadores de Sombras nunca os encontram, considerando que estão praticamente extintos. Não devem ser confundidos com demônios Vetis, que parecem dragões, mas não são.

DREVAK

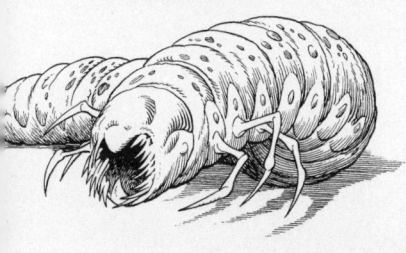

Caçadores de Sombras conhecem bem a aparência dos Drevaks, demônios fracos frequentemente utilizados por Demônios Maiores ou feiticeiros do mal para atuarem como espiões ou mensageiros. São lisos, brancos e pegajosos, e lembram uma versão gigantesca de uma larva mundana. São cegos e fazem rastreamento pelo olfato.

A falta de forma e ausência de inteligência não significa que não são perigosos; em vez de dentes suas bocas possuem espinhos venenosos, que podem ser muito perigosos se quebrarem e perfurarem a pele de uma vítima. Nesta situação, são úteis os tratamentos normais para veneno de demônio.

DU'SIEN

O Du'sien é uma espécie demoníaca, ou Eidolon (ver a seguir) menos conhecida, capaz de alterar sua forma. Sua verdadeira aparência é abstrata, uma bolha verde-cinzenta irregular com um pequeno centro escuro e brilhante. Não conseguem imitar outras criaturas com a riqueza de detalhes que muitos Eidolon conseguem, e dominam muito mal a língua humana. Portanto, são encontrados frequentemente disfarçados de "humanos genéricos", pessoas em uma multidão, mais do que imitando indivíduos específicos.

EIDOLON

"Eidolon" não é o nome de uma espécie determinada de demônio. Na verdade, é um termo que abrange uma variedade de demônios capazes de alterar sua forma. Demônios desta natureza possuem diferentes formas de origem e muitos tamanhos e forças distintas. Como existem dezenas desta espécie, os Caçadores de Sombras costumam utilizar o termo "Eidolon" para se referir a demônios que mudam de forma de maneira geral. Costuma ser, em outras palavras, mais útil observar a capacidade de alteração de forma de um demônio do que os detalhes menores sobre a forma original.

Demônios Eidolon abrangem a maior parte dos pais demônios de feiticeiros, por razões óbvias (ver a seção "Feiticeiros" da Parte II deste Bestiário para entender a explicação, caso os motivos não lhe pareçam óbvios).

Além do perigo oferecido por sua capacidade de se camuflar quase perfeitamente, os Eidolon também contam com uma vantagem sobre outras espécies demoníacas: quando assumem a forma de um humano, ficam basicamente protegidos contra a destruição pela luz do sol. Um demônio Eidolon camuflado continua não conseguindo suportar luz do sol direta, mas aguenta a luz difusa que desce através de nuvens espessas, névoa, chuva e por aí vai, sofrendo apenas um leve desconforto.

DERRETE-FACES
Autoexplicativo.

CÃO DO INFERNO
Uma corrupção demoníaca do cachorro, assim como muitos demônios são corrupções de formas de homens e mulheres. Normalmente, os

Cães do Inferno aparecem como caninos vis muito maiores que qualquer cachorro mundano, com olhos vermelhos, pelo preto que parece arame e um temperamento assassino. Têm inteligência semelhante a dos cães mundanos e são utilizados por demônios para fins parecidos — rastreamento e caça (claro que há muitos usos para cachorros mundanos, tais como pastoreio e companhia, para os quais os cães do inferno jamais são utilizados, considerando que demônios são incapazes de coisas como companheirismo). Assim como a dos cachorros, as mandíbulas dos cães infernais são armas muito perigosas, mas a cauda, diferentemente, culmina em um grupo de protuberâncias pontudas como pregos, semelhantes a um bastão.

HYDRA

Um demônio de porte médio e muitas cabeças, vil, porém nada inteligente. Conhecido por suas múltiplas cabeças; no mínimo três, mas frequentemente muito mais. O Hydra pode ser identificado entre outros demônios de muitas cabeças por seu grau de inteligência animalesca, a presença de cabeças em talos e sua cegueira — normalmente, o Hydra não enxerga e confia nos sons, cheiros e suas muitas bocas para caçar as presas.

IBLIS

O demônio Iblis é uma forma corpórea, porém não é sólida. Tem a aparência de uma figura mais ou menos do tamanho e da forma de um humano, mas é feito de uma fumaça preta muito veloz. Na parte do vapor que representa a cabeça, encontram-se olhos amarelos ardentes que enxergam nosso mundo.

IMP

O Imp comum é um pequeno humanoide com as características de um típico demônio ocidental — chifres, rabo bifurcado etc. Não são muito perigosos individualmente, mas podem se tornar um problema quando encontrados em bandos de mais de duzentos, conforme ocasionalmente relatado.

DJINN

Estes são mencionados aqui pois frequentemente acredita-se erroneamente que sejam demônios. Não são; são fadas.

KAPPA

Um demônio réptil aquático coberto por uma carapaça protetora e com um bico protuberante, mas, fora isso, tem o tamanho e a forma básica de um humano de 10 anos de idade. Gostam de saltar da água para arrastar mundanos desavisados para a morte.

KURI

São demônios aracnídeos, grandes, pretos e brilhantes, com oito patas culminando em pinças e presas saindo dos olhos.

MOLOCH

Um tanto confuso, o nome "Moloch" se refere a um Demônio Maior conhecido como um dos demônios guerreiros mais temíveis, seres de fumaça e óleo, e também a uma espécie de demônios inferiores ("Molochs"), que são capangas de soldados do Demônio Maior Moloch. Os indivíduos dessa espécie são do tamanho de homens, escuros e feitos de um óleo espesso, com braços, mas apenas um líquido amorfo no lugar das pernas. Sua arma primária são as chamas que inflamam a partir das órbitas vazias dos olhos, e costumam ser vistos em grandes números, e não isolados.

ONI

Demônios do tamanho de humanos com pele verde, bocas largas e chifres.

RAHAB

São demônios grandes e bípedes; nos quesitos aparência e movimento, se assemelham a lagartos. São cegos, com uma linha de dentes onde deveriam estar os olhos, e uma boca regular cheia de presas em um ponto mais habitual do rosto. Possuem caudas estreitas e que parecem chicotes, cujas pontas têm um osso afiado. As garras e dentes são, é claro, afiados e perigosos, porém a arma mais ameaçadora da qual dispõem é o ferrão inchado na ponta da língua bifurcada.

RAUM

O Raum é um demônio intimidante e perigoso, incapaz de falar, mas que, apesar disso, é um adversário inteligente. Raums são mais ou menos do tamanho de um homem, com pele branca e escamosa, olhos escuros esbugalhados e sem pupilas, uma boca perfeitamente circular e tentáculos no lugar de braços. Os tentáculos são as armas mais poderosas do Raum; suas pontas possuem ventosas vermelhas, que contém um círculo de pequenos dentes afiados como agulhas.

RAVENER

O Ravener é um monstro clássico: corpo longo e escamoso, e um crânio comprido e abobadado como o de um crocodilo. Ao contrário dos crocodilos, seus olhos são um aglomerado semelhante ao dos insetos no topo da cabeça. Possui uma cauda afiada e longa, e um focinho liso. Raveners têm presas afiadas que envenenam suas vítimas com uma toxina mortal. Com o tempo, o veneno queima toda a vida da vítima, deixando apenas cinzas para trás. A toxina é particularmente terrível mesmo entre os venenos demoníacos, e estamos falando de uma categoria que inclui o veneno de um demônio Derrete-Faces (ver "Derrete-Faces", página 70).

SHAX

Estes demônios são conhecidos pelo sentido aguçado do olfato e, às vezes, são invocados por feiticeiros para serem utilizados em rastreamento de pessoas desaparecidas. Devem ser cuidadosamente controlados, no entanto; são parasitas e se reproduzem ferindo a vítima e depositando ovos em sua pele enquanto ainda está viva.

VERMITHRALL

A maioria dos Caçadores de Sombras dirá incorretamente que o Vermithrall é uma massa monstruosa de minhocas se contorcendo. Na verdade, o Vermithrall são as minhocas individuais. Contudo, elas se recolhem nas colônias, criam uma forma humanoide e atacam como uma entidade única. Pior, as minhocas separadas do bando tentam voltar, tornando muito difícil matar definitivamente um Vermithrall.

VETIS

Não devem ser confundidos com demônios Dragão, com os quais se parecem um pouco, mas não possuem relação. São cinzentos e escamosos, possuem braços longos e um corpo alongado, porém humanoide. Assim como os Dragões, são conhecidos por acumularem objetos de valor; ao contrário deles, não têm qualquer conhecimento sobre o que é valioso e o que é impuro, e seus covis mais parecem ninhos de rato do que câmaras de tesouro.

CULTOS DEMONÍACOS MUNDANOS

Ao longo da história, houve muitos grupos patéticos e mal orientados de mundanos que construíram pequenos cultos para idolatrar um demônio em particular ou um grupo de demônios. A maioria desses cultos não interessa para os Nephilim e serve apenas para encher e confundir as histórias demoníacas, afinal eles se baseiam em demônios meramente imaginados ou inventados.

Ainda assim, uma minoria de cultos teve sucesso na invocação de demônios menores mais fracos. Essas histórias normalmente terminam com o culto prendendo inadequadamente o demônio em questão, que acaba matando todos os integrantes da seita. Em poucos casos, um culto demoníaco bem-sucedido durou algum tempo, com o demônio servindo aos membros do culto e pedindo pouco em troca. Estes cultos inevitavelmente acabam depois de uma ou duas gerações e pouco nos preocupam em termos históricos, mas podem causar alguns distúrbios locais e exigem intervenção dos Caçadores de Sombras.

Integrantes mundanos de cultos demoníacos costumam ter perdido quase toda a humanidade quando esta intervenção é exigida. O demônio idolatrado provavelmente terá consumido sua essência como forma de combustível para se manter e se fortalecer, e deixa para trás meras cascas de humanos, com os corpos físicos totalmente decadentes e as almas reduzidas a uma constante fúria animalesca. Este estado é considerado irreversível; matar os humanos esgotados por demônios é considerado um ato de misericórdia, portanto, é permitido pela Lei.

Já existiram cultos para servir a Demônios Maiores, mas existem poucas provas de que algum deles tenha conseguido invocar com sucesso o seu objeto de adoração. Se o fizeram, a probabilidade é que quem invocou tenha sido imediatamente aniquilado, e não existem registros a serem estudados.

VARÍOLA DEMONÍACA

Astriola ou varíola demoníaca é uma doença rara, porém debilitante, que afeta Caçadores de Sombras e é provocada por contatos indevidos com demônios. A doença não é vista com frequência, pois este tipo de contato indevido felizmente é incomum. Mundanos são imunes à doença; presume-se que seja causada pela interação de venenos demoníacos com a natureza angelical dos Caçadores de Sombras.

O primeiro sinal da varíola demoníaca é uma irritação em forma de escudo nas costas do contaminado, que se espalha pelo corpo e cria fissuras na pele. A partir daí, o doente vai deteriorar fisicamente e terá febre, calafrios, náusea, ferimentos com pus, ferimentos sem pus, furúnculos, uma linha preta sobre os olhos, queda de cabelo e outros sinais comuns de estresse. Com o tempo, as feridas e fissuras cobrem completamente a pele da vítima e formam uma crisálida escura na qual a vítima dolorosamente se transforma e, depois de algumas semanas, vira um demônio. Uma vez que o demônio emerge, a pessoa que ocupava aquele corpo anteriormente é considerada morta, e o único fim ao tormento é matar o demônio.

Em tempos antigos, a *astriola* costumava ser letal, e pouco podia ser feito pelo doente a não ser deixá-lo confortável e afastá-lo de inocentes que pudessem ser prejudicados quando a transformação se completasse. O progresso da doença podia ser desacelerado, mas nunca contido, e, em muitos casos, a vítima escolhia não receber tratamento, pois este só prolongaria a agonia. Hoje, existem curas confiáveis que conseguem combater a varíola demoníaca em seus estágios iniciais, e a doença causa poucas mortes. Contudo, ela ainda é incurável se o doente chegar a certo estágio de demonificação antes de ser tratado. Além disso, um estigma bastante sério ainda é associado à doença, e sua existência é prova o suficiente de que houve transgressão à Lei que proíbe associações demoníacas. Portanto, aqueles que hoje são tratados desta doença, recebem os cuidados médicos nas prisões da Cidade do Silêncio.

QUESTÕES PARA DISCUSSÃO E COISAS A SE TENTAR

1. Tente: aprender algumas palavras em Purgatic ou Cthonic! Seu Instituto deve ter cópias de vários livros com frases.

   Recomendo o clássico Aprenda Purgatic em Dez ou Doze anos de Infelicidade. Você planeja almoçar em muitos restaurantes demoníacos? Não. Vale a pena? Então, não. Os demônios que são inteligentes o bastante para conversar normalmente falam alguma língua humana.

2. Para aqueles que possuem a Visão, vocês já viram algum demônio antes de se juntarem aos Caçadores de Sombras? Em caso de resposta afirmativa, como sua mente processou o que seus olhos viam?

   Insira piada sobre a senhora Thomson da sétima série. Bem, teve a senhora Thomson... Ah, esquece, você estragou.

3. Demônios gostam de prometer às suas vítimas os seus maiores desejos. Que tipo de coisa um demônio poderia lhe prometer, e como ele poderia cumprir esses desejos de um jeito ironicamente terrível? Vale a pena considerar estas questões para o caso de um demônio de fato lhe oferecer seu maior desejo, para você não se deixar enganar por suas mentiras.

   Um demônio poderia me prometer um pônei. E poderia realizar este desejo de uma forma terrível e me dar um pônei de plástico, um pônei muito feroz que ataque as pessoas ou um pônei coberto por espinhos afiados de modo que seja impossível montá-lo. Seu dever de casa: descobrir como levar mais a sério estas questões para discussão!

Capítulo Quatro

Bestiário Parte II:
INTEGRANTES DO SUBMUNDO

Se demônios tumultuando nosso mundo fossem as únicas criaturas com as quais tivéssemos que nos preocupar, nossas vidas seriam consideravelmente mais fáceis. Demônios, exceto pelos raros que são capazes de mudar de forma, costumam ser obviamente não humanos e, convenientemente, são malévolos em geral. Nas relações entre humanos e demônios não existe política nem negociações. Apenas guerra. Eles atacam; nós defendemos.

Mas a totalidade do mundo não é tão simples. Uma vez que os demônios começaram a invadir a vida dos humanos, as águas do bem e do mal se tornaram turvas, e as águas turvas da humanidade se tornaram integrantes do Submundo. Alguns deles (feiticeiros e fadas) surgiram muitos anos antes dos Nephilim. Mas os mais jovens, lobisomens e vampiros, são um fenômeno relativamente recente, resultado de doenças demoníacas previamente desconhecidas que se disseminaram na raça humana e, ao que parece, vieram para ficar.

——— LICANTROPES ———

Isso aí, Lobos.   Vai fazer isso em todos os capítulos?

A primeira destas doenças é a licantropia, que, acredita-se, surgiu Talvez! nas florestas da Europa Central em algum momento (provavelmente) do século XIII. Acredita-se que a licantropia tenha se espalhado rapidamente pela Europa e, em seguida, mais lentamente, pelo resto do mundo. Perseguir e atear fogo publicamente em lobisomens foi um costume do fim do século XV e princípio do XVI, o que correspondeu a algo semelhante à caça às bruxas (que quase nunca integravam, de fato, o Submundo; ver "As Caças e as Cismas" no Apêndice A).

A licantropia faz de um humano um lobisomem, um semi-humano cuja infecção demoníaca transforma em um lobo grande e perigoso sob a luz da lua cheia. Pior, lobisomens em forma lupina não são meramente lobos. Possuem força e velocidade anormais — demoníacas —, e suas garras e presas são capazes de cortar uma cerca de correntes ou morder um cadeado. Sem ajuda e treinamento, um licantrope pode ser muito perigoso. Na pior forma da doença, um homem vive o que aparenta ser uma vida mundana normal e se torna uma fera vil, descontrolada e assassina durante cerca de três noites por mês, não guardando qualquer lembrança dos próprios atos pérfidos.

SE VOCÊ ENCONTRAR UM LICANTROPE

Um licantrope em sua habitual forma humana, sem influência da Transformação, não difere em nada de qualquer outro humano. Você pode abordá-los como faria com qualquer outra pessoa. Ao

contrário do que se acredita, eles não vão cheirá-lo nem desafiá-lo para um combate mortal.

Se encontrar um lobisomem em forma de lobo, você deve rapidamente assimilar o contexto. Se ele o estiver ignorando, afaste-se calmamente da área, porém com rapidez. Se ele o estiver observando, procure os sinais de agressão que procuraria em um cão: dentes arreganhados, rosnados, pelos eriçados. Levante as mãos para demonstrar que você não representa ameaça. *E tente parecer mínimo possível a um refil*

Defenda-se apenas se for atacado, tentando incapacitar o lobo, não matá-lo. Um licantrope que ataca um humano quase sempre está respondendo ao pânico, ou foi recém-infectado e ainda não sabe se controlar.

Caso conheça o lobisomem em questão, *não* tente conversar com ele utilizando seu nome humano nem lembrando-o de tudo que já fizeram juntos. E também *não* tente comandá-lo como se fosse um cachorro (por exemplo: "pare" ou "sente").

DE ONDE VÊM OS LOBISOMENS? COMO ELES VIVEM?

Não se sabe qual demônio ou espécie de demônio é responsável pela primeira aparição dos licantropes. Existe a hipótese de um Demônio Maior em sua origem, e ele costuma ser referido pelo nome "Lobo" na literatura. Apesar de muitas supostas descrições do Lobo nos escritos medievais, não existe um candidato provável de quem ele possa ser. Ele apareceu, criou os lobisomens e deixou nosso mundo para sempre.

Novos lobisomens são criados quando um humano é mordido por um licantrope. Algumas vezes, a mordida provoca licantropia na vítima. Muitas proteções contra mordidas existem, e muito trabalho já foi feito pelos Nephilim e pelos próprios licantropes (ver coluna sobre Praetor Lupus, página 87) para evitar ataques inesperados, o que quer dizer que mordidas de lobisomens rebeldes são raras atualmente.

A função de um novo licantrope, sua nova responsabilidade, é aprender a controlar sua mudança ou "Transformação". Neste aspecto, o controle é mais importante que qualquer ajuste que ele fizer à nova vida. Lobisomens podem viver vidas pacíficas e calmas entre os mundanos, muito mais que qualquer outra raça do Submundo, desde que tenham treinamento e controle. Pela regulamentação da Praetor Lupus, qualquer licantrope que não consegue controlar conscientemente a sua Transformação é considerado rebelde, independentemente do seu comportamento no resto do tempo. Esta regulamentação serve para motivar os licantropes a aprenderem a controlar sua Transformação — a fim de não terem problemas com o Praetor e a comunidade de lobisomens; eles exigem normas rigorosas para evitar qualquer problema.

Isto é particularmente importante porque licantropes recém-infectados normalmente não têm uma transição suave para a nova vida. À reação licantrope normalmente se juntam a raiva e a agressão descontroladas, ira suicida e depressão. Este carrossel de emoções é, ao mesmo tempo, terrível e potencialmente perigoso nas mãos de um membro do Submundo recém-reforçado e poderoso, que não conhece mais os limites da própria força. Portanto, novos licantropes devem ser tratados com cautela. A Praetor Lupus assumiu a responsabilidade de policiar a comunidade do

Submundo, tanto no que se refere a novos vampiros (ver "Vampiros", página 88) quanto a novos lobisomens, e pode ajudar em casos particularmente difíceis.

Segundo todos os relatos, a primeira Transformação é a pior, pois se trata de uma experiência nova, mas é importante deixar claro que toda Transformação licantrope é traumática. O alongamento e nova forma de músculos e ossos são muito dolorosos, principalmente no realinhamento da espinha. Dentes humanos dão lugar a presas que rasgam as gengivas agressivamente. Isto e as mudanças na química cerebral fazem com que a maioria dos lobisomens fuja durante a primeira Transformação e perca qualquer memória do que eles fizeram enquanto lobos. Esta é a forma mais perigosa dos licantropes — quando ainda não têm controle sobre a Transformação e não conseguem conservar a consciência humana quando Transformados.

Pior, a maioria dos novos licantropes ainda não tem filiação a nenhum bando e, com isso, não possui acesso a informações que os ajudariam a compreender a Transformação. É por isso que recomendamos misericórdia com eles apesar de rebeldes do Submundo tecnicamente não serem protegidos pelos Acordos. Jovens lobos literalmente não controlam as próprias faculdades. A Praetor Lupus ajuda muito na reabilitação desses rebeldes, e um licantrope rebelde capturado deve ser levado a um escritório local da Praetor ou representante, e não para o bando mais próximo.

A Praetor tem tido muito sucesso na missão e fez dos lobisomens o modelo do Submundo em termos de autopoliciamento; na maior parte do mundo, é raro que os Caçadores de Sombras sejam chamados para lidar com um lobisomem rebelde, uma enorme mudança desde a criação da Praetor. Contudo, até o mais controlado dos lobisomens ainda será forçado a se Transformar com a lua cheia, mesmo que somente na exata noite da lua mais cheia. Não existe, portanto, um lobisomem perfeitamente seguro.

Além disso, não existe bando seguro de lobisomens. Existe uma violência inerente ao cerne de uma organização licantrope tradicional: o líder pode ser desafiado a um duelo mortal por qualquer membro, a qualquer momento, pela liderança do bando. Além de centrar toda a estrutura social dos lobisomens em torno de um ritual de morte (infelizmente um problema comum nas culturas do Submundo), isso também significa que a população de lobisomens constantemente comete o que a sociedade mundana classificaria como assassinato em primeiro grau, e tal comportamento pode atrair a atenção das autoridades mundanas. Neste caso, às vezes temos que executar alguns feitiços de disfarce e proteção para manter as populações do mundo e do Submundo afastadas uma da outra.

Um licantrope experiente, para o qual a Transformação é velha conhecida e não uma invasora, consegue aprender técnicas mais avançadas de alteração de forma; por exemplo, Mudar apenas uma das mãos para pata de lobo a fim de cortar alguma coisa com as garras.

Tradicionalmente, lobisomens e vampiros se odeiam intensamente, o que se acredita ser uma condição das respectivas infecções demoníacas, mas há lugares no mundo onde os dois grupos coexistem bem e até são aliados, como, por exemplo, Praga.

Lobisomens são mortais, envelhecem e morrem como qualquer humano. Também são capazes de gerar filhos para os quais *não* transmitem a licantropia. Podem ter filhos com um Caçador de Sombras, e, como o sangue Nephilim sempre prevalece, o filho de um lobisomem com um Caçador de Sombras, por mais raro que seja, será um Caçador de Sombras.

FRAQUEZAS

Além da força sobrenatural, da graciosidade e dos reflexos, os lobisomens têm as mesmas habilidades de cura acelerada que a maioria dos outros membros do Submundo. Não são capazes de regenerar — se você cortar o braço de um lobisomem, ele não produzirá um novo —, mas conseguem se recuperar da maioria dos ferimentos mundanos. As únicas formas de ferir permanentemente ou de matá-lo são o fogo angelical da lâmina serafim ou, mais notoriamente, prata pura. A prata é associada à lua, e ferimentos com prata causam não apenas danos irreversíveis como muita dor. Qualquer Instituto possui um estoque de armas de prata só para isso.

Mostrei esta parte para Luke, que gritou e passou meia hora andando de um lado para o outro. Fiz anotações.

PRAETOR LUPUS

Praetor Lupus é a primeira e maior organização de autopoliciamento do Submundo. Evoluiu de uma pequena força iniciada em Londres, no fim do século XIX, para uma instituição mundial. O nome sugere uma velha organização, até mesmo antiga, mas, na verdade, a Praetor Lupus — "Guarda dos Lobos" — só foi fundada há 150 anos, e seu nome não é antigo, mas reflete a onda vitoriana de destacar tudo que é clássico. Seu fundador, Woolsey Scott, era um lobisomem rico de Londres e iniciou a Praetor em função do último desejo do irmão. A missão autoimposta da organização é encontrar "órfãos" do Submundo — lobisomens recém-infectados, novos vampiros e feiticeiros sem conhecimento do próprio povo — e ajudá-los a controlar seus poderes e a se filiarem a um clã, um bando ou um feiticeiro mentor.

A sua diligência como aluna me impressiona de verdade. Além disso, arranjei uma capa de cetim para Simon. Você sabe que ele quer uma.

A Clave e a Praetor têm uma relação difícil, apesar dos muitos objetivos em comum. A Praetor prefere operar sem supervisão e é muito secreta em relação a seus métodos e filiação; esta discrição desagrada a Clave, tendo em vista que Caçadores de Sombras devem ser chefes protetores do Submundo e nós acreditamos em transparência, sempre que possível. A Praetor argumenta que seu objetivo é salvar rebeldes *antes* que transgridam a Lei do Pacto, e que uma supervisão próxima da Clave prejudicaria sua capacidade de proteger seus encargos. Apesar dos Acordos, ao longo dos anos a sociedade Praetor se tornou tão secreta quanto grande.

Os Luis foram o caminho do filme lobarão, nada além de eficientes máquinas assassinas. Mas a maioria dos rebeldes solitários nas cidades leva tiros de policiais e a maioria dos rebeldes nas florestas ou fazendas morre de fome, em lutas contra ursos etc. Praetor originalmente queria salvar lobisomens de serem mortos pela própria condição, e não salvar mundanos dos efeitos dos licantropos.

• O status "modelo do Submundo" que o Códex condescendentemente sugere é, na verdade, ofensivo.
• E mostrará a eles onde podem enfiar esse status.
• E por isso que a Clave blá-blá-blá, o Conselho blá blá blá. No meu tempo, blá-blá-blá.
• Possíveis presentes de Hanuká para Simon: o novo box do Tezuká? Chapéu de inverno? Capa preta de cetim? Sangue?

O símbolo da Praetor Lupus é facilmente reconhecido e usado com muito orgulho pelos seus integrantes. O símbolo é uma marca de uma pata de lobo decorada com o slogan *Beati Bellicosi*, "Benditos São os Guerreiros".

especificamente. O que a Clave chama de secreta a Praetor chama de não contar à Clave tudo a seu respeito e a respeito de suas operações. A alegação da Clave sobre amor e abertura é obviamente uma piada. Não preciso de lobisomens para aprender isso.

Mostrei esta página para Luke. Ele ficou roxo e me mandou mostrá-la a Jordan. Anotações sobre a conversa com Jordan: a sociedade não é tão secreta assim. Reservada em relação à Clave

--- # VAMPIROS ---

NÃO PULE. Simon não é uma fonte completa sobre vampiros!

Vampiros são vítimas de outra infecção demoníaca, que os transforma em bebedores de sangue. Possuem presas afiadas retraídas, que se projetam quando a sede de sangue é provocada. Estas cortam a superfície de uma veia da vítima, e, em seguida, o vampiro suga o sangue até se satisfazer. O ato de beber sangue provoca uma onda de energia e vitalidade no vampiro. Vampiros experientes conseguem resistir à tentação e conter a vontade de extinguir o sangue, deixando as vítimas vivas e capazes de se recuperarem, mas novos vampiros podem ter problemas para controlar o impulso de beber o sangue até a morte da vítima. Pior, após a picada inicial de um vampiro, o veneno contido na sua saliva entorpece a dor e pode tornar a experiência prazerosa para a vítima. O veneno age como um relaxante muscular e um estimulante, e até mesmo um Caçador de Sombras forte responde aos seus efeitos. Um Nephilim bem Marcado pode, é claro, manter a consciência por mais tempo que um mundano, porém ainda há muitos riscos associados às mordidas.

Ao contrário dos lobisomens, vampiros são considerados "mortos-vivos"; isto é, seus corpos não estão mais vivos no sentido em que os nossos estão. As almas humanas residem em corpos animados, mantidos intactos e animados pela doença demoníaca. Não podem ter filhos e podem criar novos vampiros somente por meio de mordidas.

Não pule. Você deve apenas deslizar ou saltar.

SE ENCONTRAR UM VAMPIRO

Não olhe diretamente nos olhos dele. Não exponha seu pescoço nem as partes internas dos pulsos. Não acompanhe um vampiro desconhecido a nenhum lugar estranho. Não beba de nenhum copo oferecido pelo vampiro, por mais que ele insista que é seguro. Não há motivo para ser atencioso, mas eles não levam insultos na esportiva. Não ridicularize os cabelos nem as roupas dos vampiros. Eles levam muito em consideração o fato de serem tratados com respeito, e, apesar de a Lei proibi-los de nos ferir, é prudente evitar a inimizade de um vampiro.

Não provoque o vampiro. Não diga a ele que sua camiseta é idiota. Não o chame de Vamp nem de Doutor Dentes nem nada do tipo.

Oh, o Presas tem um bom argumento.

DE ONDE VÊM OS VAMPIROS?

Quando dois vampiros se amam muito...

Vampirismo é o outro grande resultado de uma infecção demoníaca, e vampiros possuem um pedigree bem estabelecido, o que convém a pessoas obcecadas por rituais e protocolos. Diferentemente do que acontece com a licantropia, conhecemos exatamente o "quem, quando e onde" dos primeiros vampiros. Eles foram criados em uma cerimônia pública da qual os Nephilim possuem muitos relatos escritos daqueles que alegam tê-la presenciado. O Demônio Maior, Hecate, por vezes (e confusamente) chamado de "Mãe das Bruxas", foi invocado em um sacrifício sanguinário em 1444 na Corte de Wallachia, onde atualmente fica a Romênia. O então líder de Wallachia, Vlad III, tinha um enorme círculo de prisioneiros de guerra empalados em espetos altos de madeira, e, em troca deste grande sacrifício, Hecate transformou Vlad e a maioria de sua corte nos primeiros vampiros.

Origem dos vampiros: surpreendentemente rock 'n' roll.

O Vampirismo não se espalhou seriamente como uma doença até alguns anos depois, quando Vlad conduziu uma série de revoltas à vizinha Transilvânia, e ele e seus homens aparentemente devoraram inimigos e espalharam o vampirismo por toda a região. A cidade de Cluj se tornou o sítio oficial do primeiro clã de vampiros reconhecido pela Clave, e a Transilvânia foi considerada o epicentro da epidemia. Por qualquer que tenha sido o motivo, Vlad e seus homens não criaram um número significativo de vampiros em sua região original, e a atividade vampiresca em Wallachia diminuiu quase a ponto da extinção depois da morte dele.

Em um golpe de sorte historiográfica, o Instituto de Cluj abrigou um Caçador de Sombras chamado Simion no fim do século XV. Não sabemos quase nada sobre ele, nem mesmo seu sobrenome — ele só se refere a si mesmo como "Simion, o Escriba" —, mas ele ofereceu um retrato claro e detalhado sobre a difusão original da praga vampiresca. Ele descreve o que só pode ser classificado como uma guerra total entre os Nephilim e os primeiros clãs de vampiros, com mundanos retirados das camas e largados exangues nas ruas, vampiros acorrentados ao chão em praças públicas e abandonados para arderem vivos sob o sol, e outros horrores semelhantes. Os Caçadores de Sombras, principalmente aqueles com experiência em caçar integrantes do Submundo, viajaram para a Transilvânia com o exclusivo propósito de aniquilar os vampiros; novos vampiros continuaram aparecendo tão depressa quanto os antigos desapareciam. Em poucos meses, o Instituto de Cluj, até então um dos menores e menos importantes da Europa, se tornou o centro da maior epidemia demoníaca que os mundanos já viram. O caos tomou conta enquanto nem os Nephilim nem os vampiros entendiam como novos vampiros eram feitos ou como poderiam ser definitivamente mortos. *Não estou achando esta parte leve como imaginei que seria.* *Ler sobre semelhantes sendo mortos é assim mesmo.*

A guerra acabou sem um vencedor claro. O conhecimento sobre a doença vampiresca cresceu, o vampirismo se espalhou por outras partes da Europa, e os Caçadores de Sombras voltaram para casa a fim de assinar tratados com clãs locais e manter a paz nos

Em 1444 em Wallachia — Os vampiros surgiram para aterrar-nos. Não.

respectivos territórios. A Transilvânia permaneceu um campo de batalha devastado por centenas de anos, onde as taxas de mortalidade tanto para vampiros quanto para Caçadores de Sombras permaneceu a maior do mundo e onde a autoridade da Clave foi, na melhor das hipóteses, tênue. Apenas com o fim extraoficial do Cisma na primeira metade do século XVIII foi que a batalha acabou, e hoje o Instituto de Cluj, apesar de mais focado em vampiros do que todos os outros, não é mais atarefado nem mais perigoso que qualquer outro, e Caçadores de Sombras o visitam não em busca de guerra, mas do Muzeul de Vampiri, onde figuras de cera animadas por magia reencenam a carnificina de 500 anos atrás.

Exposição, a prática de amarrar vampiros do lado de fora para queimarem ao sol, foi banida nos Terceiros Acordos de 1902, após a popularidade da obra de Bram Stoker, *Drácula*, levar a um entusiasmo por caça e assassinatos brutais de vampiros inocentes e seguidores da Lei.

COMO SÃO OS VAMPIROS?

Há tanta variedade entre vampiros quanto há entre humanos, é claro, mas de forma geral, vampiros tendem a ser pálidos, amarelados e magros, como se fossem enfraquecidos por subnutrição ou alguma doença devastadora. Contrariando as aparências, assim como os licantropes, eles possuem força, graça e velocidade sobre-humanas. Contrariando também esta aparência de morte, seu sangue tem uma cor vermelha forte e brilhante, mais reluzente que o sangue de humanos. E, também como os lobisomens, eles são capazes de se curar rapidamente de ferimentos mundanos.

Vampiros, mais que outros integrantes do Submundo, parecem já ter um pé no Inferno e não estão completamente presentes no nosso mundo. Acredita-se que esta seja a razão pela qual eles não possuem reflexo nem deixam pegadas ou digitais ao se moverem pelo mundo. Não podem ser rastreados por métodos normais, nem demoníacos nem dos Nephilim (vampiros poderosos, no entanto, costumam viajar com subjugados humanos que podem ser rastreados). Vampiros ficam à vontade na escuridão; seus olhos se ajustam ao escuro e enxergam quase instantaneamente, muito mais depressa que os olhos de humanos.

A terra do túmulo onde um vampiro foi enterrado possui propriedades especiais para ele. O vampiro sabe, por exemplo, se o túmulo foi remexido, se está sendo pisoteado, ou se a terra for removida do local. Vampiros espertamente passaram a utilizar este poder para comunicar mensagens simples através de longas distâncias — por exemplo, quebrar um recipiente com a terra do túmulo de um vampiro pode ser uma forma de alertá-lo e invocá-lo. *Eu devia ter guardado um pouco daquela terra...*

O último poder vampiresco que vale ser mencionado aqui é, talvez, o mais perigoso: o *encanto* ou "fascinação". Vampiros conseguem, com um simples contato visual prolongado, convencer mundanos, e até mesmo Caçadores de Sombras, de quase tudo e podem persuadi-los a quase qualquer coisa. Esta é uma habilidade que precisa ser desenvolvida e praticada pelos vampiros, portanto, normalmente são os mais velhos e poderosos que conseguem utilizá-la. Se você vive em uma área com grande atividade vampiresca, deve consultar seu Instituto local sobre um treino intenso em resistência ao *encanto*.

Meu primeiro CD vai se chamar já com um pé no Inferno.

Por meio deste proclamo o título "totalmente idiota".

VAMPIROS E A LEI

Você amou esse título! Não pode resistir ao encanto.

Muitos novos Caçadores de Sombras ficam surpresos em aprender que não é contra a Lei um vampiro consumir sangue de um humano, desde que o humano em questão continue vivo. Isso ocorre em função das propriedades de cura da saliva dos vampiros. Quando um vampiro bebe o sangue de uma vítima, aumenta a contagem de hemácias dela, tornando-a mais forte, saudável e capaz de viver por mais tempo. O efeito é pequeno, mas combate o efeito da perda do sangue, então, um humano mordido normalmente permanece intacto.

Ainda assim, o risco de matar um humano acidentalmente por beber sangue demais e o senso geral de ameaça de drenar uma vítima fizeram com que os vampiros mais "civilizados" passassem a evitar beber o sangue de vítimas humanas vivas (fora os subjugados, ver página 97) em favor de sangue previamente retirado ou sangue animal. Segundo os Acordos, vampiros devem seguir as mesmas regras mundanas que os outros membros do Submundo no tocante a assassinatos, mas são os únicos do Submundo que correm o risco de assassinar por alimento, potencialmente para sobreviver. É notável e admirável que tantos vampiros tenham, voluntariamente, se comprometido a respeitar a vida humana da mesma forma que os outros signatários dos Acordos.

Agora Simon também está irritado. Ele e Luke estão de um lado para o outro, gritando com ninguém em relação ao Códex. Resumindo: "só vampiros matam para se alimentar? Essa é boa". É difícil ser o Manual Monstro.

POLÍTICA VAMPIRESCA

Assim como lobisomens, vampiros se consideram, de alguma forma, irmãos uns dos outros, não importa o clã ao qual se filiem. Um vampiro que levantasse a mão para outro, a não ser no raro caso de uma guerra de clã, seria considerado um anátema pela comunidade, e sua vida seria confiscada. Os Nephilim normalmente não se metem nestas questões de justiça interna, apesar de, às vezes, intervirmos para impedir que conflitos entre clãs se transformem em guerras totais. Quando guerras de clã ocorrem, a liderança muda, assim como acontece com os licantropes: quem matar o líder do clã assume o posto.

Entre os habitantes do Submundo, apenas as fadas são mais comprometidas com noções de honra e etiqueta do que os vampiros. Estes são frequentemente vistos fazendo votos e juramentos, que levam muito a sério. Os votos normalmente são escritos e assinados com sangue — o que não é uma surpresa, a julgar pela obsessão que eles têm com sangue em geral. Estes juramentos de sangue são fortes: vampiros são obrigados a agir pelos termos dos juramentos e não podem violá-los a não ser que o laço seja rompido por outro ritual mais oneroso. Você pode confiar que um vampiro que faça um juramento a você sob estas circunstâncias, na pior das hipóteses, seguirá com extremo rigor a letra do juramento. Por outro lado, você deve desconfiar de um vampiro que faça promessas, mas não se disponha a assiná-las com sangue.

Gostaria que Simon jurasse devolver meus DVDs do Ghibli. *Eu juro!* *Com saaaaaangue?* *Esquece!*

FRAQUEZAS

Obviamente, os Nephilim prefeririam nunca ter que fazer mal a um vampiro, mas a história nos ensina que é prudente saber se defender contra eles e quais são suas forças e fraquezas. Os Acordos exigem que os vampiros se afastem de sua natureza caçadora e predatória, assim como os humanos devem escolher não sucumbir às nossas habilidades de matar e ferir.

Vampiros são extremamente vulneráveis ao fogo. Apesar de, sob muitos aspectos, serem mais fortes e duráveis que mundanos e Nephilim, eles possuem corpos mais fracos e menos resistentes a queimaduras que os humanos. Quando expostos ao fogo, são suscetíveis a queimar como papel, madeira seca ou objetos igualmente inflamáveis. Assim sendo, vampiros podem não só se ferir com o fogo, como podem ser contidos por uma barreira protetora de fogo ou uma tocha acesa.

Água benta e outros objetos bentos, tais como espadas angelicais, são prejudiciais a vampiros e destroem sua pele.

De forma mais geral, símbolos sagrados podem ser anátemas a vampiros se tiverem peso para o vampiro específico ao qual é endereçado. Um crucifixo pode repelir um vampiro que tinha crenças cristãs antes de ser Transformado, mas um vampiro que, na vida humana, fosse budista, não reagiria a ele. Nos primórdios da caça aos vampiros, quando havia menos migração de povos, os símbolos sagrados eram mais utilizados para repelir vampiros, mas nesses tempos modernos de pluralismo religioso, este método deixou de ser absolutamente confiável.

Do mesmo modo, antigos manuais do Mundo das Sombras sugerem que um vampiro que tente esconder sua natureza demoníaca pode ser denunciado pela incapacidade de pronunciar o nome de Deus. Isso não é mais uma verdade absoluta. A maioria dos vampiros que, quando vivos, não seguia nenhuma religião, não desenvolve aversão a nomes sagrados como parte da Transformação. Além disso, vampiros mais velhos e poderosos frequentemente resgatam a habilidade de pronunciar nomes santos, apesar de não ser claro se isso ocorre em razão de a aversão diminuir com o tempo, ou se porque, quando os vampiros envelhecem, se inserem mais profundamente no demoníaco e passam a conseguir falar o nome de Deus como uma maldição.

Conforme mencionado anteriormente, os vampiros não suportam a luz direta do sol. A mitologia nos ensina que esta é uma faceta da sua condição de criaturas demoníacas e amaldiçoadas, que são condenadas a não conseguir olhar para o sol que dá vida à Terra. Seja qual for a razão, a luz solar queima a pele dos vampiros, assim como (em menor escala) o faz a luz enfeitiçada, por ter brilho de origem angelical. Luzes artificiais, elétricas ou a gás podem causar desconforto nos vampiros se forem fortes o bastante, mas eles normalmente conseguem se manter intactos, a não ser que já estivessem fracos. *Além disso, lâmpadas fluorescentes devem ser evitadas por serem feias.*

Um raio de sol causará queimaduras na pele de um vampiro, mas a exposição completa — sem bloqueios aos raios — os fará pegar fogo de forma dramática, e eles serão consumidos e mortos rapidamente. Por este motivo, vampiros costumam ser cautelosos e se manter adormecidos e inativos durante as horas do dia.

A não ser, é claro, que seja um SUPERVAMPIRO.

TRATANDO DE MORDIDAS DE VAMPIROS *Importante! Preste atenção!*

Se um vampiro morde e bebe o sangue de alguém, não é necessário que se faça qualquer tratamento sobrenatural. *Por que tem qu ser assim, cara?*
Cuidados protocolares de Caçadores de Sombras se aplicam — o uso de um *iratze* ou outra Marca de cura, além de tratamento para perda de sangue e choque se o ataque tiver sido grave. Mundanos também podem ter sangue extraído por vampiros sem danos permanentes, desde que os ferimentos sejam tratados e ele não tenha perdido muito sangue.

O verdadeiro perigo reside no caso de um humano que consumiu sangue de vampiro. Mesmo que a quantidade não tenha sido suficiente para causar a morte e o renascimento como vampiro, a menor quantidade de sangue já basta para que a vítima sinta uma atração irresistível pelos vampiros, o que pode fazê-la virar um subjugado, implorando para ser Transformada.

O tratamento adequado para o consumo de sangue de vampiro é emético: a vítima tem que beber água benta até o sangue do vampiro sair do seu sistema. É provável que a vítima passe muito mal durante o procedimento

— obviamente vai expectorar tudo que tenha no organismo, não apenas o sangue intruso, e a presença do sangue provavelmente o tornará febril e muito quente ao toque. Este processo, no entanto, é muito melhor que a alternativa.

Mesmo uma pequena quantidade de sangue de vampiro consumido pode exigir o consumo de muita água benta. Este é um caso em que é melhor priorizar a cautela e consumir água benta demais, e não de menos. A vítima pode ser considerada saudável e curada quando o consumo de água benta não causar mais respostas eméticas.

SUBJUGADOS

Vampiros poderosos frequentemente resolvem que é melhor ter um estoque pronto de sangue do que consumir a esmo qualquer coisa que encontrarem. Então criam um subjugado: selecionam uma vítima e a mantém por perto, bebendo seu sangue e o alimentando com pequenas quantidades de sangue vampiro. O sangue de vampiro torna o subjugado dócil, obediente, e, com o tempo, ele passa a idolatrar o mestre vampiro. O subjugado deixa de comer comida e sobrevive com uma mistura de sangue de animal e sangue de vampiro. Não se tornará um vampiro, mas é mantido em um estado de animação suspensa, e seu processo de envelhecimento é drasticamente retardado (apesar de não serem imortais e eventualmente morrerem).

Um subjugado que vira vampiro perde sua natureza obediente e idealizadora e se torna um vampiro normal, como qualquer outro.

A maioria dos subjugados tem aparência jovem; vampiros reverenciam juventude e beleza, e tendem a preferir que seus subjugados possuam ambos os atributos (há também uma consideração prática: quanto mais jovem o subjugado, menos chance de ter sangue doente ou problemático).

Subjugados, às vezes, são conhecidos como submissos. Apesar de o termo ser arcaico, ainda é utilizado em alguns rituais vampirescos formais. Vampiros adoram rituais formais.

A cultura dos subjugados entre os vampiros é que, primeiramente, não são mais humanos, mas outra coisa, portanto não recebem os direitos e o respeito conferido aos humanos. Ser subjugado é essencialmente escolher ser escravizado; subjugados aceitam se tornar propriedade dos mestres vampiros, renunciar a seus nomes humanos e por aí vai. Um subjugado jamais se apresentaria a outro vampiro ou outro subjugado, por exemplo; seria escolha do mestre informar seu nome ou, aliás, atribuir ao subjugado algum nome que o identificasse.

A criação de novos subjugados se tornou ilegal pela Sétima Revisão dos Acordos de 1962. Vampiros que já tinham subjugados anteriormente puderam conservá-los. A Lei também continua permitindo que vampiros transfiram subjugados preexistentes a outros vampiros. Estes dois fatos praticamente impossibilitaram a condenação de vampiros por criarem subjugados. Os vampiros simplesmente alegam que seus subjugados já existiam antes dos Acordos, e, considerando que as vidas e identidades dos subjugados são controladas pelo próprio vampiro, é muito difícil provar o contrário.

INCIPIENTES

Observação: não li. Muito cedo.

Um humano que consumiu sangue de vampiro o bastante para se transformar não muda, como dizem algumas histórias populares mundanas, de uma hora para a outra. O humano — conhecido na cultura dos vampiros como "incipiente" — deve morrer, ser enterrado e, ao renascer, sair da cova por conta própria (no raro e triste evento de um Caçador de Sombras ser irreversivelmente transformado em vampiro, esta é a única circunstância em que o corpo pode ser enterrado em vez de cremado).

Como um fantasma, um incipiente que levanta do túmulo suga energia e força das coisas vivas que o cercam, consumindo o calor e produzindo um ponto notoriamente frio ao redor do túmulo. Quando ascende, estará quase selvagem e sedento pelo sangue que irá sustentá-lo por toda a eternidade. Por isso, os incipientes são os vampiros mais perigosos. Às vezes, um clã de vampiros transforma um humano de propósito, e, nesses casos, a transição costuma ser tranquila. O clã pode estar presente para a ascensão do vampiro, pode se certificar de que tudo corra bem, e pode oferecer um lugar seguro para o incipiente se recuperar. Esta, no entanto, não é a maneira pela qual a maioria dos vampiros é criada; quase todos são criados por acidente. Nestes, o incipiente é enterrado por seus amigos e familiares, como qualquer mundano seria, e ressurge inesperadamente, em um local mundano, desesperado por sangue e mal sabendo algo sobre si próprio. São estas as circunstâncias que levam a ataques de vampiros e mortes de mundanos. Ao passo que um incipiente descontrolado tem que ser contido, não é política dos Caçadores de Sombras considerar estes vampiros rebeldes, e, com isso, os incipientes devem ser encaminhados ao clã local ou, de preferência, à Praetor Lupus, ambos melhor equipados para cuidar das necessidades do novo vampiro.

—— FEITICEIROS ——

Talvez ninguém do Submundo tenha uma relação tão complexa com os Caçadores de Sombras quanto os feiticeiros. Frutos de demônios e mundanos, feiticeiros não possuem os muitos atributos unificantes dos lobisomens ou vampiros, nem mesmo das fadas. As únicas afirmações que podem ser feitas em relação aos feiticeiros são que (1) possuem uma chamada "marca do feiticeiro" no corpo, que os identifica como seres não apenas humanos, (2) como a maior parte das espécies híbridas, eles são estéreis e (3) possuem a habilidade de praticar magia. É esta última característica que faz deles os mais poderosos do Submundo e os mais próximos dos Caçadores de Sombras. Ao longo de toda a nossa história, trabalhamos com feiticeiros, como parceiros ou (mais comumente) contratando-os como especialistas, para podermos utilizar algumas magias demoníacas que nossos poderes não comportam.

Não é preciso dizer que feiticeiros raramente nascem de relações afetuosas entre um demônio e um humano. Em vez disso, são criados por um dos dois piores demônios de depredação que visitam nosso mundo. Com mais frequência, há feiticeiros que nascem de demônios violando humanos contra a vontade. Esta era a forma predominante de geração de feiticeiros antes da Incursão, quando demônios eram raros e normalmente apareciam sozinhos. Hoje, no entanto, os demônios são menos suscetíveis a se manifestarem abertamente, considerando que a presença de Caçadores de Sombras e a maior quantidade de integrantes do Submundo os deixa mais expostos à descoberta e ataques. Contudo, atualmente a maioria dos feiticeiros vêm de uma forma diferente de violação: a cópula de um humano com um demônio Eidolon (ver "Demonologia", Capítulo 3) disfarçado do amado da pessoa em questão.

Feiticeiros não podem ser produzidos a partir da união de um demônio e um Caçador de Sombras, pois tanto o sangue angelical do Caçador de Sombras quanto o sangue demoníaco são dominantes, e a combinação não consegue gerar uma criança viva. O fruto de um Caçador de Sombras com um demônio nasce morto.

SE ENCONTRAR UM FEITICEIRO

Nada pode ser afirmado sobre encontros com feiticeiros; estes integrantes do Submundo possuem variedade de temperamento e características tal qual a humanidade como um todo. Aqui só observamos que é considerado grosseiro encarar a marca de feiticeiro (ver página 103).

FEITICEIROS E MAGIA

Todos os feiticeiros são, até certo ponto, praticantes de magia. Alguns herdam mais aptidão que os outros, e aqueles que cultivam tal aptidão podem se tornar muito poderosos entre os feiticeiros e um tanto úteis aos Nephilim. Os mais talentosos podem se descobrir capazes de estudar magia demoníaca no Labirinto Espiral secreto, a casa das pesquisas e dos conhecimentos de feitiçaria. Ao contrário dos Nephilim, feiticeiros possuem magia inerente. Eles inventaram muitas mágicas novas, inclusive, fato que é registrado no Labirinto. A localização do Labirinto é desconhecida até mesmo para os Nephilim, e é possível que ele fique numa dimensão particular, separada do nosso mundo. A idade do local também é desconhecida. De acordo com nossos primeiros escritos Nephilim, já era considerado antigo nos tempos de Elphas, o Instável (ver excertos de *Uma História dos Nephilim*, Apêndice A). A magia pela qual se viaja até lá é um dos segredos mais bem guardados do mundo, e dizem que, quando os feiticeiros nascem, a eles é sussurrado um *geas* no instante do seu nascimento, que garante que se um feiticeiro revelar a localização do Labirinto a um não feiticeiro, o resultado seria uma morte instantânea e dolorosa. *Também dizem que isso é tudo mentira.*

De certa forma, os feiticeiros sofreram mais que qualquer integrante do Submundo; não possuem as comunidades dos vampiros e lobisomens, nem a residência sagrada das fadas, e tiveram que se estabelecer no mundo contando apenas com suas coragens individuais e inteligência. Os Nephilim nem sempre ofereceram um refúgio seguro aos feiticeiros — por exemplo, se puseram contra eles, matando centenas na época do Cisma (ver Apêndice A). Hoje só podemos lamentar a confiança e cooperação que um dia existiu entre feiticeiros e Caçadores de Sombras. As relações entre ambos melhoraram muito depois dos Acordos, que garantem não só os direitos dos feiticeiros como também concedem a permissão legal para a prática de magia demoníaca quando agem para ajudar alguma investigação Nephilim. É provável, no entanto, que o tipo de assistência mútua, angelical e demoníaca, sob forma de Nephilim e feiticeiros, que marcou o florescimento da magia na Idade Média, nunca mais volte a existir.

É uma pena que toda aquela chacina tenha acontecido, Clave. Não está me ajudando a ter orgulho dos meus assim.

MARCAS DE FEITICEIRO

Todo feiticeiro tem alguma característica no corpo que o identifica como um ser não totalmente humano. Estas marcas (que não devem ser confundidas com as Marcas de Raziel que utilizamos) são tão variadas quanto os próprios demônios e vão da sutileza ao absurdamente óbvio. O destino de um feiticeiro entre os mundanos pode ser decidido não por ele ou por suas origens, mas por ser marcado, por exemplo, por olhos de cor estranha ou altura incomum, ou por uma pele azul, chifres de cordeiro, listras de tigres ou carapaça preta brilhante. Qualquer atributo incomum pode ser disfarçado com feitiços, é claro, mas a marca do feiticeiro se faz presente desde o nascimento e lembra que a maioria dos mundanos não sabe de nada estranho em relação a seu filho até que ele nasça e sua marca seja revelada. Mesmo para os pais que sabem da herança demoníaca dos filhos, a marca do feiticeiro pode ser uma surpresa extremamente desagradável. Estas marcas não parecem ter relação com o tipo de demônio pai; não é tanto a herança de um atributo demoníaco quanto a mutação do corpo em resposta à magia demoníaca que pulsa nele. *Obs.: os olhos de Magnus.*

MEU AMOR, ADIVINHA ONDE ESTÁ A MINHA MARCA DE FEITICEIRO.

IFRITS

Nunca funciona. Acredite. Nunca funciona.

Raramente, porém às vezes, nasce um feiticeiro que, apesar de filho de demônio com humano, não tem acesso à magia demoníaca. Estas almas infelizes têm as desvantagens de um feiticeiro — o aspecto dos feiticeiros que os marca como não completamente humanos —, mas não podem fazer mágica. Os chamados ifrits ficam presos ao mundo mágico, sofrendo os estigmas de suas marcas não humanas sem os benefícios dos poderes sobrenaturais. Historicamente caíram na subclasse do mundo sobrenatural e, frequentemente, são vistos trabalhando no lado errado da Lei, sem poderem viver no mundo mundano, mas incapazes de encontrarem uma vida respeitável no Mundo das Sombras.

Às vezes, é claro, um ifrit nasce com uma marca de feiticeiro que pode ser escondida com facilidade. Estes "ifrits fantasmas" conseguem viver na sociedade mundana sem complicações e, com isso, não se relacionam com o Mundo das Sombras. Atualmente, a maioria dos ifrits com marcas difíceis de serem disfarçadas adquirem artefatos mágicos que oferecem um feitiço permanente e vivem longe do mundo mágico, incapazes de gerar filhos, mas aparentemente comuns aos olhos mundanos.

—— FADAS ——

Observação: o povo das fadas não tem nada de justo. Na verdade, são umas safadas.

Podem ser estranhas, esquisitas, mais desconhecidas que os próprios demônios, porém as fadas são seres do Submundo. São pessoas — têm alma. É o povo menos compreendido entre os mágicos, o grande mistério antigo do nosso mundo. São encontradas em diversas variações, tamanhos e tipo, e em todos os ambientes.

São conhecidas como fadas, e sua terra natal é o reino de Faerie. Na literatura, possuem outros nomes, em parte por sua grande variedade, e, em parte, por causa de superstições antigas sobre sua invocação pelo nome. Apesar de ser comum chamá-las de fadas, você também pode escutar Povo das Fadas, Gentis, Pequeninos ou diversos outros eufemismos.

UNICÓRNIO	CAVALEIRO SEELIE	RAINHA SEELIE	FADA	PEQUENOS

SE ENCONTRAR UMA FADA

Não assine nenhum contrato nem concorde com qualquer barganha proposta por uma fada. Fadas adoram pechinchar, mas normalmente só o fazem se tiverem a certeza de que vão ganhar. Não coma nem beba nada que uma fada lhe ofereça. Não vá às festividades mágicas que promovem sob as colinas. Vão fazer belas promessas sobre o que o espera ali, mas a beleza é falsa e oca. Não deboche de uma fada por causa de sua altura. Não espere respostas diretas a perguntas diretas. Espere respostas indiretas a perguntas indiretas.

Fadas seguem exatamente o que prometeram, mas espere que os resultados venham com grande ironia.

Muitos Caçadores de Sombras já foram enganados, apesar destas regras, por acreditarem que a fada que encontraram, em particular, fosse tola, ingênua, generosa ou coisa do tipo. Esta encenação é mais um golpe. *Isto é um pouco duro. Fadas não são tão ruins assim.*

Acho que não concordo!

DE ONDE VÊM AS FADAS?

As fadas são originalmente fruto de anjos e demônios, com a beleza dos anjos e a maldade dos demônios (obviamente, como anjos são raramente ou nunca vistos em nosso mundo atualmente, a maioria das fadas é fruto de fadas com fadas, assim como a maior parte dos Caçadores de Sombras é fruto de Nephilim com Nephilim, e não nasce do Cálice). Não se pode dizer que o Povo das Fadas esteja moralmente alinhado a uma ou outra raça paterna. São uma mistura de bem e mal, e não seguem a moral do Céu nem a imoralidade do Inferno, mas possuem um caprichoso código próprio de comportamento. São conhecidas por seu senso de humor cruel e se deleitam particularmente quando enganam humanos — tanto mundanos quanto Caçadores de Sombras. Frequentemente tentam barganhar com humanos, oferecendo a alguém o maior dos seus desejos, mas não é necessário dizer que tal desejo vem com um custo terrível. Vivem muito e se tornam mais arteiras e poderosas com a idade.

Compõem a outra espécie do Submundo, junto com os licantropes, capaz de gerar filhos. Também podem ter filhos com humanos. Estes filhos serão humanos, e não fadas, mas frequentemente carregam algum traço ou atração por certos tipos de magia de fada. Acredita-se, por exemplo, que humanos que possuem o dom da Visão o herdaram de algum ancestral fada.

Assim como acontece com lobisomens, o filho de uma fada com um Caçador de Sombras será Caçador de Sombras.

Apesar de as fadas serem membros ativos do Submundo e signatárias dos Acordos, são as mais excluídas dos assuntos do nosso mundo, exceto pelos anjos. Normalmente são recolhidas e possuem as próprias políticas e estruturas sociais complexas, que pouco afetam o nosso mundo.

Comumente são organizadas em cortes, com soberanos que presidem territórios específicos no nosso mundo e no delas.

OGRO RAINHA UNSEELIE CAVALEIRO UNSEELIE DUENDE GOBLIN

Contudo, há tantas ou até mais fadas livres sem filiação a algum monarca. Assim como as fadas gostam de manipular os humanos, elas gostam de manipular a si mesmas, e normalmente se o problema das fadas invade o nosso mundo, é pelo resultado de conflitos de cortes rivais, às vezes brincalhões, outras sérios e brutais.

FADAS E MAGIA

A magia das fadas é, até onde sabemos, única no mundo. É muito poderosa, mas não tem aliança demoníaca nem angelical, e não pode ser aprendida nem praticada por qualquer criatura além das próprias fadas. A magia é escorregadia e caótica, e não é fácil aplicar estruturas e regras que possam ser aprendidas. Existem Marcas

Nephilim que podem protegê-lo contra feitiços de fadas, mas você jamais, em hipótese alguma, pode se permitir sentir-se calmo ou seguro na presença das fadas. Acreditar que está no controle de uma negociação com uma fada é um claro sinal de que está sendo manipulado, e, no fim, pagará por isso.

Por que, então, se são tão afastadas do nosso mundo, as fadas continuam interagindo tanto com os humanos? A resposta está na genética.

O maior problema das fadas do mundo moderno é a dissolução de seu sangue. Com o tempo, o problema da extensa reprodução entre fadas provoca uma fraqueza nas linhagens familiares. Por este motivo, as fadas passam muito tempo atraindo humanos para o seu mundo. Fazem isto de duas maneiras: criando *changelings* (ver a seguir) e seduzindo humanos adultos com suas festas. Muitas mágicas de fadas existem para prender estes humanos em Faerie para sempre ou, pelo menos, por tempo o bastante para "se tornarem nativos" e esquecerem suas vidas antigas. Também podem ser utilizados para gerar novas crianças fadas.

Há maneiras pelas quais os mundanos (e os Caçadores de Sombras) conseguem ter êxito em participar de festas de fadas sem se prender a Faerie. Uma fada pode ser convencida (ou pode negociar) a dar um símbolo de passagem segura — normalmente uma folha ou uma flor. E uma fada que traz um humano voluntariamente pode oferecer proteção e garantir que o humano poderá sair. Estas barganhas, no entanto, podem incluir os truques e ambiguidades habituais das fadas, e tanto mundanos quanto Caçadores de Sombras devem ter cuidado.

CHANGELINGS

O contato mais comum entre fadas e mundanos é através dos *changelings*. Não é diferente da maneira pela qual os Nephilim criam novos Caçadores de Sombras com o Cálice Mortal, mas, no caso das fadas, os mundanos não se beneficiam. As fadas invadem uma casa mundana, pegam uma criança adequada e a substituem por um membro adoentado de sua própria raça. A criança humana cresce em Faerie, capaz de trazer sangue novo e forte para as linhagens das fadas, enquanto os mundanos se veem com uma criança moribunda e intolerante a ferro. Acredita-se que as fadas trocam por um dos seus, em parte, para despistar as desconfianças dos mundanos, e, em parte, por um senso distorcido de troca justa.

Por algum método desconhecido a nós, crianças mundanas criadas em Faerie assumem atributos de fadas e conseguem executar a magia das fadas. Da mesma forma, a criança fada deixada no mundo mundano, se sobreviver, geralmente desconhece a própria origem. Exceto pela possibilidade da Visão, ela talvez nunca saiba nada sobre o mundo mágico.

Pela Lei do Pacto, somos proibidos de interferir neste processo de troca de crianças. Esta regra já foi muito debatida em vários Acordos ao longo das últimas centenas de anos, mas ambas as crianças são criadas em ambientes amorosos — as fadas selecionam cuidadosamente os pais adotivos de seus filhos genéticos — e jamais se encontrou melhor solução para a renovação do sangue das fadas. O pragmatismo faz com que os Nephilim prefiram que as fadas façam *changelings* a vê-las sequestrando mundanos adultos para suas festas.

A TERRA DAS FADAS

O reino de Faerie é receptivo a Caçadores de Sombras, e, em geral, os Nephilim devem evitar passar tempo ali. Apesar de nossos poderes e nossa Visão, ainda somos suscetíveis aos perigos e seduções de Faerie, assim como quase todos os mundanos. As fadas sempre deixaram claro que sua assinatura nos Acordos representa seu pacto de comportamento em nosso reino, não no delas. Faerie é mais antigo que os Acordos, mais antigo que os Nephilim, e possui a própria magia contra a qual o Livro Gray só pode proteger imperfeita e parcialmente, na melhor das hipóteses.

Dito isso, Faerie tem regras e estas regras não deixam os Nephilim desamparados. Um Caçador de Sombras que seja vítima de um ataque de uma fada, provocado ou não, pode, pela lei das fadas, se defender. Se a criatura que o atacar for morta, as fadas tendem a dar de ombros e afirmar que a criatura resolveu atacar por conta própria e que se essa decisão foi malsucedida, não foi problema das outras fadas (é preciso, obviamente, ter cuidado para que tal ataque não tenha ocorrido por ordem de alguma outra criatura ou corte; é sempre bom lembrar que as únicas coisas que as fadas gostam mais do que se meter em assuntos humanos são as próprias lutas políticas internas. Um Caçador de Sombras que se torne peça em um dos elaborados jogos de xadrez humano das fadas seria muito azarado).

Entradas para Faerie tendem a ser escondidas, não guardadas, e em geral estão localizadas permanentemente em um único lugar (as fadas podem fechar uma entrada e abrir uma nova quando a original tiver se tornado perigosa, defeituosa ou em uma rara ocasião em que as cortes das fadas entrem em guerra, e, neste caso, as entradas devem ser fechadas ou protegidas). Entradas para Faerie normalmente se encontram em cercanias naturais, e não em áreas construídas por humanos, e frequentemente são denunciadas por algum aspecto "estranho" ou "errado" em sua aparência natural — uma árvore com um formato impossivelmente específico, um reflexo na água que não corresponde ao mundo real, uma caverna aparentemente vazia da qual é possível ouvir música, se tudo estiver muito quieto.

Em geral, é prudente que os Caçadores de Sombras evitem Faerie. Apesar de ser descrito como um reino e de ser possível visitá-lo como se fosse um país, o lugar não tolera inspeções e não possui um traçado específico. As estações mudam em um piscar de olhos, montanhas e cavernas podem aparecer onde minutos antes não havia nada, e os rios mudam de curso sob o comando de uma força desconhecida. Jamais se produziu um mapa de Faerie. Não vague ali; provavelmente vai acabar se juntando aos humanos que cruzaram as fronteiras para a terra das fadas e jamais retornaram.

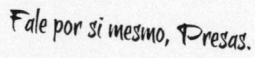

QUE SURPRESA ESTARMOS ENVOLVIDOS COM ASSUNTOS DE FADA QUE DEFINITIVAMENTE DEVERÍAMOS EVITAR. SERÁ QUE NÓS, COMO GRUPO, JÁ ENCONTRAMOS ALGUM ALERTA QUE NÃO IGNORAMOS?

Fale por si mesmo, Presas.

QUESTÕES PARA DISCUSSÃO E COISAS A SE TENTAR

1. Quais são seus habitantes preferidos do Submundo? Por quê?

   ~~Feiticeiros, porque são fabulosos!~~

   OFENDEU. ALÉM DISSO, MUITOS FEITICEIROS NÃO SÃO FABULOSOS. Só o QUE CONHECEMOS.

   Vampiros, porque não param de me encher o saco. Esta pergunta é idiota.

2. Você tem algum preconceito com algum membro do Submundo que possa afetar sua capacidade de trabalhar com eles? Nesse caso, é importante reconhecer estas tendências e discuti-las com o diretor do seu Instituto antes de iniciar seus trabalhos ativos.

   Vampiros me enchem o saco, um lobisomem me impõe horários de volta para casa, um feiticeiro escondeu de mim as minhas lembranças, e fadas vivem tentando me manipular.

   A parte em que aprendeu que os membros do Submundo são uns porres está correta.

   Sinceramente, as coisas que o povo do Submundo fez comigo

3. Você já foi testado para ver se possui sangue de fada ou lobisomem? Isso pode afetar sua capacidade de receber certas Marcas. Sintomas incluem Visão natural e frequentes desejos de ingerir carne vermelha, respectivamente.

   não são nada em comparação ao que fizeram os Caçadores de Sombras, então...

   Na verdade, não.

   Acho que você não tem com que se preocupar. Seus dois pais são Caçadores de Sombras puros, e um deles era obcecado com pureza de sangue.

   Aposto que Valentim tinha uma avó licantrope ou coisa do tipo. Normalmente é assim que essas coisas acontecem.

   Acabei de escrever uma coisa, mas não era adequada para um manual, então apaguei.

   UM QUARTO. VOCÊS DOIS. ARRUMEM.

CAPÍTULO CINCO

Bestiário Parte III:
ANJOS E HOMENS

ANJOS: NOSSOS PATRONOS MISTERIOSOS *e aterrorizantes também.*

Sobre anjos pouco se sabe, muito se especula, e poucos que possam falar com conhecimento de causa sobrevivem para tal. Entre todas as criaturas sobrenaturais aqui discutidas, os anjos são as que menos conhecemos. São os grandes generais ausentes do nosso exército, deixaram-nos há mil anos com seu endosso divino, ordens básicas e magia suficiente para lutarmos por nós mesmos. Muito foi feito em nome deles, tanto para o bem quanto para o mal, apesar de o número de manifestações de anjos confirmadas em nosso mundo ao longo de toda a história poder ser contado em uma das mãos.

No entanto, o sangue deles corre nas veias de todo Nephilim, inclusive nas suas, fluindo em nossos corpos pelas propriedades transformadoras do Cálice Mortal. Anjos podem ser patronos ausentes, mas são nossos pais e patronos espirituais, e os reconhecemos em nossas orações, invocações e nos nomes da maioria das nossas armas sagradas.

Na verdade, ninguém sabe por que anjos são tão distantes dos eventos do nosso mundo. A primeira grande questão herética da história dos Nephilim é uma que provavelmente já lhe ocorreu: se Raziel e seus anjos estão tão determinados a limpar a ameaça demoníaca do nosso mundo, por que eles mesmos não cuidam disso? Como tantas outras perguntas sobre a natureza e os propósitos dos anjos, esta permanece sem resposta, e anjos continuam sendo a fundação inefável sobre a qual nossas vidas e missões são construídas.

Escritos sobre aparições de anjos ao longo da história são notoriamente duvidosos. O consenso geral é o de que os anjos têm forma

Não tem uma parte sobre "se encontrar um anjo". Códex? Assim não me ajuda em nada.

humana, mas são muito maiores, alados e brilham com fogo sagrado—, no entanto muitos autores sugerem que, quando anjos *de fato* se manifestam no nosso mundo, assumem qualquer forma que as testemunhas reconheçam como angelicais. Hoje a Clave desconfia de alegações sobre aparências de anjos e quase sempre se nega a investigá-las. Esta atitude prevalece desde o vergonhoso episódio de 1832 em que um fazendeiro Caçador de Sombras da Prússia, Johannes von Mainz, chamou toda a Clave para a sua fazenda a fim de que testemunhassem o "anjo" que tinha invocado no celeiro. A reverência logo se transformou em desgosto quando alguns dos vizinhos reconheceram que o "anjo" era Hans, o filho de Johannes, coberto por folhas douradas e berrando pronunciamentos em uma mistura vulgar de latim, alemão e aparentemente uma língua sem sentido inventada por ele. As asas do anjo foram feitas com uma mistura de penas de ganso, pato e galinha, coladas de qualquer jeito em uma base de madeira. Johannes ficou recolhido na fazenda após a humilhação, e Hans nunca mais conseguiu ir sequer até a cidade sem ser xingado ou recebido com penas. Desde então, os Caçadores de Sombras têm sido cuidadosos na hora de afirmar ou verificar alegações sobre aparições de anjos.

Ah, Johannes, o que fazemos com você?

Professor? Fiz um estudo independente sobre isso. Conta?

O ANJO RAZIEL

Sim. Pode pular esta parte. Aproveite os sessenta segundos de liberdade.

O Anjo Raziel tem, é claro, um papel especial como patrono dos Caçadores de Sombras e criador dos Nephilim. Seu papel na criação é discutido profundamente em outro momento deste livro; aqui falamos sobre o que se sabe a respeito dele.

Acredita-se que Raziel detivesse a patente de arcanjo no coro celestial. Nas tradições místicas judaicas, frequentemente o chamam de Guardião dos Segredos e Anjo dos Mistérios. Curiosamente, o misticismo judaico inclui o que parece ser uma versão distorcida do Livro Gray, conhecido como o Livro de Raziel, e que contém uma estranha amálgama de ensinamentos cabalísticos, angelologia, interpretações de histórias de criações judaicas e formas corruptas de encanto demoníaco. O livro também possui muitos símbolos, a maioria totalmente inventada, mas alguns parecem ser Marcas de verdade (mas sem qualquer instrução sobre como podem ser utilizadas e quais seriam seus propósitos). Existem cópias deste texto tanto em hebraico quanto em latim, mas apenas como curiosidades históricas. O movimento durante o Renascimento mundano na Europa contra todos os tipos de magia classificou o livro como um trabalho perigoso de magia sombria, e sua utilização foi suprimida por autoridades religiosas mundanas, para benefício dos Nephilim.

É difícil afirmar qualquer coisa sobre a aparência terrena de Raziel; podemos partir apenas das primeiras artes e textos que retratam o nascimento dos Nephilim. A partir daí podemos compor um esboço e afirmar que o Anjo é constantemente representado como muito maior que os homens, com cabelos longos nas cores dourada e prateada, coberto por Marcas douradas que não são encontradas no Livro Gray, e como um ser cuja aparência "desaparece da mente e da memória instantaneamente". Muitas descrições o apresentam com grandes asas douradas, cada pena possuindo um olho dourado.

Infelizmente, quando se fala do primeiro encontro entre o Anjo Raziel e Jonathan Caçador de Sombras, um ato de grande simbolismo e significado, é difícil separar o que se pretende apresentar como descrição factual do que é alegoria. Como a história não preserva registro deste primeiro encontro — relato do próprio Jonathan ou de alguém que o conhecesse pessoalmente —, deve-se supor que todas as representações de Raziel contenham alguma verdade, mas também bém alguma interpretação fictícia.

O que se aceita de maneira geral é que Raziel é (a) imenso, (b) apavorante e (c) detesta ser arrastado para assuntos humanos, preferindo que utilizemos as ferramentas que nos concedeu para resolvermos nossos próprios problemas. Há muitos relatos (possivelmente apócrifos) ao longo de nossa história Nephilim sobre tentativas infelizes de Caçadores de Sombras invocarem Raziel, apenas para serem rapidamente reduzidos a cinzas por terem desperdiçado o tempo do Grande Anjo. Os Instrumentos Mortais são feitos para invocar Raziel e oferecer proteção a quem o invocou, para que este não sofra uma morte rápida. Infelizmente, Raziel dificilmente responderá bem a quem invocá-lo com algum problema que não tenha escala global ou seja verdadeiramente épico. Além disso, a questão é meramente teórica, considerando que o Espelho Mortal está perdido há centenas de anos.

Parece um pouco óbvio depois que você descobre o segredo, não? *É um pouco constrangedor agora, não posso mentir.*

OUTROS ANJOS CONHECIDOS
DOS CAÇADORES DE SOMBRAS

É uma pergunta comum entre os jovens Nephilim: se anjos nunca aparecem no nosso mundo e não podem nem devem ser invocados, por que temos que decorar tantos nomes? Caçadores de Sombras precisam conhecer os nomes dos anjos primeiro porque temos o sangue deles, e por isso aprendemos em sinal de respeito. Além disso, é claro, nomeamos nossas lâminas serafim em homenagem a eles, e acredita-se que estas lâminas contenham não apenas o fogo sagrado do *adamas*, mas também parte do espírito do dito anjo. É por isso que você raramente encontra lâminas batizadas com os nomes dos anjos mais conhecidos e poderosos, por medo de que tal poder possa oprimir e destruir o portador desta arma.

Segue um léxico básico dos anjos mais conhecidos dos Caçadores de Sombras a ser utilizado no batismo das lâminas serafim. Mais informações sobre cada anjo podem ser encontradas no guia oficial dos anjos, *Não Tenha Medo*, 1973, Alicante.

Uma dica útil: quando anjos dizem "não tenha medo", você deve ter medo. E também, como disse antes, temos que decorar os nomes porque Jonathan Caçador de Sombras queria que decorássemos.

E como gostam de acabar os nomes em "el".

Significa "de Deus" em hebraico, Clariel.

Vocês dois são uns fofos.

Adriel

Ambriel

Amriel

Anael

Arariel

Ariel

Asmodei

Atheed

Barachiel

Camael

Cassiel

Dumah

Eremiel

Gabriel

Gadreel

Gagiel

Hadraniel

Haniel

Harahel

Harut

Israfiel

Ithuriel

Jahoel

Jegudiel

Jehuel

Jerahmeel

Jophiel

Khamael

Lailah

Malik

Marut

Metatron

Miguel

Moroni

Munkar

Nakir

Nuriel

Pahaliah

Penemue

Peniel

Puriel

Raguel

Raphael

Raqeeb

Raziel

Remiel

Ridwan

Sachiel

Samandriel

Sandalphon

Saraqael

Sealtiel

Shamsiel

Taharial

Uriel

Yahoel

Zadkiel

Zaphkiel

Outra dica útil: não batize uma lâmina "Raziel".

Reza a lenda que ele não gosta.

O que aconteceria?

Simplesmente... não faça isso. Nada de bom.

NÃO INVOQUE ANJOS

Espere. Estou confusa. Então eu... deveria invocar anjos? É isso?

Uma das primeiras lições aprendidas pelos Caçadores de Sombras é a de que a vida é muito injusta. Mais injusta é a verdade de que, apesar de nossa vocação e missão ser dada por Raziel, não temos acesso direto a anjos nem seus poderes (que nós, editores, hesitamos em chamar de mágica; as faculdades dos anjos vão muito além das capacidades até mesmo do mais poderoso feiticeiro, por exemplo). Como um jovem Caçador de Sombras, você talvez já tenha considerado que a melhor arma contra uma ameaça demoníaca deva ser uma ameaça angelical equivalente, e já pensou durante momentos ociosos em invocar um anjo. Talvez até tenha procurado contos ou grimórios sobre invocações de anjos na biblioteca do seu Instituto.

A arte dos Caçadores de Sombras vive em constante evolução, e os métodos proibidos de ontem são as normais aceitáveis de amanhã. Contudo, há uma regra que permanece universalmente verdadeira:

Você não deve tentar invocar um anjo para sua própria ajuda.

Há diversas razões para tal. A primeira, e menos interessante, é que provavelmente será perda de tempo. Anjos não respondem a invocações da mesma forma que os demônios. Para começar, não conseguem manter uma forma corpórea em nossa dimensão por muito tempo, não mais que outras criaturas não demoníacas o conseguem em dimensões que não são a deles. E os rituais de invocação que alegam trazer anjos são obscuros, difíceis e não confiáveis; foram realizados tão poucas vezes que não temos evidências suficientes de que ensinem o que funciona e o que não funciona. O risco de tragédia, ferimento ou morte em consequência de um ritual malfeito é muito alto.

A segunda razão para não tentar invocar anjos é que não existe forma de fazer um anjo obedecer aos seus desejos. Um anjo não pode ser *amarrado* como um demônio, a não ser que se executem rituais proibidos e blasfemos, cujas execuções figuram entre as piores violações da Lei que um Caçador de Sombras pode cometer.

Finalmente, mesmo que uma invocação seja bem-sucedida, você e qualquer pessoa que convença a ajudar morrerão, e depressa. Ao contrário dos demônios, os anjos não *querem* ficar no nosso plano. Não gostam de se manifestar aqui, não gostam de ajudar humanos e não são conhecidos por sua misericórdia. Em geral, são profundamente indiferentes ao que se passa no reino dos mortais. Não são meros mensageiros, mas soldados: diz-se que Miguel controlava os exércitos. Não são pacientes nem tolerantes com as vicissitudes humanas. Você precisa tirar da cabeça as imagens de bebês desnudos e alados envolvendo alguém. Anjos são grandes e terríveis. São nossos aliados, sim, mas não se engane: são extremamente diferentes e não são humanos. Inclusive, são menos humanos que o mais monstruoso dos demônios que possa encontrar. Temos sangue de anjo nas veias, sim, mas o puro fogo sagrado arderá e nos consumirá certamente, como faria o veneno demoníaco.

Anjos são nossa fonte mística de poder e a origem de qualquer senso de justiça que tenhamos. Contudo, não são nossos amigos.

Sim, sim, haha, é tudo muito engraçado, mas este conselho é de fato muito importante.

SANGUE DE ANJO *Quais são as chances de acontecer outra vez?!*

Os Nephilim são criados sabendo que em suas veias corre sangue de anjo, portanto este sangue é a substância sobre a qual muitas histórias são contadas — que concede força superior, que cura qualquer doença, que prolonga a vida humana. Todas estas afirmações devem ser consideradas duvidosas, nem que seja apenas porque histórias sobre aparições de anjos no nosso mundo são, até onde sabemos, universalmente falsas. Um habitante do Submundo que alega vender sangue de anjo, ou qualquer coisa derivada de sangue de anjo, está mentindo. Os Caçadores de Sombras deveriam ser espertos demais para caírem neste conto, mas, infelizmente, ao longo dos anos, muitos jovens Nephilim foram parar em enfermarias de Institutos para se recuperarem da ingestão de qualquer que fosse a mistura feita para parecer sangue de anjo. Não existem frascos de sangue de anjo por aí, prontos para concederem superpoderes. Nenhum. Não caia nesta conversa. *A-ham.*

Acho que esta é mais uma que me rende crédito pela experiência de vida.

Acredito que sim.

—— MUNDANOS ——

Ah, mal posso esperar.

O universo mundano é o mundo que você conhece. É o universo do qual, novo Nephilim, você vem, e seus habitantes, os mundanos, são as pessoas que você conhece, a pessoa que você era até pouco tempo, antes de se transformar. Frequentemente falamos sobre o mundo mundano como se fosse um aspecto pequeno das nossas vidas e do nosso mundo, mas a verdade é que existimos *por causa* dos mundanos. Quando os Nephilim dizem que somos os protetores do mundo, o que queremos dizer é que somos os protetores dos mundanos. São nosso encargo e nossa responsabilidade. *Tolos!*

Mundanos vivem suas vidas ignorantes quanto às sombras que os cercam, e é nosso dever proteger essa ignorância e conservá-la, o máximo possível. Enquanto você anda pelas ruas de suas cidades e vilas, enquanto patrulha, estará cercado de mundanos vivendo suas vidas, celebrando e sofrendo, tristes, felizes, furiosos, amargurados e alegres. Estas emoções podem parecer estranhas comparadas ao que você, que possui Visão, sabe ser a verdade. Às vezes, muito diferentes. Muitos são os Nephilim que ficaram abalados pela necessidade de correr e lutar à exaustão contra um demônio que ameaça destruir uma cidade cheia de mundanos sorridentes e ignorantes. Este é um dos nossos fardos. Nosso dever é suportá-lo adequadamente.

Mundanos, é claro, não são permitidos em Idris nem em qualquer Instituto em circunstâncias normais. A Lei permite que Caçadores de Sombras ofereçam abrigo a mundanos se eles correrem perigo iminente. Note que a Lei não *obriga* os Caçadores de Sombras a isso. A missão sagrada dos Nephilim é proteger mundanos, mas não à custa da própria segurança. Caçadores de Sombras devem julgar se um mundano pode receber santuário sem que o segredo maior, e consequentemente a segurança do Mundo das Sombras, seja comprometido.

É fácil sentir desprezo e até mesmo inveja dos mundanos. Afinal de contas, eles correm perigo com a ameaça demoníaca e não sabem nada sobre ela. Vivem suas vidas complacentemente; têm o luxo de não saberem a verdade sobre a grande batalha entre bem e mal, e sobre os perigos que constantemente os perseguem. Têm o luxo de não viverem em constante estado de guerra, de não saber que cada um de seus amigos e familiares está em uma batalha diária, da qual podem não voltar.

Pedimos a você: tenha compaixão com os mundanos. É nosso dever lutar por eles e não deixar que saibam de nossos sacrifícios. Não é culpa deles.

> Esses pobres coitados. Tenho pena deles. Apenas... tenho pena deles.

> Ah, não é tão ruim assim. Querem que sejamos gentis com os mundanos!

MUNDANOS QUE NÃO SÃO
INTEIRAMENTE MUNDANOS

Eles são Meio legais. Mas não tão legais quanto os Caçadores de Sombras.
Um pouco exagerado. Caçadores de Sombras protestam demais, eu acho. Eu também.

Existem, é claro, mundanos que não são inteiramente mundanos — cujas famílias, em algum momento da história, tiveram sangue de fada, de lobisomem ou, até mesmo, mais raramente, sangue Nephilim. O sangue sobrevive por várias gerações, e os mundanos podem ser identificados por possuírem a Visão ou por conseguirem enxergar alguns feitiços (a maioria, contudo, continua não notando qualquer atividade sobrenatural, pois não está preparada para isso. Uma regra importante dos feitiços: na maior parte das vezes, as pessoas enxergam o que querem (ver "Feitiços e Visão", página 140). Até mesmo os mundanos com Visão costumam deixar passar estranhas aparências e as explicam como ilusões ou confusões.

Muitas dessas famílias mundanas, porém com o dom da Visão, costumavam trabalhar como serventes e assistentes de vários Institutos e Caçadores de Sombras ricos; contudo, em quase todo o mundo, a prática de manter serventes saiu de moda, e estas famílias encerraram as relações com os Nephilim. Muitas gerações se passaram desde que isso foi hábito na América do Norte e na Europa, e a maioria dos herdeiros vivos destas famílias sequer sabem que seus ancestrais já serviram aos Nephilim.

Mesmo mundanos que não possuem a Visão podem ser atraídos por lugares de magia e poder, apesar de não entenderem o porquê. Às vezes sentem que devem deixar alguma marca física no tal lugar — construir barreiras separando-o dos lugares ao redor, decorá-lo ou até mesmo depredar ou vandalizá-lo. Isso pode ser irritante para os Nephilim e membros do Submundo que precisam destes lugares, mas novamente pedimos que tenham paciência e pena dos mundanos. Deve haver alguma magia nas profundezas da memória coletiva de todos os humanos, pois, de outra forma, como nós (e os povos do Submundo) poderíamos usar magia, mesmo com a adição de sangue de anjo ou demônio? Temos, todos nós, que ter ao menos o *potencial* para ser Nephilim. Essa magia transborda no mundo, e parte da nossa responsabilidade como Caçadores de Sombras é mantê-la.

(Ver também: "Cultos Demoníacos Mundanos", página 74).

APENAS UM CULTO DEMONÍACO QUALQUER.

OBSERVAÇÃO SOBRE A RELIGIÃO MUNDANA

Muitos novos Caçadores de Sombras vêm a nós com a própria história religiosa e querem saber qual religião é a "certa". Caçadores de Sombras não possuem este conhecimento, não mais que os mundanos. Os Caçadores de Sombras têm orgulho de serem originários de todo o mundo, e naturalmente pensamos e enxergamos o Mundo das Sombras através das nossas crenças pessoais.

Esta diversidade pode parecer uma fraqueza que separa os Caçadores de Sombras uns dos outros, assim como acontece com os mundanos. Mas estas religiões mundanas têm muito a nos ensinar. Em suas mitologias e lendas, encontram-se verdades práticas sobre anjos, demônios e, talvez, até sobre membros do Submundo. Incluímos todas em nossas pesquisas.

Além disso, a religião mundana representa valores éticos, morais e compreensões espirituais da nossa espécie, e também temos muito a aprender com isso. Ignoramos os ensinamentos dos mundanos mais sábios por nossa conta e risco. Se *todas as histórias são verdadeiras*, temos que nos lembrar que essas histórias foram essencialmente escritas por mundanos.

As religiões do mundo sempre ajudaram e continuarão ajudando na missão dos Nephilim. Comunidades religiosas e prédios sagrados estão universalmente disponíveis para os Caçadores de Sombras se refugiarem, e costumam conter esconderijos secretos de armas e ferramentas para uso Nephilim. Estes esconderijos datam de mais de quinhentos anos. Aliás, as armas Nephilim mais antigas e que ainda funcionam podem ser encontradas em Milão — uma das maiores cidades comerciais mundanas próxima a Idris —, na Basilica di Sant'Ambrogio. Os Nephilim de Milão dizem que este esconderijo foi estabelecido pelo próprio Jonathan Caçador de Sombras, no fim da vida, no local que correspondia na época à nova torre do sino da igreja.

Tradicionalmente, as entradas para os esconderijos eram ativadas com a citação do chamado Credo do Mártir:

Em nome da Clave, peço para entrar neste local sagrado.

Em nome da Batalha que Nunca Termina, peço para usar suas armas.

E em nome do Anjo Raziel, peço sua bênção em minha missão contra as trevas.

Hoje, a maioria dos esconderijos segue o método mais simples de abertura, que é a obediência ao símbolo de Vidência, mas o método tradicional ainda funciona na maioria dos lugares, para aqueles Caçadores de Sombras que preferem um pouco mais de drama.

Tenho que decorar isso, não tenho?

Já ouvi Jace falar. Tem. Também tem que decorar um milhão de Marcas, você sabe.

Mas Marcas são tãããão fáceis. Isto é difícil

OS RENEGADOS

Não existe frescura entre Caçadores de Sombras!

Ah, você sabe que isso não é verda

Pouco tempo depois da criação dos primeiros Nephilim, infelizmente a humanidade passou a saber o que acontece se você Marcar alguém que não tenha sangue de Caçador de Sombras, ou que não se tornou um graças ao Cálice. Uma única Marca é capaz de provocar uma dor absurda onde foi aplicada, mas algumas Marcas — e não precisam ser muitas — levam o mundano a uma dor agonizante e a uma fúria absurda e insana. O Cálice Mortal, ou o sangue de Caçador de Sombras herdado, prepara o corpo para receber a força opressora do poder angelical que corre pelas Marcas, mas um mortal despreparado morre.

Muito bem. Eis minha dúvida, Códex. Por que Valentim parou de usar os Renegados? Por que todo vilão não cria um exército enorme de Renegados?

Eles não comem nem dormem, e ignoram seus ferimentos e hematomas. Consequentemente, são criaturas com baixa expectativa de vida, e fica a cargo do acaso se morrem de fome, exaustão ou infecção.

SE VOCÊ ENCONTRAR UM RENEGADO

Em resumo, matar um Renegado é um ato de caridade. Contudo, não o enfrente sozinho. É fácil subestimar sua força e inteligência. Se necessário, fuja e volte com reforços.

O único método conhecido para encerrar a agonia de um Renegado, além de matá-lo, é fazê-lo beber do Cálice Mortal, cujo poder eliminará a dor das Marcas. Tecnicamente isto transformará o Renegado em um Caçador de Sombras. Contudo, não há registro de nenhum caso em que alguém tenha sobrevivido ao choque duplo de se tornar Renegado e depois Nephilim, então é melhor considerá-los casos perdidos.

DE ONDE VÊM OS RENEGADOS?

Não conhecemos o horror do primeiro Renegado, cuja história se perdeu, mas deve ter sido nos primórdios da história dos Nephilim. Desde a metade dos anos 1200, não muito tempo depois da suposta morte de Jonathan Caçador de Sombras, há anotações na Cidade do Silêncio que sugerem que os Irmãos estivessem procurando uma cura para os Renegados. Os nomes dos Renegados são citados na primeira versão escrita da Lei do Pacto pelo primeiro Cônsul, Edward, o Preparado, e são condenados como ilegais e, inclusive, blasfemos.

O verdadeiro problema dos Renegados é que, em sua loucura, eles são perigosamente sugestionáveis e possuem alguma afinidade com quem os Marcou. Isto permite que o Marcador os controle. Podem sobreviver por mais tempo que o normal se o mestre ordenar que comam, bebam e durmam, e também entendem outros comandos simples. Por isso, às vezes são escravizados, mas sua fúria interminável e sua dor fazem com que praticamente só sejam úteis para cometer atos de violência. Renegados não conseguem construir nada, nem são capazes de falar.

Surpreendentemente, há poucos registros de ataques de Renegados na nossa história. Certamente representam uma ameaça aos mundanos, mas não são muito fortes de fato. Déspotas não formam exércitos de Renegados porque eles são péssimos soldados: não conseguem empunhar armas, implementar táticas, nem se defender. São bem menos inteligentes que soldados humanos e exigem os mesmos recursos para serem mantidos. São facilmente neutralizados pelos Nephilim ou, até mesmo, por um feiticeiro poderoso ou uma força significativa de lobisomens ou vampiros. Por causa de todos esses aspectos, a maioria dos Renegados que conhecemos foi resultado de erros, tal como um mundano tolamente tentando se tornar Caçador de Sombras. Também houve ocasiões isoladas nas quais a transformação em Renegado era uma espécie de castigo, mas isso sempre foi contra a Lei Nephilim, e aqueles Caçadores de Sombras que fossem pegos fazendo isso seriam capturados e presos na Cidade do Silêncio por seu crime.

Note que não conhecemos um paralelo "Renegado demoníaco". A magia demoníaca, é claro, tem os próprios símbolos que teoricamente poderiam ser marcados na pele de uma pessoa. Na prática, contudo, estes símbolos tendem a produzir um efeito não muito diferente daquele provocado por um forte veneno de demônio. Portanto, não encontramos, por exemplo, feiticeiros utilizando-os em benefício próprio; estes símbolos não provocam a fúria insana dos Renegados, mas a deterioração do envenenado, logo, não oferecem nenhuma vantagem prática.

Bem, dez pontos para você, Códex. Respondeu minha pergunta: não existe exército de Renegados porque eles sucumbem e são muito burros. Justo.

—— FANTASMAS E OS MORTOS ——

Fantasmas e espíritos raramente aparecem para os Nephilim, mas mesmo assim, para muitos Caçadores de Sombras, a Visão inclui a capacidade de ver, ouvir e falar com os espíritos dos mortos. Você mesmo pode ter esse dom! Este aspecto da Visão é inteiramente hereditário e não pode ser aprimorado com Marcas.

Mesmo aqueles Caçadores de Sombras que não conseguem conversar nem enxergar formas de fantasmas são capazes de sentir sua presença ao perceberem uma estranha sensação de frio. Quando os fantasmas se manifestam no nosso mundo, precisam sugar a energia das cercanias para conseguirem manter sua forma ectoplasmática, e, com isso, consomem calor das proximidades.

Os fantasmas mais fortes podem conseguir se manifestar de uma forma próxima a uma vida comum. Nós, no entanto, temos a capacidade de identificar os fantasmas pelos olhos: são ocos e vazios.

Às vezes, no caso de espíritos mais fortes, os olhos terão chamas ardendo nas profundezas, mas isto é muito raro.

A teoria predominante sobre eles é a de que estão presos ao nosso mundo por algum erro ou crime que estejam tentando resolver; são literalmente "inquietos" e buscam o talismã que os permitirá deixar nosso mundo e seguir para o deles. É preciso certa dose de força para um fantasma ser suficientemente consciente de si e de sua vida passada e conseguir identificar seu talismã, e fantasmas não possuem conhecimento mágico sobre o que o talismã possa ser nem que ação os permitirá descansar; em muitos casos, estão apenas fazendo suposições e podem estar enganados ou dementes demais para compreender bem a própria situação.

Espere aí, poderíamos estar lidando com fantasmas esse tempo todo? Onde estão os fantasmas? Tragam os fantasmas!

Você não quer isso de verdade. Nova York tem uns fantasmas péssimos. Confie em mim.

Tenho que perguntar a Jace sobre a existência de

Você deixou em branco. O que quer saber?

Este livro deixa muita coisa de fora! Tipo: as múmias. Conte-me sobre as múmias.

Múmias existem. Os egípcios mumificavam os mortos. Múmias que saem de túmulos amaldiçoados e andam por aí, não.

Existem túmulos amaldiçoados?

Não. Às vezes, você encontra uma tumba guardada por um demônio.

Zumbis?

Do tipo vudu, sim, do tipo céééééérebro, não.

Ah, ah, já sei. Que tal um carro amaldiçoado? É possível ter um carro amaldiçoado?

Moto demoníaca conta?

Não, do tipo: o carro fala com você e te manda matar pessoas.

Então, não.

QUESTÕES PARA DISCUSSÃO E COISAS A SE TENTAR

Por que estou respondendo suas perguntas? Você não é Caçador de Sombras. Não, leprechauns não existem.

Jace está ignorando Simon. Deuses ancestrais, Jace, mesma pergunta.

1. Você está entrando no mundo dos Caçadores de Sombras com *Deuses ancestrais?* crenças religiosas? Tente ler alguns ensaios do passado sobre sua religião feitos por acadêmicos Nephilim, que o ajudarão a entender como encaixar seus novos conhecimentos sobre o Mundo das Sombras na sua visão de mundo.

Vou fazer isso agora mesmo.

Simplesmente os considerariamos Demônios Maiores, eu acho.

Transformers!

Não sei o que é isso.

Robôs alienígenas se transformam outras coisas não parecem robôs.

2. Você consegue ver fantasmas? Em caso afirmativo, tente encontrar algum local assombrado perto de você. Alguém no seu Instituto saberá informar. Descreva a experiência.

Não vejo fantasmas. Na verdade fico muito feliz com isso.

E quanto aos smurfs? E, falando sério, e o Papai Noel?

3. SÉRIO, QUÃO PÉSSIMOS SÃO OS MUNDANOS? MUITO.

Direitos mundanos!

Não posso acreditar que estou defendendo a Clave, mas, sério, gente, esta parte está muito boa para os padrões deles.

Capítulo Seis

GRIMÓRIO

NOTA DE INTRODUÇÃO À MAGIA

Os Nephilim não fazem mágica.

Este é — de longe — o aspecto que mais nos separa tanto dos demônios quanto dos integrantes do Submundo. Demônios realizam magia — aliás, quase toda a mágica que você vê no mundo tem origem demoníaca. A magia das fadas é o grande desconhecido — é muito diferente da magia dos demônios, mas há quem acredite que possuam a mesma origem.

Seja qual for o caso, os Nephilim não têm nenhuma mágica própria. Em vez disso, utilizamos ferramentas mágicas que nos foram concedidas por forças superiores. Não podemos produzir novas Marcas. Temos acesso apenas às que nos foram entregues no Livro Gray. Podemos fazer experiências com seus usos, mas elas são todo o poder que nos foi dado. Todo o resto do que somos foi feito por nós mesmos. *A maioria de nós não consegue fazer novas Marcas, você quer dizer.*

Ao longo da história, muitos Nephilim, principalmente os Irmãos do Silêncio, passaram milhares de horas tentando descobrir a "língua" e a "gramática" básicas das Marcas angelicais. Se as partes constituintes pudessem ser compreendidas, acreditava-se, então, que talvez novas Marcas pudessem ser criadas. Estes projetos inevitavelmente fracassaram. Se existe uma gramática elementar das Marcas, então, ao que parece, os humanos não podem conhecê-las, ou são incapazes de descobri-la.

Por comparação, a magia demoníaca é mais ampla e poderosa em todas as suas formas — seja empregada diretamente por demônios ou feiticeiros, ou instaladas nas almas de vampiros ou licantropes. A magia das fadas, no entanto, é maior.

Esta é uma lição que jamais deve ser esquecida por nenhum Caçador de Sombras: somos mais frágeis. Temos menos armas. O que nos mantém é nossa determinação, nosso juramento, nossa adesão à Lei, nossa disciplina e nosso treinamento.

—— POR QUÊ? ——

A grande pergunta dos Nephilim, o grande mistério não respondido por Raziel e não perguntado por Jonathan Caçador de Sombras, é a seguinte: por que nos deixaram com poderes tão limitados? Por que os integrantes do Submundo receberam tantas habilidades sobre-humanas: imortalidade, força e velocidade além de seus corpos físicos, e a capacidade de inventar e criar novas mágicas, e nós só recebemos armas tão limitadas e imutáveis para a nossa luta?

Esta é uma pergunta sem resposta, e tentar sugerir uma explicação definitiva é ter a pretensão de conhecer as mentes dos anjos. Permitanos, no entanto, sugerir que os Caçadores de Sombras possuem duas qualidades dos grandes guerreiros: dignidade e humildade.

Dignidade: nosso poder é o fato de sermos *escolhidos*. Ao contrário dos demônios, nascidos no Vazio e sem o livre-arbítrio de escolher algo além do mal, ou dos membros do Submundo, cujos poderes frequentemente são resultado de acidentes de nascimento, eventos imprevisíveis e crimes terríveis, fomos selecionados para carregar o sangue dos anjos e liderar a luta contra o Inferno.

E humildade: somos pó e cinzas. Somos mortais. Somos vulneráveis. Sangramos e morremos.

E estes dois extremos são nossa grande força e nossa grande fragilidade.

É brega, mas é verdade!

Isso meio que descreve todas as pessoas. Nós somos pessoas!

TEORIA BÁSICA SOBRE TEMPO E ESPAÇO
INTERDIMENSIONAL *Preciso mandar pular esta coluna?*

Como? Não ouvi, estava ocupada pulando esta coluna.

Até agora você conhece dois mundos: o mundano e o das Sombras. Mas existem outros. Nosso mundo se sobrepõe a outros, infinitos outros, que são separados do nosso e, no entanto, ocupam o mesmo espaço em uma realidade alternativa. Estas realidades alternativas não têm obrigação de talhar as mesmas regras que o nosso universo segue, então o senso geral é o de que não poderíamos sobreviver na maioria delas. Estas não só não precisam de coisas como água, ar e uma temperatura suportável, mas também não precisam das mesmas leis físicas nem das mesmas formas de vida, e nesses mundos podemos desintegrar, incapazes de sustentar nossa existência em um universo totalmente hostil.

Alguns acreditam que Faerie seja uma dimensão diferente da nossa (ver discussão sobre as fadas, Bestiário, Parte II, Capítulo 4), mas sabemos com certeza que o Vazio, lar dos demônios, fica em outra dimensão. Tentativas de seguir demônios para sua dimensão através de Portais se provaram instantaneamente fatais a humanos. Suspeita-se que anjos também venham de outra dimensão, mas isto é mera especulação.

Na verdade, não sabemos se o Vazio é uma única dimensão alternativa ou se inclui muitas dimensões e até mesmo uma infinidade de dimensões cujos elos estão em Pandemônio. Na prática não tem muita importância. Nossa vocação como Nephilim é proteger nossa própria dimensão; deixamos que os outros universos cuidem de si.

Não devia ter pulado. Isso é legal. Tempo-espaço! Dimensões! Mais coisas assim, por favor. Obrigado, com amor, Simon.

—— FEITIÇOS E A VISÃO ——

Um feitiço de disfarce é a mágica mais simples que existe. Faz as coisas parecerem diferentes do que são. Executado corretamente, ele cria um semblante perfeito na mente do observador e obscurece de maneira irretocável a forma verdadeira do que foi disfarçado. É um dos poucos truques disponíveis a todos os usuários de magia: ele é encontrado no Livro Gray, em livros de feitiçaria demoníaca, em pesquisas de feiticeiros e entre as fadas. E é o tipo de mágica mais utilizada por causa de sua utilidade: esconde o Mundo das Sombras dos mundanos, um objetivo comum a todos.

É fácil enxergar através da maioria destes encantos, que normalmente só escondem coisas dos mundanos. Vampiros, fadas e feiticeiros podem usar truques mais poderosos para esconderem suas atividades não só de mundanos, mas dos Caçadores de Sombras e uns dos outros. Fadas, em particular, são consideradas mestres dos feitiços de disfarce; alguns Nephilim teorizam que tudo que vemos das fadas neste mundo é de alguma forma modificado.

Esses feitiços são mais comumente utilizados para vestir uma pele falsa sobre alguma coisa, como o encanto que colocamos em nossos Institutos. Nós, Nephilim, também temos o costume de utilizar esta magia para ficarmos invisíveis e circularmos incógnitos pelo mundo. Isso é muito mais fácil que disfarçar nossos uniformes de forma a deixá-los com a aparência de roupas comuns, nossas armas para parecerem ferramentas inofensivas e assim por diante. Da mesma forma, demônios podem se disfarçar com formas não específicas, de modo que um mundano atacado por demônio vai achar que foi atacado por um cachorro ou outro mundano aleatório.

A capacidade de enxergar além dos feitiços e ver a verdadeira natureza de alguma coisa se chama Visão, um termo do folclore

mundano. A maioria dos Caçadores de Sombras nasce com a Visão, que herda dos pais Nephilim. Normalmente potencializam este dom com a aplicação permanente do símbolo da Vidência, pois a Visão é a única forma de enxergar através dos feitiços. Saber que algo foi enfeitiçado ou mesmo conhecer sua verdadeira forma não remove o efeito do feitiço.

Isso é notável, pois há muitas crenças folclóricas entre as culturas mundanas sobre rituais e ferramentas que podem ser utilizadas para enxergar através da mágica. Algumas podem funcionar para nos ajudar a enxergar através de disfarces produzidos por fadas por meios que não compreendemos. Estas ferramentas — sálvia, Pedras de Visão, usar roupas do avesso, lavar o rosto de uma forma específica ao amanhecer e assim por diante —, contudo, não podem ser utilizadas para que se enxergue através dos feitiços mais comuns dos feiticeiros, demônios e Caçadores de Sombras.

Alguns mundanos possuem naturalmente a verdadeira Visão, o que costuma ser creditado à presença de sangue de fada em sua linhagem, apesar de não haver provas.

O QUE É UM FEITIÇO DE DISFARCE?

A origem da magia dos disfarces é um tema que confunde gerações de pesquisadores de magia — como é que todo o Mundo das Sombras tem acesso a eles, e será que as três versões dele se relacionam? Existem muitas teorias, sendo a mais comum a que diz que a magia dos disfarces originalmente pertencia às fadas e de algum jeito foi "roubada" por outras criaturas. Não é claro como isto possa ter acontecido, contudo, e a teoria dominante hoje diz que originalmente havia dois tipos de feitiços de disfarce: os angelicais, que nós, Nephilim, usamos, produzidos pelas Marcas, e os demoníacos, utilizados por todos os outros. Presume-se que Raziel tenha nos concedido o poder dos feitiços, assim como o fez com o Poder da Visão, para nos deixar em pé de igualdade com os adversários e permitir que nos protegêssemos de uma possível descoberta dos mundanos.

Eu não sabia disso, mas a verdade é que não me interessou.

MAGIA ANGELICAL

OS INSTRUMENTOS MORTAIS

Os Instrumentos Mortais são os maiores presentes confiados aos Nephilim. Sem eles, não existem Caçadores de Sombras, Marcas utilizadas por humanos, nem recursos contra a ameaça demoníaca. Os Instrumentos são venerados pelos Caçadores de Sombras como nossas mais sagradas relíquias e foram entregues aos Irmãos do Silêncio para serem guardadas e protegidas.

Acredita-se que tenham funções além das que conhecemos; antigas escrituras, principalmente entre os Irmãos do Silêncio, falam obscuramente sobre poderes angelicais essenciais nos Instrumentos que só se revelariam se soubéssemos quais eram.

Estes poderes permanecem inefáveis a nós. Infelizmente, nunca se encontrou qualquer uso para o Cálice ou a Espada além daqueles enumerados a seguir, e, é claro, não sabemos qual poder o Espelho possui, se é que possui algum.

O poder de afundá-lo em um lago e em seguida te enlouquecer.

O CÁLICE *Muito bem. Que bom que já sabemos disso.*

O Cálice Mortal é o meio pelo qual os Nephilim são criados. Costuma ser chamado de Cálice de Raziel ou Cálice do Anjo. Como dizem nossas lendas, o Anjo Raziel se apresentou a Jonathan Caçador de Sombras e encheu o cálice com uma mistura do próprio icor angelical e do sangue mundano de Jonathan, que tomou do cálice e se tornou o primeiro Nephilim. A partir de então o Cálice ficou imbuído de poder angelical, e tomar o líquido sagrado deste transforma um mundano em Nephilim.

O Cálice não é ornado e decorativo como a maioria dos novos Caçadores de Sombras pensa. Não é um cálice adornado com joias; ele tem o tamanho de uma taça de vinho e é folheado em ouro sem enfeites. É feito de puro *adamas*, que é mais pesado que vidro. O fato de ser dourado é incomum, considerando a sacralidade essencial do *adamas* — que, para os Caçadores de Sombras, é mais sagrado que ouro.

A estrutura de *adamas*, contudo, não é a fonte do seu poder, não mais que o ouro. Presume-se que seja feito de *adamas* por este ser o metal do anjo, inquebrável e indestrutível por qualquer substância na Terra (exceto pelos fogos sagrados da Cidadela Adamant). Acredita-se, em geral, que Raziel possa ter transformado qualquer cálice no Cálice Mortal. Ele apenas se tornou sagrado quando o Anjo o utilizou como recipiente para seu sangue.

Houve períodos na história em que o Cálice foi frequentemente utilizado pela Clave, mas nos últimos cinquenta anos este costume praticamente se encerrou. Os anos 1950 testemunharam uma grande expansão das famílias de Caçadores de Sombras pelo mundo, essencialmente para repor os muitos Nephilim mortos nos grandes conflitos mundiais, mas a Clave então viveu um período de relativa estabilidade, e as atuais famílias de Caçadores de Sombras foram consideradas suficientes para preencher nossos exércitos.

O pior uso do Cálice Mortal, historicamente, foi durante as Caçadas, quando foi utilizado como uma forma de tortura inquisitorial e de assassinato. Integrantes do Submundo, é claro, não conseguem beber do Cálice e não suportam Marcas. Tipicamente, se beberem do Cálice, vomitam o conteúdo, mas se são forçados a continuar ingerindo, logo terão a vida queimada pelo líquido e morrerão em um acesso de sofrimento enquanto o demoníaco e o angelical guerreiam dentro deles (este destino é similar ao do fruto de um demônio com um Caçador de Sombras, que não sobrevive à gestação). Este método de punição foi considerado por alguns Caçadores de Sombras — e, vergonhosamente, pela Clave como um todo por algum tempo — não apenas justo, como também misericordioso, pois infundia no castigado o poder angelical antes de sua morte. Encarada agora como bárbara e tortuosa, a prática se extinguiu em quase todo o mundo no princípio do século XVIII. Foi eliminada como forma oficial de punição pelo Cônsul Suleiman Kanuni em 1762, mas só passou a ser considerada ilegal na Segunda Revisão dos Acordos, em 1887. *Isso é terrível! Por que você precisa me contar essas coisas terríveis, Códex? Eu só queria aprender sobre o Cálice.*

A ESPADA   *Pelo menos, eles admitem o que fizeram e reconhecem que foi péssimo. É um grande passo para a Clave.*

A Espada Mortal, frequentemente chamada de Espada da Alma, é o segundo Instrumento Mortal. Fica na Cidade do Silêncio, normalmente pendurada acima das Estrelas Falantes na câmara do conselho dos Irmãos do Silêncio. Quando precisam dela, costuma ser brandida pelos Irmãos do Silêncio. Sua utilização primária é compelir Caçadores de Sombras a falarem somente a verdade. Como disse Raziel, a Espada corta o nó das mentiras e fraudes para revelar a grande verdade por baixo. Nos dias atuais, é utilizada basicamente em julgamentos, para que se obtenham testemunhos honestos dos interrogados que teriam interesse em mentir. Caçadores de Sombras que desejam ter suas alegações testadas e provadas podem se submeter ao "julgamento pela Espada". Neste processo um juiz adequado — geralmente um Irmão do Silêncio — "empunha" a espada, colocando-a nas mãos do depoente, às quais adere e das quais não pode ser retirada até que o juiz ordene.

Nem integrantes do Submundo nem mundanos podem ser compelidos pela Espada da Alma. Acredita-se que este limite tenha sido instalado propositalmente para evitar que os Caçadores de Sombras a utilizassem como uma ferramenta geral de interrogatório. Sua função é manter a integridade e a honra dos Nephilim, e não ser uma arma contra outros.

Presume-se que a Espada não funcione com demônios ou anjos, mas isso nunca foi testado. Como as fadas são incapazes de mentir, utilizar nelas seria redundante.

O formato da Espada é mais ou menos o típico de uma espada de exército ou de cavaleiro do tempo de Jonathan Caçador de Sombras (acredita-se que Raziel tenha produzido, nos Instrumentos Mortais, armas e itens relativamente familiares a Jonathan, para que a intenção de uso fosse clara). Tem um cabo para uma das mãos e a ponta possui dois gumes. Ao contrário da maioria das espadas ocidentais do período, não possui um cabo cruciforme, mas um desenho elaborado de asas abertas, que emerge do ponto em que a lâmina encontra o cabo. Aqui a origem divina da espada é clara; os detalhes são significativamente mais complexos e perfeitos do que qualquer artesão humano seria capaz de produzir.

Viu, foi melhor. Ninguém foi inesperadamente torturado ou morto.

O ESPELHO   *Exceto na vida real, por Valentim, que usou essa espada. Lembra?*

Claro. Eu não vou lidar com mais do que isso, é o que estou dizendo.

O Espelho, às vezes também chamado de Vidro Mortal, é o grande mistério da lenda de Jonathan Caçador de Sombras. Evidentemente, é o terceiro dos Instrumentos Mortais dados por Raziel, mencionado em todas as histórias de Caçadores de Sombras, então não acreditamos na possibilidade de ser uma adição posterior. Nenhuma especificidade, no entanto, é apresentada sobre ele — onde fica, qual é a sua aparência ou mesmo a função pretendida. Foram feitas muitas buscas pelo Espelho ao longo da nossa história, em escavações, velhas bibliotecas, criptas e antigas ruínas Nephilim — nenhuma bem-sucedida. Também houve, é claro, muitos Espelhos falsos apresentados como reais por charlatões buscando poder entre os Nephilim ou por Caçadores de Sombras ingênuos e esperançosos, desesperados por uma resposta ao enigma.

As lendas nos contam que Raziel pode ser invocado pelos Instrumentos Mortais: é preciso segurar o Cálice, empunhar a espada e se colocar diante do Espelho. Esta afirmação, no entanto, permanece apenas uma história, tendo em visto que o Vidro Mortal está perdido, talvez para sempre.

Sabe o que é estranho? Quando isso foi publicado, o Cálice estava perdido. Ninguém sabia onde estava. As pessoas achavam que tivesse desaparecido para sempre. E aqui ninguém menciona o fato!

A posição oficial era "temporariamente extraviado". O Códex é o que há de mais oficial.

AS MARCAS DE RAZIEL

Isso é ridículo. *Ei, nós recuperamos o Cálice, não recuperamos? Então eles tinham razão!*

As ferramentas mais comuns dos Caçadores de Sombras, a fonte da nossa capacidade de combater a Incursão demoníaca, são, é claro, as Marcas de Raziel, a complexa linguagem simbólica que nos foi concedida pelo Anjo para obtermos poderes além dos mundanos. Você aprenderá estas Marcas — é uma das tarefas mais importantes do seu treinamento. Ninguém conhece *todas* as Marcas, é claro, mas você vai começar com as mais comuns e úteis, e gradualmente aprenderá mais na medida em que se tornarem mais úteis ou necessárias a você.

Aprender as Marcas pode ser difícil, principalmente para Caçadores de Sombras de países ocidentais. Muitos alunos iniciantes, principalmente os do Ocidente, tendem a pensar nas Marcas como um conjunto distinto de "poderes", como feitiços de um livro de magia que precisam aprender a desenhar. Os Caçadores de Sombras que participam de culturas que utilizam linguagem logográfica, tais como China, Vietnã ou o Império Maia podem ter facilidade para absorver a verdade — que as Marcas angelicais são a linguagem cuja gramática nós, como humanos, não podemos conhecer exatamente. Mas podemos adquirir um senso intuitivo das relações entre as

Sim, sim, você é alguma espécie de estudiosa das Marcas, não precisa se preocupar com isto. Acho que é só verificar para se certificar de que conhece todas elas.

Todas? *Todas.*

Marcas que podem tornar o aprendizado mais como uma espécie de aquisição de fluência em uma língua do que a memorização de símbolos. Assim como acontece com todos os outros talentos humanos, alguns Nephilim são naturalmente habilidosos nisso, enquanto outros precisam se esforçar mais para ganhar competência.

Temos restrições de poder no sentido de que só temos permissão para utilizar os símbolos encontrados no Livro Gray. Existem marcas demoníacas — possivelmente muitas línguas diferentes de marcas demoníacas — proibidas a nós pela Lei e também pelo fato de que não podem funcionar com o sangue angelical dos Nephilim. Não conseguimos entender a linguagem nas quais as Marcas que temos se baseiam, e, portanto, não conseguimos criar novas Marcas angelicais. Mas também há outros símbolos angelicais (não sabemos quantos) que existem desde tempos antiquíssimos e que, por quaisquer que sejam os motivos, não nos são dados. O mais conhecido é o que chamamos de Primeira Marca, a Marca de Caim, a primeira vez que o Céu escolheu Marcar um humano e lhe conceder proteção. É fácil enxergar a origem da nossa mágica no primeiro dos assassinos como um terrível presságio, enxergar esta filiação como algo indesejado. Contudo argumentamos o oposto: a Marca de Caim é uma Marca de proteção. Ela nos diz que a justiça divina não é absoluta e que esta justiça ainda tem a possibilidade de compaixão e misericórdia.

Represento! Compaixão e Misericórdia! Issaaa!

O LIVRO GRAY

Por favor, nunca mais diga "issaaa".

O *Livro de Gramarye* é o nome oficial do livro de Marcas do qual todos os Caçadores de Sombras aprendem. Cada cópia reproduz com exatidão o conteúdo do livro original do Contrato no qual o Anjo Raziel registrou as Marcas dadas a Jonathan Caçador de Sombras. Ao contrário de tantos outros livros sagrados que, ao longo da história, afirmam ser réplicas exatas, a qualidade do Livro Gray é mantida por uma verificação embutida: em qualquer cópia, todas as Marcas devem funcionar como se fossem desenhadas! Isso e a continuidade da autoridade Nephilim ao longo dos anos nos permitem afirmar

com confiança quando dizemos que o Livro Gray representa, de fato, a língua de Raziel.

Preparar páginas para sustentar os símbolos envolve alguns malabarismos mágicos complexos, o que torna o processo de criação do Livro Gray muito árduo e sempre executado pelos Irmãos do Silêncio. Por causa desta complexidade, a capa costuma ser decorada e muito ornada, para celebrar o esforço envolvido na criação do interior. Institutos e algumas antigas famílias de Caçadores de Sombras guardam seus Livros Gray cuidadosamente e os transmitem através de gerações, normalmente com muita cerimônia.

SÍMBOLOS MANUSCRITOS

Aprender Marcas pode ser um processo intimidante para novos Nephilim; invocar o poder do Céu e provavelmente fracassar nas primeiras vezes é uma experiência compreensivelmente enervante. Os riscos, no entanto, são relativamente baixos. Na maioria dos casos, Marcas mal desenhadas não terão efeito nenhum e podem ser removidas sem consequências. A maioria dos novos Caçadores de Sombras em algum momento faz a experiência de desenhar a esmo em si ou em objetos com suas estelas. Isto provoca a mesma sensação de "calor gelado" na pele que as verdadeiras Marcas, mas sem maiores consequências. Da mesma forma, um mundano deve receber Marcas de fato, e não apenas desenhos aleatórios de uma estela, para se tornar Renegado. Um dos primeiros truques que a maioria dos Nephilim aprende, aliás, é tirar vantagem do caráter neutro das não Marcas e desenhar uma Marca incompleta em si, que pode ser rapidamente completada em caso de necessidade.

Apenas Caçadores de Sombras podem realizar Marcas. Um mundano ou um integrante do Submundo consegue segurar uma estela sem se ferir, mas não consegue utilizá-la para criar Marcas; nenhuma linha aparece da ponta do instrumento, independentemente da superfície em que desenhe. Entre os Caçadores de Sombras, a força de uma dada Marca se baseia no talento para desenhar os símbolos. Ou seja, para um símbolo durar em um combate, depende da relação deste com a força e a precisão da Marca.

Algumas Marcas são aplicadas aos corpos dos Caçadores de Sombras, e outras, a objetos físicos. Geralmente não é perigoso desenhar uma Marca de corpo em um objeto inanimado — uma pedra que receba a Marca da Vidência permanecerá a mesma pedra inanimada de antes. Aplicar Marcas de objeto em um Caçador de Sombras é mais perigoso, pois elas se aplicam ao corpo da pessoa como objeto físico. Ocasionalmente, isso é útil. Note que Marcas pretendidas a objetos inanimados, assim como todas as Marcas, não podem ser colocadas em mundanos nem em integrantes do Submundo, pois há os riscos habituais de loucura, morte ou de se tornar Renegado.

O poder de uma Marca pode ser minimizado ou rompido pela desfiguração da dita Marca. Caçadores de Sombras devem prestar atenção particular a este potencial alvo em seu corpo; alguns inimigos mais inteligentes e bem informados podem tentar queimar ou cortar a pele de um Nephilim para privá-lo dos benefícios das Marcas.

O QUE ACONTECE SE VOCÊ MARCAR UM CADÁVER?

Nada.

SÉRIO? NADA DO TIPO MORTO-VIVO OU ASSUSTADOR?

Não.

BEM, ESTOU DECEPCIONADO.

MARCAS ESPECÍFICAS

É um engano comum acreditar que as únicas Marcas utilizadas pelos Caçadores de Sombras são as de batalha. Apesar de sermos guerreiros — e como tais, conflitos fazem parte das nossas vidas —, também fazemos uso de muitas Marcas mais suaves. Existem Marcas para funerais, que falam de cura, luto e conforto; Marcas de celebração, que falam de alegria e gratidão. E, é claro, existem as Marcas que a maioria dos Nephilim nunca vai encontrar, os símbolos arcaicos acessíveis somente aos Irmãos do Silêncio, e outros acessíveis somente às Irmãs de Ferro.

Todas as Marcas possuem nomes no Livro Gray, e apenas as mais comuns são referidas por seus verdadeiros nomes — *iratze*, por exemplo —, em vez de nomes informais descritivos (por exemplo, "símbolo de força"). Mas os nomes de Marcas são significativos: são escritos na língua do Céu e são, inclusive, as únicas palavras dessa língua que podemos saber. São nossa forma mais direta de comunicação com os anjos que deram nossas vidas e nossa missão.

Existem literalmente milhares de Marcas. Aqui oferecemos uma amostra de seus desenhos e funções básicas, mas o Códex não deve ser utilizado como uma fonte definitiva da qual você deve aprender a escrita de símbolos. Por favor, consulte o Livro Gray e seus tutores para obter ajuda.

Algumas Marcas que deverá aprender em sua formação incluem:

- *A Marca da Vidência* — esta é a mais básica e permanente Marca Nephilim, encontrada em todos os Caçadores de Sombras, normalmente na parte externa da mão direita. Serve para focar a Visão e permitir que Caçadores de Sombras enxerguem através de feitiços e, com treino e prática, identifiquem integrantes do Submundo só de olhar.
- *Marcas de Abertura* — há muitas variações desta, e seria aconselhável aprender algumas antes de começar seu trabalho ativo. Elas garantem que, em tese, nenhuma tranca mundana seja fechada aos Nephilim. Infelizmente, isso também quer

dizer que muitos demônios e membros do Submundo vão fechar as coisas com mais trancas mágicas.

- *As Marcas de Rastreamento* — outro conjunto indispensável à perseguição dos demônios, estas Marcas são fáceis de desenhar, porém difíceis de serem utilizadas corretamente. São usadas da seguinte maneira: um objeto possuído pelo indivíduo a ser rastreado é segurado pela mão que não está com a estela. Em seguida, o símbolo de rastreamento é aplicado às costas da mão. Se o símbolo for utilizado com sucesso, o Caçador de Sombras deve enxergar visões do local onde o indivíduo se encontra. Normalmente estas visões são acompanhadas de um senso de orientação: mesmo que o local pareça estranho, o rastreador saberá onde é e em que direção fica (uma pergunta comum neste processo: o que define a "posse" de um objeto? Aqui a "posse" é definida literalmente. Entende-se que alguém possui alguma coisa se for o dono dela, ou se o objeto estiver onde a pessoa mora. Portanto, alguém que vendeu sua casa e seus móveis não pode ser rastreado com a utilização destes móveis, que agora são do novo morador).

- *Marcas de Cura* — também existem muitas que devem ser aprendidas. A primeira é o *iratze*, o símbolo básico de cura, que fecha ferimentos nos Caçadores de Sombras. Note que isto significa que um *iratze* nem sempre é o melhor tratamento para um ferimento, por exemplo, se a Marca fosse fazer a pele se curar sobre uma garra ou um espinho preso, que necessite ser removido. O *iratze* também eleva a temperatura do corpo temporariamente, ajudando a queimar a infecção, mais ou menos como a febre faz. Este símbolo é um tanto ineficaz contra venenos de demônio e ferimentos causados por Marcas demoníacas. Nesses casos, o ferido deve ser rapidamente levado a um Irmão do Silêncio, mas, nesse meio tempo, pode ser útil aplicar um símbolo *mendelin*, que fortalece a constituição da vítima, e/ou um símbolo *amissio*, que desacelera a perda de sangue e acelera sua substituição natural.

TABELA DE MARCAS SELECIONADAS

ABUNDÂNCIA	ACELERAÇÃO	EXATIDÃO
AÇÃO	AGILIDADE	AGONIA
PODER ANGELICAL	CONSCIÊNCIA	LIGAÇÃO

TABELA DE MARCAS SELECIONADAS

PONTE RAIVA CALMA CLAREZA

COMUNICAÇÃO CORAGEM EM COMBATE HABILIDADE

CRIAÇÃO DESTINADO DESVIO/BLOQUEIO

TABELA DE MARCAS SELECIONADAS

RESISTÊNCIA

ILUMINAÇÃO

EQUILÍBRIO

EXPECTATIVA

À PROVA DE FOGO

FLEXIBILIDADE

FORÇA DE ESPÍRITO

SORTE

AMIZADE

TABELA DE MARCAS SELECIONADAS

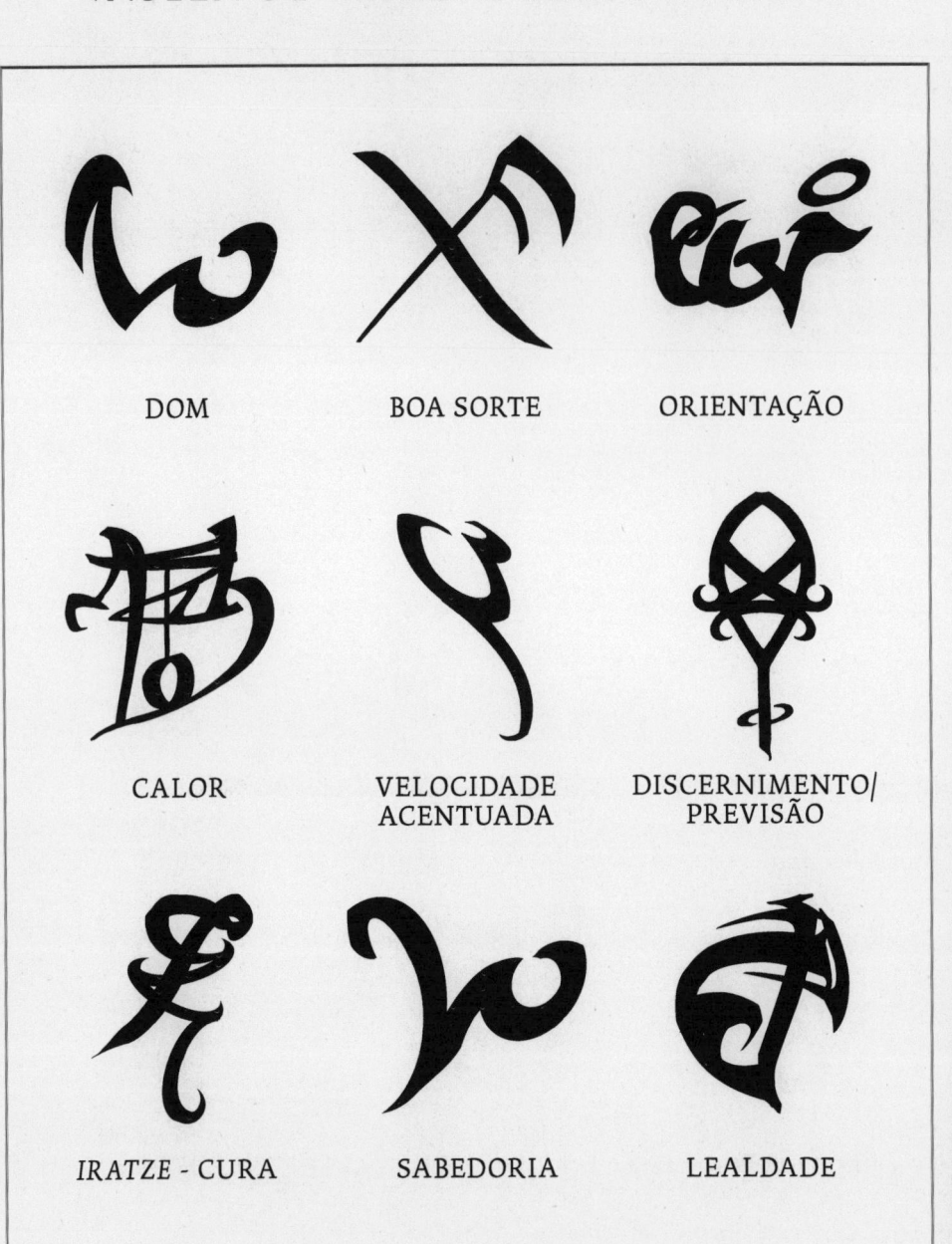

DOM · BOA SORTE · ORIENTAÇÃO

CALOR · VELOCIDADE ACENTUADA · DISCERNIMENTO/PREVISÃO

IRATZE - CURA · SABEDORIA · LEALDADE

TABELA DE MARCAS SELECIONADAS

MANIFESTO

EXCELÊNCIA MENTAL

MEMÓRIA

NUTRIÇÃO

OPORTUNIDADE

PERSEVERANÇA

PERSUASÃO

PODER

PRECISÃO

TABELA DE MARCAS SELECIONADAS

PROMESSA

PROSPERIDADE

PROTEÇÃO

QUIETUDE

LEMBRANÇA

RECORDAÇÃO/LUTO

COMPARTILHAMENTO

SILÊNCIO

FALAR LÍNGUAS

TABELA DE MARCAS SELECIONADAS

VIGOR

DISCRIÇÃO

FORÇA

SUCESSO

PRECISÃO DE ATAQUE

CERTEZA

VELOCIDADE

TALENTO

TÉCNICA

TABELA DE MARCAS SELECIONADAS

TRANSMISSÃO

VERDADEIRO NORTE

CONFIANÇA

COMPREENSÃO

INVISIBILIDADE

TABELA DE MARCAS SELECIONADAS

VISIBILIDADE

VISÃO

VIDÊNCIA

À PROVA D'ÁGUA

UNIÃO MATRIMONIAL

ALADO

BLOQUEIOS

Você provavelmente já ouviu seus colegas Caçadores de Sombras falando sobre os "bloqueios" do seu Instituto. Bloqueios são, em resumo, paredes mágicas. São as magias mais simples que conhecemos, além dos feitiços de disfarce. Todos os bloqueios Nephilim são reflexos pálidos das grandes barreiras do nosso mundo, as principais proteções que impedem os demônios de entrarem quando bem entenderem e que, acredita-se, foram instaladas pelo Céu, há muito tempo, antes da medida da passagem do tempo. Foram estas barreiras que, de algum modo, foram "enfraquecidas" pela combinação dos poderes de Samael e de Lilith para que fosse permitida a Incursão que ocasionou a criação dos Nephilim. Apesar de estes bloqueios ainda existirem e de nos protegerem contra uma invasão completa, eles permitem um fluxo contínuo de demônios que não demonstra qualquer sinal de desaceleração e que pode, inclusive, estar aumentando.

Nos primórdios dos Nephilim, os primeiros Irmãos do Silêncio executaram rituais por todo o mundo com a intenção de fortalecer estas barreiras através do acréscimo de nossas próprias barreiras inferiores ao seu poder. Mas bloqueios existem em todos os níveis de poder, desde os que protegem nossos Institutos aos mais simples, que podem proteger um cômodo ou até mesmo um objeto, tal como um baú trancado. Hoje as barreiras podem ser bem complexas e específicas quanto a quem é bloqueado e quem pode passar.

A magia demoníaca, claro, tem seus próprios bloqueios, que funcionam de maneira semelhante.

—— MAGIA DEMONÍACA ——

Utilizamos o termo "magia demoníaca" para incluir toda a magia cuja origem reside no Vazio. Isso inclui a mágica empregada diretamente por demônios, que basicamente vai além da nossa compreensão mortal, os poderes sobrenaturais dos vampiros e lobisomens, e a magia complexa, porém organizada, pesquisada e executada por feiticeiros.

A magia demoníaca é caótica por natureza. Ao passo que a magia do Céu nos é entregue inteira e completa, a do Inferno é uma fera escorregadia, perigosa e crescente. Não se conhecem os limites da magia demoníaca, o que pode fazer e o poder de seus efeitos. Muito foi descoberto, e existem muitos conhecimentos nos quais podemos confiar ao lidarmos com demônios (ou feiticeiros), mas nunca se esqueça de que — ao contrário das nossas Marcas, que começam e terminam com as ligações do Livro Gray — o mundo dos demônios é cheio de magia desconhecida por nós.

Caçadores de Sombras são categoricamente incapazes de aprender magia demoníaca, desenhar ou até mesmo ler símbolos demoníacos. É como se o nosso conhecimento do Livro Gray impedisse que nossas mentes compreendessem os primos demoníacos das Marcas, por mais que tentemos estudá-los. Os Nephilim especialistas em leitura e escrita de Marcas frequentemente dizem que tentar ler símbolos demoníacos é como tentar entender alguém falando uma língua que parece absurdamente familiar, mas é diferente demais para que possa compreendê-la.

Diferentes tipos de magia demoníaca possuem diferentes fraquezas — meios pelos quais a magia pode ser neutralizada —, mas quase toda a mágica pode ser interrompida com água corrente. Uma magia mais poderosa, às vezes, pode superar esta fraqueza, porém, por outro lado, um maior fluxo de água corrente é mais avassalador e, para ser superado, é preciso mais poder. Portanto, muitos feiticeiros poderosos poderiam fazer mágica na presença de um riacho, mas só os mais poderosos teriam êxito na prática de magia no oceano aberto.

A Clave já cogitou utilizar caminhões de bombeiros? Sair por aí dirigindo e jogando água nos demônios?

Não é bem assim que funciona. Não se pode simplesmente jogar água em um demônio como se ele fosse um gato travesso.

MAGIA SOMBRIA VERSUS MAGIA DEMONÍACA

É importante entender que nem toda "magia demoníaca" é vil, pelo menos não quando utilizada por criaturas que não são demônios. Feiticeiros são essencialmente humanos, portanto são dotados do mesmo livre-arbítrio que todos os outros humanos. Vampiros e lobisomens têm uma fonte demoníaca de poder, mas também são humanos com vontades próprias. Todos podem escolher usar a magia demoníaca para o bem ou para o mal.

Nós utilizamos o termo "magia sombria" para nos referirmos à magia demoníaca cuja orientação ou propósito é ruim. Isso incluiria coisas como necromancia, invocação de demônios, dominação de uma mente inteligente contra a sua vontade e por aí vai. Magia sombria normalmente é contra a Lei, apesar de algumas exceções serem feitas para a magia sombria executada por necessidade no curso dos assuntos dos Nephilim — por exemplo, invocar um demônio para interrogatório.

Demônios, sendo puramente demoníacos e não possuindo nada de humano em si, praticam magia negra não importa o que estejam fazendo. Tecnicamente, manifestar-se em nosso mundo por vontade própria já é um ato de magia negra passível de punição pela Lei.

A magia sombria pode ser identificada por algumas de suas marcas. Sua prática deixa para trás uma aura que normalmente pode ser detectada por um feiticeiro, e frequentemente deixa um fedor de enxofre e podridão que até mesmo um Caçador de Sombras não treinado pode identificar (apesar de normalmente ser disfarçado para mundanos não perceberem).

LIDANDO COM MAGIA DEMONÍACA

O maior perigo da Magia Demoníaca para os Caçadores de Sombras é que, como seus limites são suaves e nada claros, pode ser complicado entender os parâmetros da mágica com a qual se está lidando, ou que tipo de magia é. Nada substitui a experiência, é claro, mas aqui oferecemos algumas reflexões sobre magia demoníaca comum e conhecimentos básicos que podem ser úteis a um novo Caçador de Sombras.

MAGIA DIMENSIONAL

Raramente você encontrará magia dimensional; a capacidade de executá-la é muito rara. Demônios estimulam a ideia de que entram e saem de dimensões constantemente, mas a verdade é que nenhum dos mais poderosos Demônios Maiores é capaz disso. Os demônios viajam para a nossa dimensão não por magia própria, mas pela utilização de buracos ou pontos desgastados, que foram aumentados e acentuados por Samael há mil anos; até onde sabemos, nenhum dos demônios comuns tem poder ou conhecimento para continuar a magia de desgaste que ele executou. Alguns Demônios Maiores podem ter o poder de se teletransportar a outros diferentes locais em nossa dimensão, e alguns podem conseguir abrir Portais dimensionais fracos e temporários, mas um demônio que alega ter poder sobre os espaços entre os mundos quase certamente está mentindo.

Feiticeiros capazes de executar esta magia são ainda mais raros, apesar de existirem e frequentemente cobrarem valores exorbitantes por seus serviços. A magia dimensional mais perigosa que os feiticeiros podem ter é a capacidade de criação de "bolsos" dimensionais, pequenos espaços entre dimensões onde objetos ou pessoas podem se esconder e se proteger contra feitiços de rastreamento.

NECROMANCIA

Desde que existem feiticeiros, existem contos sobre supostos necromantes, usuários de magia capazes de trazer os mortos de volta à vida. Não se deixe enganar por estes contos: não existe maneira da mágica do Inferno devolver os mortos ao reino dos vivos. Essa magia se reserva ao Céu e seus servos, não aos Nephilim, pois somos apenas servos dos servos, não habitantes do Paraíso.

Rituais de necromancia existem em alguns textos mais obscuros e proibidos de magia; eles são variações do método clássico mundano "sino, livro e velas" de invocação dos mortos e produzem uma ilusão de vida, mas não uma criatura viva. Os seres revividos, em tese, podem variar entre um espectro cambaleante a um corpo capaz de repetir suas últimas palavras em vida, mas na prática tais coisas são raramente — se é que um dia o são — vistas. A necromancia está entre as mais sombrias das magias sombrias. É passível de pena de morte, mas a maioria dos feiticeiros nunca é punida pela Clave, pois eles quase nunca sobrevivem às próprias tentativas.

BRUMA INFERNAL

A Bruma infernal, ou névoa infernal, é uma arma utilizada às vezes por demônios e ocasionalmente por feiticeiros poderosos e maldosos para auxiliar seus ataques. É muito perigosa para o Caçador de Sombras não preparado. É uma espécie de fumaça demoníaca encantada que diminui os efeitos da magia. A bruma infernal é capaz de diminuir tanto a magia angelical que os Caçadores de Sombras utilizam com as Marcas quanto outros feitiços demoníacos. Por sorte, poucos tipos de demônios conseguem produzi-la com facilidade, e aqueles que são capazes pouco a utilizam, considerando que demônios dependem de magia demoníaca para obter poder em nosso mundo. Por exemplo, um demônio desprovido de olhos que precisasse de magia para enxergar o inimigo trabalharia contra si próprio se liberasse bruma demoníaca.

A bruma infernal se torna muito mais perigosa quando utilizada para encobrir um ataque físico, mas demônios raramente fazem qualquer planejamento tático, por mais simples que seja. Um ataque coordenado dessa espécie quase certamente sugeriria o envolvimento de um Demônio Maior ou algum mágico maligno poderoso. *E... o que fazer em relação a isso?*

Quando o Códex não indica o que você deve fazer, presuma que o conselho é "corra!".

INVOCAR OBJETOS DO NADA

Isto não é possível. Algo não pode ser criado do nada. Feiticeiros que alegam ser capazes de produzir novos objetos do nada, ou que aparentemente o fazem, estão, na verdade, teletransportando os objetos de algum local. Ainda assim é um tipo poderoso de magia, potencialmente perigoso, e pode representar uma violação da Lei. Feiticeiros, com todo o seu poder, podem se divertir enganando mundanos e jovens Caçadores de Sombras mais crédulos ao afirmar que possuem mais habilidades do que, na verdade, têm. Não se deixe enganar.

A INVOCAÇÃO DE DEMÔNIOS

Apesar de a prática de magia sombria por feiticeiros ser um infeliz lembrete da contínua ameaça que demônios representam à nossa própria dimensão, e de ser proibida em geral, tal magia é permitida para ajudar em investigações feitas por Caçadores de Sombras, por exemplo, quando um demônio específico precisa ser localizado ou interrogado. Nesses casos, normalmente se emprega um feiticeiro amistoso; isto se tornou mais comum depois que os Acordos suavizaram a relação outrora tensa entre Nephilim e feiticeiros. *Li isso para Magnus, e ele disse "há!".*

Os rituais de invocação de demônios variam um pouco, dependendo do demônio e do feiticeiro envolvidos, mas, em geral, os passos são os seguintes:

- Um pentagrama ou círculo de invocação semelhante é desenhado na superfície sobre a qual o demônio será invocado;

- Símbolos demoníacos de diversos tipos são desenhados no círculo, normalmente nas pontas do pentagrama ou outra coisa especificada no texto da feitiçaria;
- Uma invocação é feita pelo feiticeiro;
- Normalmente exige-se um sacrifício de sangue, que costuma ser oferecido pelo feiticeiro que executa a cerimônia (cuidado com qualquer feiticeiro que diga que precisa do *seu* sangue para completar a invocação!);
- Se possível, um pedaço do próprio demônio, tal como um tufo de pelo, algumas escamas ou um dente, é posto no pentagrama. *Humm... PEDAÇO DE DEMÔNIO.*

A essa altura, se o feiticeiro for competente, o demônio deve estar invocado e preso. Lembre-se de perguntar com antecedência se há limite de tempo, restrições ou gestos proibidos que possam ser relevantes para a invocação.

Espere, como você consegue um pedaço de um demônio para utilizar em uma invocação de demônio se você não tem um demônio invocado do qual obter o dito pedaço?

O PORTAL

Novos Caçadores de Sombras não costumam ter problemas para compreender como funciona um Portal. Ele o transporta instantaneamente de um lugar para o outro através de passagem. Normalmente é criado por um feiticeiro (ver abaixo os motivos para tal) e não exige habilidade para ser utilizado. Nós o incluímos aqui, no entanto, porque a invenção do Portal marca um dos grandes momentos de colaboração entre membros do Submundo e Caçadores de Sombras na idade moderna, uma demonstração poderosa da criatividade e descoberta que os Acordos possibilitam. Esta invenção também representa uma das raras ocasiões em que os Nephilim puderam avançar o conhecimento da magia no mundo humano, apesar de nos devotarmos piamente aos limites marcados pelo Livro Gray.

... O quê? Foi uma pergunta séria!

Ah, não, é secretamente mais uma aula de história.

Hoje os Caçadores de Sombras dependem muito dos
Portais para viajar rapidamente pelo mundo. Seria mais
fácil concluir que o Portal é uma ferramenta Nephilim
antiga e bem estabelecida, mas, na verdade, é uma invenção
moderna, datada do período entre a Primeira e a Segunda
Revisão dos Acordos. O primeiro Portal bem-sucedido foi
criado em 1878, uma colaboração de Henry Branwell, então
líder do Instituto de Londres, e um feiticeiro cujo nome a
história, infelizmente, não se recorda. Branwell naquela
época era apenas o último de uma longa fila (quase toda
feita por Irmãos do Silêncio) de Caçadores de Sombras
e feiticeiros que buscava um meio seguro de transporte
instantâneo. A magia dimensional, obviamente, existe
desde que a mágica é presente em nosso mundo; a forma
pela qual os demônios conseguem sair de seus mundos para

o nosso é em si uma mágica da mesma família do Portal. Havia dois grandes requisitos para a criação de um Portal de uso Nephilim: que fosse estável, ficando aberto pelo tempo necessário, e que fosse fechado em segurança quando não mais necessário, além de um controle rígido do destino para o qual o Portal se abriria.

Trabalhando sozinho, Branwell desenvolveu um Portal que resolveu o primeiro problema; podia ser aberto e fechado, mas ele não conseguia encontrar maneira de direcionar o destino, portanto, não pôde testá-lo. Um Portal aberto para um local arbitrário poderia enviar um Caçador de Sombras desafortunado para qualquer lugar do nosso mundo, para um mundo diferente e até mesmo para o Vazio.

A dificuldade está em nossas restrições às Marcas do Livro Gray. Não podemos descrever um destino arbitrariamente com a linguagem que temos autorização para utilizar. A solução foi descoberta por Branwell e seu colaborador anônimo, e é uma junção engenhosa de dois sistemas de símbolos e da magia inerente na mente de quem viaja pelo Portal. Primeiro, uma "borda" de Marcas (que possui análogos de símbolos angelicais e demoníacos) é criada, e dentro e em volta desta borda marcam-se símbolos demoníacos que são desenhados de forma instável e inacabada.

Estes símbolos, no entanto, só especificam o destino em termos vagos. Para "alinhar" o Portal ao exato local desejado, o usuário deve imaginar com clareza o destino para o qual está viajando. O Portal detecta esses detalhes, modifica os símbolos demoníacos do destino durante o trajeto e descreve exatamente a outra extremidade do Portal.

Esse tipo de manipulação dos símbolos não é disponível para os Caçadores de Sombras, então até hoje os Portais precisam ser criados por feiticeiros. Para superar este obstáculo, um grande número de Portais permanentes foi estabelecido para transportar os Caçadores de Sombras para Idris, por exemplo, sem que seja necessário contratar feiticeiros para cada viagem. Mesmo assim, hoje a criação de Portais é a atividade para a qual os Caçadores de Sombras mais contratam feiticeiros.

Originalmente, os Portais tinham que ser fechados manualmente pelo criador quando não fossem mais necessários, no entanto recentemente os feiticeiros desenvolveram a capacidade de criar Portais que se fecham automaticamente após certo tempo. Este tipo de Portal é o que geralmente se utiliza nos dias de hoje, por razões de segurança.

Mas nada disso é relevante para você, porque você pode criar novos símbolos, portanto, é capaz de fazer Portais sozinha. Sem incomodar um feiticeiro.

Sei como esses feiticeiros detestam ser incomodados.

Você sabia que é parente de Henry Branwell, pelo menos por casamento? Ele era casado com uma Fairchild.

Eu não sabia. É meio estranho que você saiba.

Tive que decorar muitas árvores genealógicas de Caçadores de Sombras em determinado momento.
Não posso acreditar que Simon ainda não tenha dito nada de terrível.

A ausência dele é quase estranha.

QUESTÕES PARA DISCUSSÃO E COISAS A SE TENTAR

1. Aprenda um novo símbolo que ainda não tenha utilizado. Pratique aqui na página e tente aplicá-lo no campo.

   Já desenho símbolos o suficiente. Segue um desenho do Presidente Miau.

   1A *Quem é um bonitinho? É o Presidente Miau? É? Isso! Resposta correta!*

2. Se possível, testemunhe alguma magia demoníaca (segura e legal!) sendo executada perto do Instituto mais próximo. Discuta com seus colegas Caçadores de Sombras. Que mágica está acontecendo, e em que parte do mundo?

   É Nova York, então... tudo é mágico? Existe alguma coisa que não temos? Tenho quase certeza de que cobrimos tudo.

3. Pode ser muito útil aprender a fazer seus próprios bloqueios mágicos. Encontre instruções e construa um bloqueio sobre algo pequeno, como uma caixa de joias. Pratique removendo e refazendo a barreira, e avance para algo mais complexo. E vá progredindo.

   Não faça isso. Sério, bloqueios são uma dor de cabeça. E você quase nunca precisa criar um, a não ser que esteja substituindo um quebrado. Ninguém que ler o Códex na condição de novo Caçador de Sombras deve tentar criar bloqueios.

   Vão acabar bloqueando o próprio pé ou coisa do tipo.

   Observação: não bloquear o próprio pé. Feito.

Capítulo Sete

"SED LEX, DURA LEX"

"A LEI É DURA, MAS É A LEI."

Você foi arremessado rapidamente em um mundo que ainda vai além da sua compreensão. Aprendeu não só que existem criaturas mágicas e inteligentes na Terra não puramente humanas, mas também que são muitas, e que várias assumem faces humanas. Essas pessoas praticam magia poderosa e, às vezes, promovem fortes e violentas rivalidades. Você sabe sobre o Mundo das Sombras e sobre o que encontrará nele. Agora trataremos sobre como deve agir. *Da forma mais pomposa possível.*

Nós, Nephilim, somos, principalmente no Mundo das Sombras, os guardiões da paz, e com isso os guardiões da Lei. A Lei — nosso Pacto com Raziel — nos diz o que cai e o que não cai em nossa jurisdição, como devemos punir transgressões e quais regras devemos obedecer em nossas interações com mundanos, com integrantes do Submundo e uns com os outros.

A Lei dos Nephilim não é um código de conduta completo para os Caçadores de Sombras em todos os âmbitos da vida. Em primeiro lugar vem o encargo atribuído ao próprio Jonathan Caçador de Sombras: "Você é Homem; serve ao Homem; vive entre Homens". Apesar de Idris vir com seu próprio corpo de leis gerais, os Caçadores de Sombras espalhados pelo mundo devem viver de acordo com os códigos morais básicos de suas civilizações. Nossa própria Lei é o que vem em primeiro lugar, mas as leis mundanas também devem ser observadas. *Sério? O Pacto diz isso?*
Observação: perguntar a Jace.

Sim, temos que seguir as leis mundanas.

... Sério?

Alguns de nós são mais cuidadosos que outros.

COMO A LEI AFETA: A VOCÊ

- Você deve investigar **todas as instâncias conhecidas** sobre a **violação** da Lei do Pacto. Aliás, você deve considerar até mesmo **rumores, lendas urbanas** e **lendas folclóricas** para verificar sua credibilidade;

E quanto aos governos mundanos?

- Você **não pode revelar o Mundo das Sombras** aos mundanos. Inclusive, a orientação de Raziel é para que protejamos e salvemos os mundanos sem que eles saibam que foram salvos;

Os que já sabem, não tem problema. mas...?

- Sempre que possível, você deve **obedecer às leis mundanas** do local onde mora; *"Sempre que possível", burlando, burland*

Você **jamais pode cometer um crime contra outro Caçador de Sombras.** Estas transgressões são punidas ainda mais severamente pela Clave do que crimes contra mundanos ou membros do Submundo. Não se trata de superioridade moral, nem do fato de que um Caçador de Sombras vale mais que alguém que não o seja, mas porque nós, Nephilim, somos poucos e nossas vidas são curtas. Prejudicar um Caçador de Sombras é beneficiar os demônios que querem nos destruir.

Estou chocado! Chocado!

Ah, pare com isso.

Viu?

Tudo bem, tudo bem. Ok.

- **Colaboração ou conspiração** com demônios que almejam nos destruir é **considerado traição** e, geralmente, recebe a pena de morte. Conspirar com demônios para prejudicar Caçadores de Sombras ocasionaria o mais severo castigo da Clave: o fim da existência daquela família entre os Nephilim. As Marcas do traidor seriam retiradas, e ele seria transformado em um Renegado, abandonado à loucura e à morte. O restante da família apenas teria as Marcas removidas e se transformariam em mundanos, retirados para sempre dos nossos registros.

Muitos novos Caçadores de Sombras precisam ser alertados a não conspirar com demônios nem matarem uns aos outros?

Acho que a Clave quer deixar claro que não se trata de brincadeira.

COMO A LEI AFETA: OS MEMBROS DO SUBMUNDO

Desde os Acordos, os membros do Submundo foram sujeitados à Lei do Pacto e consentiram. Integrantes do Submundo precisam se policiar, e Caçadores de Sombras interferem apenas em casos onde os problemas são graves demais ou onde as questões afetam outras partes do Submundo ou do mundo. Integrantes do Submundo têm o direito de conduzir seus assuntos internos de forma privada, sem interferência ou fiscalização dos Nephilim. Por exemplo, permitimos que lobisomens lutem até a morte pelo controle de um bando. Não podemos proteger esses licantropes de possíveis interferências das autoridades mundanas, mas também não consideramos essas mortes como crimes pela nossa Lei.

Uma exceção especial diz respeito à magia sombria (ver Grimório, Capítulo 6). A prática de magia sombria (necromancia, invocação de demônios, tortura mágica e por aí vai) é estritamente proibida, e nem feiticeiros nem fadas podem praticá-la. Às vezes, ocorrem exceções para rituais específicos executados como parte de alguma investigação feita pelos Caçadores de Sombras, mas são muito raras.

INDENIZAÇÕES

Membros do Submundo têm direito a apelar para a Clave se acreditarem ter sido maltratados por Caçadores de Sombras ou se acharem que os Nephilim transgrediram a Lei ao lidar com eles. Podem pedir Indenizações, compensação financeira pelo mal que lhes foi causado. Também podem solicitar um julgamento, que será administrado por representantes da Clave, e Indenizações serão pagas se o integrante do Submundo conseguir provar seus argumentos.

Mundanos também têm direito a pedir Indenizações, mas obviamente isso quase não acontece; houve pouquíssimos casos de Indenizações a mundanos em toda a história dos Nephilim.

Os Acordos melhoraram muito os direitos dos membros do Submundo, e com isso a natureza das Indenizações mudou. Antes dos

Acordos, os integrantes do Submundo não tinham recursos nem proteção específica sob a lei dos Caçadores de Sombras; um Caçador de Sombras poderia matar um membro do Submundo simplesmente por suspeitar que ele tivesse agido mal, e tudo o que podia ser feito seria indenizar um familiar. Nos últimos cem anos os pedidos diminuíram, agora que os Nephilim podem ser punidos legalmente por abusarem de habitantes do Submundo, mesmo que ninguém peça as Indenizações.

DESPOJOS

O termo "despojos" se refere a tomar as posses e riquezas de um integrante do Submundo como parte do castigo por um crime. Normalmente estes despojos são entregues ao Caçador de Sombras que foi prejudicado pelo membro do Submundo. Ou os objetos vão para o tesouro da Clave, se nenhum Caçador de Sombras parecer o receptor adequado. Na prática, no entanto, os despojos dos Caçadores de Sombras quase sempre acabam nas mãos das famílias dos Caçadores de Sombras. Aliás, muitas famílias Nephilim ricas e antigas têm uma boa quantidade de riquezas oriundas de despojos concedidos pela Clave.

A prática de recolher despojos provavelmente começou muito cedo na história dos Caçadores de Sombras, mas de forma isolada e informal. A primeira vez que se mencionam os despojos na Lei oficial da Clave é por volta de 1400, mas registros indicam que a Clave já recolhia despojos em julgamentos há anos. Essa prática não era mais nem menos popular que outras formas de punição até as Caçadas e o Cisma dos séculos XVI e XVII transformarem a entrega de despojos no castigo mais comum empregado pela Clave. Havia duas razões para isso: a primeira era legitimar e colocar limites aos saques de propriedades dos integrantes do Submundo que vinham acontecendo independentemente do envolvimento da Clave; a segunda, que pode soar contraditória, era salvar a vida dos membros do Submundo. No frenesi da perseguição a eles, que poderia ter rapidamente se transformado em uma disseminação de assassinatos, esperava-se que a promessa de despojos fosse conter as armas dos Caçadores de Sombras em nome da promessa de um benefício maior, em forma de despojos. *Viu? Tivemos que roubar as coisas deles para ajudá-los.*

A prática de entrega de despojos perdeu um pouco da popularidade com o fim das Caçadas, mas continuou sendo a forma mais comum de punição até os Primeiros Acordos. Apesar de toda a linguagem da filosofia e da Lei que se espalhava, quase toda a oposição dos Caçadores de Sombras aos Acordos se resumia à economia. Aquelas famílias que dependiam fortemente dos despojos perderiam muito, e argumentaram que as restrições a eles prejudicariam a Clave diretamente. Apesar de despojos não serem oficialmente taxados, era considerado virtuoso que Caçadores de Sombras, principalmente os das famílias mais ricas, concedessem uma porcentagem à Clave. Os Primeiros Acordos criaram o início de uma linguagem legal complexa que não eliminava os despojos, mas restringia bastante a gravidade dos castigos e também fazia com que fossem executados apenas como parte de uma sentença oficial de um julgamento feito pela Clave. Muitos despojos foram devolvidos nos últimos cem anos. Contudo, em casos em que a família do dono original não fosse localizada, muitos despojos foram colocados em exibição em diversos Institutos, como curiosidades históricas. *Bela moto, aliás, Jace.*

Aquilo não foi despojo. Era ilegal. Eu estava confiscando.

Minha mãe COMO A LEI AFETA: MUNDANOS

sugeriu que eu conversasse com Luke sobre despojos. Conversei.
Ele mais uma vez deu um discurso. Seguem as anotações.

... disse: Mundanos não estão sujeitos à Lei do Pacto. Não são signatários
...unca dos Acordos, e apenas poucos no mundo sabem da existência dos
...e Caçadores de Sombras ou do Mundo das Sombras. Mesmo mem-
...te de bros mundanos de cultos demoníacos não podem ser julgados pela
...jos em Lei, tendo em vista que estão lidando com forças além de sua capa-
...s a
...omens. Lei, tendo em vista que estão lidando com forças além de sua capa-
que o cidade (**dica!** Cultos demoníacos são facilmente neutralizados se
...x diz é ridículo: só tornaram os saques legais e bons;
...olveram alguns despojos depois dos Acordos, mas não muitos — não
...guiram encontrar as famílias;
...m tentaram devolver o dinheiro roubado. Isso seria impossível;
...arentemente, na Alemanha, existe um Instituto que foi despojo
...do de vampiros. Eles ainda lutam por ele.

179

você for atrás do demônio cultuado, que *pode* ser julgado e morto pela Lei.). *Bem, melhor assim!*

Esta é uma das partes mais controversas da Lei. Todos os Acordos tiveram exigências severas tanto de Caçadores de Sombras quanto de membros do Submundo para que os mundanos fossem punidos por seus comportamentos. Estas exigências sempre são recusadas, pelo simples motivo de que o encargo de manter nosso mundo escondido dos mundanos deve ser supremo.

O INQUISIDOR

O Inquisidor é o Caçador de Sombras responsável por investigar as transgressões dos Nephilim. Nem mesmo o Cônsul pode se recusar a colaborar com suas investigações. Quando Caçadores de Sombras são julgados pelo Conselho, o Inquisidor normalmente atua como promotor e recomenda ou pede sentenças específicas aos culpados (estas recomendações devem então ser ratificadas pelo Conselho).

O Inquisidor fica de fora do resto do governo da Clave e do Conselho. Normalmente os Nephilim desgostam dele, pela autoridade que exerce. É um trabalho reconhecidamente ingrato. Mas nossa história é cheia de casos de Inquisidores heroicos que impediram que nossa sociedade se corrompesse, entregando Caçadores de Sombras e se certificando de que fossem punidos.

ADENDO DE 2002

A mais recente tarefa de destaque da Inquisidora foi a investigação do Círculo, o grupo de Valentim Morgenstern de Caçadores de Sombras dissidentes, após o fracasso de sua Ascensão contra a Clave. A Inquisidora teve que executar a tarefa complexa de separar os que foram forçados a seguir Valentim dos que o fizeram por vontade própria; os que renegaram as crenças de Valentim, mas não conseguiram se afastar por medo, dos que ainda acreditavam em sua visão apocalíptica; e assim por diante. Quase todos os membros do Círculo tiveram suas vidas poupadas, e os castigos dos culpados variaram bastante, de dízimos compulsórios a prisões, perda de cargos administrativos, exílio de Idris. Portanto, o trabalho da Inquisidora é difícil, e seu papel na justiça, complexo e imperfeito.

A VIDA DE UM CAÇADOR DE SOMBRAS

Apesar de Caçadores de Sombras virem de todos os cantos do mundo, somos, antes de tudo, Caçadores de Sombras e depois cidadãos de nossas terras ancestrais. Nos nossos mil anos de existência, vivemos separados dos mundanos, e a vida de Caçador de Sombras inclui muitos traços únicos a nós e a nossa história. Estes são destacados aqui para que possam ser reconhecidos e para que você se comporte adequadamente em tempos de celebração, dificuldade e dor. *Eu tinha um livro sobre judaísmo parecido com esta seção quando era pequeno.*

NASCIMENTO

O nascimento de um novo Caçador de Sombras é uma ocasião de grande celebração. Não somos um povo numeroso e temos tendência a morrer cedo; logo, qualquer novo Caçador de Sombras é motivo de alegria e felicidade. Nascimentos normalmente são presididos pelos Irmãos do Silêncio, que têm a capacidade de utilizar tanto suas Marcas quanto seus conhecimentos de medicina para manter mãe e filho seguros e saudáveis. Como resultado, sempre tivemos maior taxa de sobrevivência e saúde do que a população mundana.

Quando um Caçador de Sombras nasce, a tradição manda que alguns feitiços de proteção sejam aplicados ao recém-nascido por uma Irmã de Ferro e um Irmão do Silêncio, representantes das respectivas ordens (normalmente o Irmão do Silêncio é o mesmo que presidiu o nascimento). A intenção é fortalecer a criança, tanto física quanto espiritualmente, em preparação para suas primeiras Marcas que virão mais tarde, e também protegê-la contra influência demoníaca e possessão.

Observação: perguntar sobre isso para mamãe?

TREINAMENTO

A maioria dos novos Caçadores de Sombras quer saber onde eles ou seus filhos vão estudar. Não existe uma escola de Caçadores de Sombras no sentido mundano da palavra. Em vez disso, jovens Nephilim têm tutores que os ensinam em casa ou em pequenos grupos nos Institutos locais. O treinamento de um novo Caçador de Sombras é uma das responsabilidades de todos os Caçadores de Sombras adultos, que devem compartilhar obrigações de ensino, e cada um cuida da própria especialidade. Pais devem comandar o projeto de treinamento de seus filhos; Caçadores órfãos menores de 18 anos são de responsabilidade da Clave e normalmente são enviados para serem criados e treinados em seus Institutos locais.

Caçadores de Sombras (além de Irmãos do Silêncio) normalmente não redigem trabalho acadêmico quando jovens. O que mundanos considerariam "educação superior" é o tipo de aprendizado que fazemos mais velhos, quando não podemos mais lutar com eficiência ou segurança e concentramos nossas mentes em estudo e pesquisa intensiva e focada.

HOMENS E MULHERES NO TREINAMENTO

Meninos e meninas Nephilim recebem treinamento idêntico atualmente, e espera-se que atinjam o mesmo nível de competência em sua formação. Sempre foi verdade que os Nephilim incluíram tanto homens quanto mulheres, mas apenas recentemente todas as mulheres passaram a receber treinamento completo de guerreiras. Sempre houve mulheres guerreiras entre nós, mas até 150 anos atrás ou mais, elas eram muito raras. Antes disso, mulheres eram quase sempre guardiãs de Institutos, professoras, curandeiras e coisas afins. Apesar de as Leis que oficialmente impediam que a maioria das mulheres se tornasse guerreira terem sido revogadas na metade do século XIX, só na metade do XX as mulheres da Clave passaram a receber treinamento de combate como matéria de curso desde a infância, como sempre foi feito com os homens da Clave.

As mulheres guerreiras Nephilim do passado elegeram Boadiceia, a grande rainha que liderou seu povo em uma revolta na Roma imperial, como sua matrona e modelo, e essa tradição continuou até hoje. *Uhul, as mulheres são o máximo.*

SUA PRIMEIRA MARCA

A maioria dos Caçadores de Sombras recebe as primeiras Marcas aos 12 anos. Como você, o leitor, provavelmente vem do mundo mundano, pode ser bem mais velho. Com isso, há riscos inerentes. Normalmente o ideal é não receber Marcas antes dos 12 nem depois dos 20, apesar de haver exceções. Quanto mais velha a pessoa, maior a chance de uma reação ruim.

Algumas coisas a se ter em mente quando for receber sua primeira Marca:

- Se houver algum problema, não acontecerá imediatamente. Se você reagir mal ao influxo de poder angelical, os Caçadores de Sombras estarão por perto prontos para cortar a pele, o que romperá a Marca e cessará o efeito imediatamente. Você então receberá atendimento médico e mágico.

- O ato de desenhar Marcas na pele cria a sensação que muitos chamam de "queimadura gelada". Esta sensação desaparece com o tempo conforme seu corpo se acostuma a ser Marcado. A aplicação das mesmas também cria um cheiro de algo levemente queimado. Este odor *não* desaparece com o tempo. Não se assuste.

- Às vezes, os recém-Marcados entram em choque. A boa notícia é que se isso acontecer, você dificilmente notará, pois estará em choque. Caçadores de Sombras são treinados para reconhecer choque e outras reações, e você receberá o tratamento adequado.

- Ao longo dos próximos dias, sobretudo, se você corre riscos de ter efeitos colaterais, pode apresentar sintomas como pesadelos, terrores noturnos, molhar a cama por causa do medo, percepções assustadoras do abismo sem fim da existência, braços inquietos, visões apocalípticas, estigmas imaginários agudos e/ou a habilidade de falar temporariamente com animais. Estas reações são normais e apenas temporárias. *"estigmas imaginários agudos"? Quase nunca acontece. Eu ac*

- Se você não tem certeza absoluta de que não é um feiticeiro, imploramos que seja testado antes de ser Marcado. Já famílias com sangue de fada ou até mesmo com lobisomens conhecidos na linhagem não terão problemas, pois o poder Nephilim se sobrepõe a estes. *Então este é mais um caso de "faça o que diz o Códex, não o que faz o Jace", suponho. Considerando que ele simplesmente Marca qualquer menina que ele gosta, até onde sei. Quando ela está morrendo, sim!*

APÓS SUA PRIMEIRA MARCA

Parabéns! Você sobreviveu à sua primeira Marca. Podemos prometer que cada Marca que vier em seguida será mais fácil que a anterior. Sua ânsia em aprender e voltar para o Códex é louvável, mas, antes de voltar aos estudos, você deve se certificar de que o Caçador de Sombras que o marcou confirme que você está apto a isso. Talvez você sinta necessidade de dormir por muito tempo; isso também é normal. *O Códex ADORA TE DAR PARABÉNS.*

*Parabéns!
Não conteste esta decisão!*

ADQUIRINDO A VISÃO

A não ser que você esteja entre os raros mundanos que nascem com a Visão (ver Grimório para mais detalhes), terá que aprender a enxergar através dos feitiços. É possível que já tenha iniciado este processo. Normalmente, novos Caçadores de Sombras adultos começam recebendo a Marca da Vidência e diversas outras Marcas temporárias que aprimoram a visão mágica (não conservamos estas Marcas, pois com o tempo elas comprometem a visão normal). Em seguida, eles mostrarão vários tipos de feitiços, e você será treinado a enxergar através deles.

NEPHILIM "CEGOS"

A maioria dos Caçadores de Sombras tem a Visão desde o nascimento, e os que não têm normalmente a adquirem ao longo dos dois ou três primeiros anos. Alguns, contudo, nascem "cegos" e precisam ser treinados a enxergar. Normalmente basta mostrar feitiços e formas verdadeiras; isso produz Visão completa em quase todos os Caçadores de Sombras antes de iniciarem seus treinamentos, aos 5 ou 6 anos. Só quando somos adultos é que precisamos da ajuda das Marcas para desenvolver a habilidade. *Como é que eu já sabia disso, Códex?*

Você sabia?

Antes de ser ilegal, em algumas partes do mundo era tradicional "acelerar" a Visão de uma criança Nephilim com a inscrição de uma Marca de Vidência propositalmente fraca na criança, em uma idade mais jovem que a que hoje consideramos segura (em algumas culturas a Marca era feita, e a pele do local era ferida para interromper o efeito). Quando a Marca era bem-sucedida, algum grau de Visão ocorria para a criança em determinados momentos, e, pelo menos em certos casos, isso fazia com que ela tivesse a Visão permanentemente, mesmo após a remoção da Marca. Infelizmente, esse processo ocasionalmente fazia com que as crianças morressem de choque, pelo efeito simultâneo de uma Marca feita cedo demais e a aparência abrupta da Visão. Esta prática ainda é exercida em alguns lugares, mas felizmente desapareceu quase que totalmente nos tempos modernos.

CASAMENTO

Se você já for casado, seu cônjuge provavelmente também vai se tornar Caçador de Sombras. Se for solteiro, quando um dia se casar, você fará isso como um Nephilim. O casamento é considerado uma das tarefas sagradas dos Nephilim porque a união fortalece a comunidade e isso gera mais Caçadores de Sombras.

Há muitas centenas de anos, famílias aristocráticas Nephilim arranjavam casamentos para seus filhos com o objetivo de fortalecer e misturar linhagens familiares; na era moderna, esta prática está quase extinta, e Caçadores de Sombras escolhem seus parceiros baseando-se nos próprios sentimentos de amor e afeto, como acontece na maioria das culturas mundanas.

Caçadores de Sombras sempre trocaram objetos e símbolos para marcar seus casamentos e representar o amor e a conexão entre os noivos, apropriando-se de costumes de suas culturas de origem ou de culturas atuais. Entre os Nephilim, o casamento é oficialmente consagrado pela troca de Marcas. Em cada participante é posta uma Marca no braço e outra sobre o coração. Acredita-se que esta tradição venha da Bíblia hebraica, cujo Canto de Salomão diz:

Coloque-me como um selo sobre teu coração, como um selo sobre teu braço: pois o amor é tão forte quanto a morte, e o ciúme é tão cruel quanto o túmulo.

CASAMENTOS MISTOS

Caçadores de Sombras podem se casar com outros Caçadores de Sombras e, em muitos casos, com membros do Submundo (como a primeira preocupação da Clave é a de gerar mais Caçadores de Sombras, é, de certa forma, condenável querer se casar com um feiticeiro ou um vampiro, que não podem ter filhos; no entanto, isso é permitido). Caçadores de Sombras *não* podem se casar com mundanos. Contudo, podem solicitar à Clave que o mundano com o qual desejam se casar se torne Nephilim em um processo conhecido como Ascensão (você mesmo pode estar lendo este Códex por ser Ascendente!).

O Caçador de Sombras que deseja se casar com um mundano solicita Ascensão em nome do parceiro. Durante três meses a Clave considera a petição, examinando a história do Caçador de Sombras em questão e sua família, além de verificar o passado e a natureza do possível Ascendente. Por necessidade, tudo isso é feito sem o conhecimento do Ascendente; até que a Clave autorize o pedido, é ilegal revelar ao mundano qualquer detalhe sobre a conduta Nephilim. Uma vez que a Clave conceda o pedido, o Ascendente é informado de sua situação e embarca em três meses de estudo sobre a Lei e a culturas dos Caçadores de Sombras. Ao fim deste período, o Ascendente bebe do Cálice Mortal e se torna Nephilim; desde que sobreviva a este processo, torna-se um de nós, com todas as proteções e direitos oferecidos pela Lei.

"desde que sobreviva"?!

ASCENSÃO DE CRIANÇAS

Apesar de muito raro, Caçadores de Sombras que desejem adotar uma criança mundana podem solicitar que a Clave conceda a Ascensão à criança. Em quase todos os casos, esta Ascensão é concedida, sobretudo, pelo fato de a criança ingressar em uma família Nephilim existente e de receber um nome Nephilim existente. O período de três meses de espera ainda é válido, mas, após a Ascensão, a criança é criada e educada normalmente como qualquer outro jovem Caçador de Sombras.

E casamentos entre pessoas do mesmo sexo?

UMA BREVE HISTÓRIA SOBRE CASAMENTOS MISTOS

Nos primórdios da história dos Nephilim, nossa grande prioridade era o recrutamento. Casar-se com mundanos não só era legal, como incentivado. Caçadores de Sombras eram instruídos a enxergar a busca por um cônjuge como uma espécie de recrutamento, e famílias de Caçadores de Sombras se vangloriavam pela qualidade dos mundanos que traziam aos Nephilim com os casamentos de seus filhos.

A prática se tornou menos comum à medida que a população de Caçadores de Sombras se estabilizou e o recrutamento deixou de ser prioridade. Nos anos 1400, o Conselho revogou oficialmente o direito dos líderes de Institutos de criarem novos Caçadores de Sombras sem a aprovação da Clave. Os representantes da Clave em Idris não tinham mecanismos para avaliar um possível casamento e começaram a recusar quase todos os pedidos de casamentos com mundanos. Em 1599, o Conselho proibiu todos os casamentos entre Caçadores de Sombras e mundanos.

Seria de se imaginar que isso despertaria a ira das famílias de Caçadores de Sombras, mas a nova Lei surgiu no auge do Cisma e das Caçadas (ver Apêndice A). Estes eventos tornaram os Caçadores de Sombras mais isolados, militaristas e monásticos por um tempo. Os Nephilim deixaram de viver entre mundanos, como havia anos faziam em vilas europeias, e reorganizaram seus Institutos como quartéis. Mesmo com o fim do Cisma, o isolamento permaneceu por muitas gerações. Até certo ponto, os princípios de isolamento estabelecidos no Cisma ainda guiam a relação entre Caçadores de Sombras e mundanos.

Esta coluna é muito longa e cheia de datas. Seus serviços como Caçadora de Sombras jamais dependerão de seu conhecimento sobre como funcionavam casamentos mistos há quinhentos anos. Prometo.

Certo. Perguntei a Jace sobre casamentos homossexuais, e ele me passou uma espécie de dever de casa para eu pesquisar na biblioteca, porque ele é cruel e sem coração. Na verdade, acho que ele não sabia a resposta e estava disfarçando.

Resposta: casamentos entre indivíduos do mesmo sexo são reconhecidos em Idris e legais para Caçadores de Sombras que residem em países onde é permitido. Jamais foi feita uma Ascensão de um parceiro homossexual, mas hoje é muito raro haver uma Ascensão, então pode ser que no futuro aconteça.

A verdade sobre o mundo moderno, no entanto, é que os Nephilim, principalmente em grandes cidades ou outras áreas populosas, não conseguem deixar de encontrar mundanos no dia a dia, e atualmente ninguém consideraria razoável proibir a interação de Caçadores de Sombras com mundanos. Portanto, em 1804, a Lei que proibia casamentos mistos foi revogada e o método de Ascensão se desenvolveu. A Ascensão sempre foi e permanece sendo rara, mas é uma ferramenta crucial para manter a população Nephilim próspera, feliz e dinâmica.

BATALHA

Existem muitas estações na vida de um Caçador de Sombras, e a vida segue muitos caminhos, mas a ocupação essencial de um Caçador de Sombras é, por assim dizer, a caça às sombras. Somos guerreiros, soldados sagrados em uma batalha sem fim, e, ao passo que nossa vida adulta inclui as mesmas alegrias e tristezas de qualquer mundano, a característica definitiva de nossas existências é a do combate, da busca aos demônios que invadem nosso mundo e a devolução dos mesmos, destruídos, ao deles. É uma grande honra para um Nephilim morrer em um combate com demônios. Por isso dizemos: não se esquive da batalha. Tenha fé, busque coragem. Um Caçador de Sombras que não luta não é um Caçador completo (a não ser que seja um Irmão do Silêncio ou uma Irmã de Ferro, é claro).

É verdade, no entanto, que muitos Caçadores de Sombras deixam de lado suas armas ao envelhecerem e buscam uma vida mais calma para ser dedicada a estudos ou pesquisa. Mas não fazemos isso antes de termos vivido uma vida completa de guerreiros e estarmos prontos para deixá-la com uma sensação de dever cumprido.

Você sabia?

É considerado azarento falar "tchau" ou "boa sorte" para um Caçador de Sombras que está indo para a luta. É preciso se comportar com confiança, como se a vitória fosse certa e o retorno garantido, e não uma questão de sorte. *Eu já sabia disso!*

Até eu sabia. Qual é, Códex?

Todo mundo sabe disso.

OS QUE ABANDONAM

Em raros casos, um Caçador de Sombras decide deixar a Clave e entrar no mundo mundano. Pode haver muitos motivos para isso, mas os Nephilim não costumam enxergar com bons olhos aqueles que escolhem este caminho, por qualquer que seja a razão. Já somos poucos e devemos considerar nosso status de Nephilim um presente do Céu e um chamado divino, não um acidente de nascença ou uma opção de carreira a ser escolhida ou recusada. *Por que eu continuo te deixando escrever aqui?*

Assim sendo, a Lei é clara quanto às responsabilidades dos que deixam a Clave:

- Devem romper todo contato com Caçadores de Sombras, mesmo os próprios familiares que continuaram na Clave. Jamais devem sequer falar com qualquer Nephilim;
- Quando renunciam à Clave, também renunciam à obrigação da Clave de lhes oferecer assistência em caso de ameaça. Sequer receberão as proteções que a Lei confere aos mundanos;
- Seus filhos, mesmo filhos futuros, permanecem Caçadores de Sombras de sangue e podem ser requisitados pela Clave. O sangue Nephilim é dominante, e filhos de Caçadores de Sombras serão Caçadores de Sombras, mesmo que seus pais tenham renunciado e suas Marcas tenham sido retiradas;
- A cada seis anos, um representante da Clave é enviado para perguntar aos filhos de Caçadores de Sombras se eles gostariam de deixar a família para

serem criados entre Caçadores de Sombras em um Instituto, como se fossem órfãos. Somente quando a criança completa 18 anos esta prática termina (os que rejeitam viver como Nephilim na vida adulta não são tratados com o estigma de ex-Caçadores de Sombras, mas possuem os mesmos direitos à proteção de qualquer mundano. A Clave não deseja punir os filhos pelos crimes dos pais);

- Um Caçador de Sombras que se transformou em membro do Submundo não pode mais ser Nephilim, mas não deve ser punido como aqueles que escolheram sair. Neste caso, a pessoa perde a proteção que a Clave lhe deve por ser Caçador de Sombras, mas ganha o direito à proteção concedida a membros do Submundo.

MORTE

A maioria dos Caçadores de Sombras morre como tal. E a maioria morre em batalhas contra demônios. *Cortou o clima, Códex.*

Nós, Nephilim, cremamos nossos mortos, descartando o corpo físico frágil que nos prendia e nos restringia durante o curto período de nossa vida humana. Nossos restos então são enterrados. Os que morrem em Idris tradicionalmente são sepultados em sua necrópole, na parte externa dos muros de Alicante. Os que morrem fora de Idris são enterrados na Cidade do Silêncio. Os Irmãos do Silêncio têm responsabilidade sobre os mortos em ambos os locais. A maioria das famílias Nephilim é antiga e, consequentemente, não possui apenas túmulos, mas grandes mausoléus, frequentemente um em cada uma das necrópoles.

Antes de ser levado à fogueira funerária, o corpo do Caçador de Sombras é apresentado de modo que palavras de luto possam ser proferidas e os que ficam possam prestar suas últimas homenagens.

Aqueles que estão de luto tradicionalmente vestem branco e aplicam Marcas vermelhas em si mesmos. Os olhos do falecido são fechados com seda branca, e ele é posto para descansar com os braços cruzados sobre o peito e uma lâmina serafim na mão direita repousando sobre o coração. Os ritos funerários variam de acordo com a parte do mundo de onde vem o Caçador de Sombras, mas tradicionalmente se encerram com uma frase das *Odes de Horácio*: *Pulvis et umbra sumus.* "Somos pó e sombras".

Nossa, não consigo ler isso agora. Não, não, não. É demais.

É, para mim também. Tivemos muito pó e sombras ultimamente.

IRMÃOS DO SILÊNCIO E IRMÃS DE FERRO

OS IRMÃOS DO SILÊNCIO

Nossos aliados aflitivos

E Jonathan pegou sua estela, a primeira estela, e desenhou lentamente um V, depois outro, em uma linha contínua, VVVVV, do lábio superior de David ao inferior, então de volta. A estela estava morna em sua mão e deixou um entalhe fino, que permaneceu mesmo depois que a ponta foi recolhida.

Jonathan recuou após terminar e inclinou a cabeça para David, sem saber ao certo se a Marca havia ficado.

David começou a abrir a boca para falar, e, ao fazê-lo, as linhas arderam douradas e os lábios pararam, apenas ligeiramente abertos, presos por linhas pretas finas, porém fortes. Jonathan deu um passo para trás e levantou a estela sem pensar, incerto. Mas os cantos da boca de David se ergueram suavemente no que ele agora conseguia produzir no lugar de um sorriso.

— Senhor? — disse Jonathan, com a voz trêmula.

Está tudo bem, Caçador de Sombras, disse David subitamente na cabeça de Jonathan. Sua voz soou forte e calma, e ecoou na mente de Jonathan mais alta do que ele imaginava. *Agora*, prosseguiu David, levantando dois dedos para o próprio rosto como um gesto de bênção. *Agora os olhos.*

— De *Jonathan e David em Idris*, por Arnold Feathersone, 1970.

Os Irmãos do Silêncio são, de fato, nossos irmãos — irmãos de todos os Nephilim. Não fique com medo. Eles podem ter a aparência desconcertante, até mesmo assustadora, à primeira vista, mas são Nephilim como você, e vocês lutam do mesmo lado, com os mesmos objetivos. (A maioria dos Caçadores de Sombras supera o medo dos Irmãos do Silêncio na primeira vez em que se ferem em uma batalha e os Irmãos o curam). É válido notar que muitos Irmãos do Silêncio

Mas sem movimentos bruscos.

193

gostam de implicar com seus companheiros Nephilim e deliberadamente exibem suas feições mais assustadoras. Isso deve ser interpretado como a brincadeira que é.

É fácil para um novo Nephilim encarar os Irmãos do Silêncio como algo mais sagrado, angelical ou poderoso do que o resto de nós, mas não é o caso. Os Irmãos do Silêncio raramente lutam e não possuem nenhuma das muitas Marcas de combate que você provavelmente receberá para potencializar suas capacidades físicas e mentais. Em vez disso, eles receberam Marcas que lhes dão acesso aos cantos mais esotéricos do Livro Gray. São nossos médicos, acadêmicos, arquivistas. Possuem jurisdição sobre os mortos. Isso inclui aqueles de nós que descansam na Cidade do Silêncio, mas o cemitério de Idris também é domínio dos Irmãos.

As Marcas que os Irmãos do Silêncio utilizam em seu trabalho não são proibidas aos outros Nephilim, mas estão escondidas de nós. Essencialmente, partes do Livro Gray são trancadas e invisíveis para nós, e as Marcas dos Irmãos contêm a chave. Os Irmãos do Silêncio, portanto, possuem acesso a magias estranhas que você jamais verá os outros Nephilim executando. Em troca de suas habilidades especiais, eles abriram mão de parte da sua humanidade, afastando-se da Terra e se aproximando do Céu mais do que o restante de nós. Continuam sendo humanos, mas sua natureza extraordinária frequentemente os torna desconcertantes para nós: não deixam pegadas, não produzem sombra, não mexem as bocas ao falar e não dormem. Seus corpos são elevados pelo Céu, assim como os corpos dos vampiros são puxados pelo Inferno.

Condizente com sua aliança angelical, os Irmãos do Silêncio às vezes são chamados de Grigori. O termo se refere aos Observadores, uma das mais elevadas ordens dos anjos (os Observadores são anjos presentes no julgamento de Nebuchadnezzar na Bíblia hebraica, por exemplo), e os Irmãos do Silêncio não devem considerar seu status mais sagrado que o de nenhum outro Nephilim, embora esta deva ser considerada apenas uma referência ao seu papel entre os Caçadores de Sombras: observadores, e não lutadores. O termo saiu de moda e é considerado arcaico, mas pode ser encontrado em muitos escritos Nephilim antigos.

O hábito oficial dos Irmãos do Silêncio é uma túnica cor de pergaminho com capuz e cinto. Novos Irmãos do Silêncio normalmente vestem túnicas lisas, enquanto os mais avançados na Irmandade têm Marcas decorativas nos punhos e bainhas das vestes, na cor vermelha. Irmãos de alta patente às vezes carregam cetros; estes costumam ser de prata pura e também são decorados com Marcas, com a cabeça entalhada em alguma forma simbólica, como um anjo com asas abertas, um cálice ou o cabo de uma espada. Irmãos do Silêncio não produzem sombras nas raras ocasiões em que são vistos ao sol; acredita-se que isso seja mais uma afetação, como a túnica, do que um propósito.

Os Irmãos do Silêncio devem, por Lei, ter ambos os olhos e a boca fechados por Marcas. Há diversos tipos de Marcas que cumprem esta norma, e os diferentes processos variam, desde costuras mágicas a apenas mantê-los fechados permanentemente com a Marca da Corrente até a remover completamente os olhos e a boca, deixando espaços vazios de carne no lugar. O último é, obviamente, o mais permanente e irreversível dos métodos, e é considerado o meio mais dedicado de se Marcar como Irmão do Silêncio.

AS IRMÃS DE FERRO

As Irmãs de Ferro são uma ordem monástica, como os Irmãos do Silêncio, cujos integrantes receberam Marcas com um propósito específico que exige que se tornem mais do que meramente humanos. No caso das Irmãs, contudo, elas assumiram a capacidade de trabalhar com a pedra angelical, *adamas*, e de manipulá-la, além de qualquer outro material mundano necessário à fabricação de armas, armaduras e ferramentas que mantêm os Nephilim vivos e protegidos. As Irmãs são as únicas Nephilim autorizadas a manejar *adamas pur*, o *adamas* em seu estado bruto.

Como os Irmãos, as Irmãs de Ferro se juntam à ordem recebendo Marcas que atuam como chaves que destrancam partes normalmente escondidas do Livro Gray. Estas Marcas também servem para distanciá-las do resto da humanidade (são diferentes entre as duas ordens, e ser Marcado como Irmão do Silêncio não dá acesso às Marcas das Irmãs de Ferro ou vice-versa). Assim como os Irmãos do Silêncio, as Irmãs de Ferro não são combatentes, não se casam e, normalmente, não comparecem a reuniões do Conselho nem se aventuram fora dos seus domínios.

Irmãs de Ferro raramente são encontradas pela maioria dos Nephilim, mas quando o são, perturbam muito menos com sua aparecia que os Irmãos do Silêncio. Seus olhos e bocas não são magicamente fechados, e elas não conseguem ler mentes nem falar por telepatia. Vestem roupas simples, vestidos brancos longos apertados nos punhos e nas cinturas por arame demoníaco para protegerem suas roupas contra o fogo sagrado no qual seus materiais são trabalhados. Fora a aparência sem idade, seu único atributo físico são os olhos, que normalmente brilham com as cores das chamas. Diz-se que os fogos das grandes fornalhas ardem por trás de seus olhos.

Apesar do aspecto relativamente mais familiar, as Irmãs de Ferro são ainda mais reservadas e afastadas da sociedade Nephilim que os Irmãos do Silêncio. Moram sozinhas na grande Cidadela Adamant

— cuja localização é desconhecida para todos os Nephilim — e raramente deixam sua fortaleza. Não gostam de ser incomodadas e preferem trabalhar em isolamento. Um Caçador de Sombras pode viver muitos anos sem sequer ver uma Irmã de Ferro.

A primeira Irmã, Abigail Caçadora de Sombras, temia que, apesar da neutralidade de gênero dos Caçadores de Sombras, as Irmãs tivessem que ser protegidas da interferência indesejada dos homens Caçadores de Sombras, então a Cidadela Adamant foi construída para ser, e sempre foi, aberta apenas às Caçadoras de Sombras. E, de fato, apenas mulheres podem falar com as Irmãs de Ferro.

QUESTÕES PARA DISCUSSÃO E COISAS A SE TENTAR

1. Por que você acha que os Nephilim vivem sob uma Lei rígida? Como isso beneficia nossa missão geral?

   > PURA OBSTINAÇÃO DESCONTROLADA. SENDO OS MAIS CASCUDOS DA ÁREA.
   > Eu não teria dito dessa forma, mas essa é basicamente a resposta desejada pelo Códex.

   > Lei e ordem, bom! Caos e anarquia, ruim!
   > Caos e anarquia também são parte das nossas ferramentas, mas o Códex não gosta de admitir.

2. Você já recebeu alguma Marca? Descreva a experiência. Teve alguma reação ruim? Percebeu o funcionamento imediato? Qual foi a diferença de sensação entre a primeira Marca e as outras?

   > O Códex soa um pouco arrepiante aqui.
   > "Siiim, conte-me tuuuudo". Fui Marcada por um menino muito bonitinho, com um terrível impulso por controle. Não me lembro, porque estava praticamente inconsciente, mas todos estavam furiosos com ele quando acordei. Fim. Com amor, Clary.
   > MEU DEUS, O AMOR DE VOCÊS É TÃO ÉPICO.

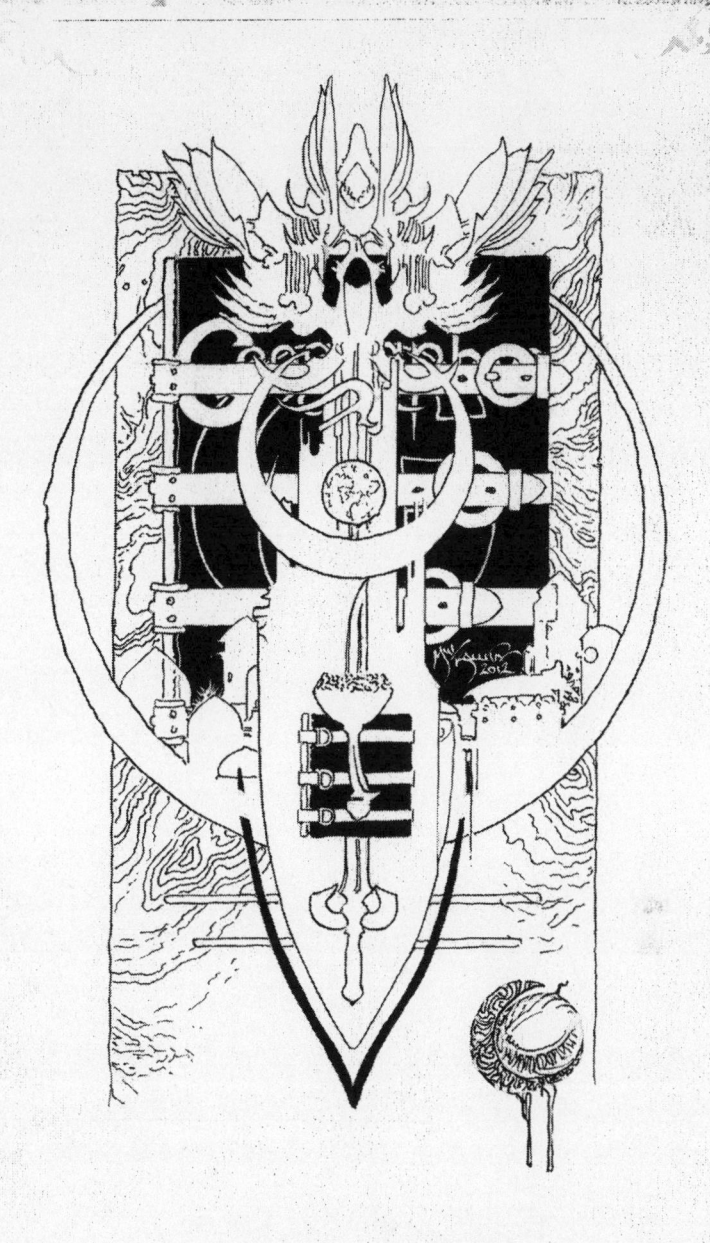

CAPÍTULO OITO

GEOGRAFIA

IDRIS, A TERRA NATAL DOS NEPHILIM

Idris é nosso país, nossa terra de santuário e segurança. Se você, prestes a se tornar Caçador de Sombras, ainda não viajou até lá, provavelmente o fará para poder beber do Cálice e receber suas primeiras Marcas, e verá a beleza e a tranquilidade que fazem com que seja o lugar mais amado pelos Caçadores de Sombras. Encantos angelicais aparecem em cada folha, cada pedra de riacho, cada moradia. A terra é presidida por dois dedos de *adamas* que formam as torres protetoras de sua capital, Alicante. Estas torres nos cercam com luz angelical e protegem a cidade e seus habitantes contra os demônios. GERALMENTE.

ONDE FICA IDRIS? COMO ELE É?

O país é pequeno, quase invisível no mapa da Europa. É, aliás, pouco mais do que a cidade de Alicante, as planícies que se estendem sob os muros e a cordilheira que cerca e protege. Alicante é a única cidade — aliás, a única área estabelecida — no país. Isto faz com que boa parte de Idris seja difícil de ser atravessada, mesmo para Caçadores de Sombras; suas montanhas são intransponíveis, exceto no auge do verão, em função das nevascas, e sua mata, principalmente a Floresta Brocelind, são densas e sem trilhas marcando os caminhos. Idris é, no entanto, um lindo país, com fileiras de pinheiros entre os quais correm diversos riachos e regatos. Apesar de a terra ser diferente de qualquer terra mundana vizinha — Alemanha, França, Suíça —, tem a mesma beleza das paisagens destes países.

Idris não foi feito, como muito se acredita, com terra "roubada" de suas fronteiras. Em vez disso, Raziel criou um novo país, como uma bolha soprada, no meio da Europa. É uma terra sem nenhum propósito além de abrigar os Nephilim.

COMO CHEGAR A IDRIS

Treino, treino, treino

Para chegar a Idris por via aérea, é preciso voar até um dos aeroportos dos países vizinhos e viajar até a fronteira. Aqueles que estão acostumados aos belos transportes mundanos podem achar isso antiquado, mas nós os convidamos a encarar como algo charmoso. Claro que, até o início do século XX, a única forma de se chegar a Idris era viajando por terra. O problema de viagem causado pelo status secreto de Idris finalmente foi resolvido pela invenção do Portal, agora o meio mais comum de ir e vir.

OS BLOQUEIOS DE IDRIS

Venha visitar os bloqueios! Você não pode vê-los!

Os bloqueios de Idris são únicos e se provaram impossíveis de serem compreendidos ou repetidos, apesar de todos os nossos anos de estudo. Humanos são capazes de criar barreiras que confundem certos indivíduos, afastando-os de um lugar ou objeto; às vezes por ilusão, e às vezes por distração. Isto é obtido tanto por Marcas do Livro Gray quanto por magia de feiticeiros. Se um mundano atravessa os bloqueios de Idris, no entanto, ele é instantaneamente transportado para a localização correspondente na fronteira oposta. Isso acontece sem qualquer sinal ou efeito colateral, então um mundano não terá qualquer consciência de ter percorrido instantaneamente um país. Pela perspectiva dos mundanos, é como se a Europa existisse sem Idris, e, de fato, é assim que os mapas mundanos representam o continente.

As barreiras de Idris foram criadas pelo próprio Raziel, como parte dos presentes iniciais que deu a Jonathan Caçador de Sombras. A magia em questão, aparentemente, não foi uma magia que Raziel decidiu compartilhar com suas criaturas, os Nephilim, portanto somos incapazes de duplicar ou de alguma forma modificar os bloqueios das fronteiras de Idris. Ao longo dos anos, os Nephilim discutiram incessantemente sobre por que as barreiras de Idris permitem passagem livre de membros do Submundo e até mesmo de demônios. Em outras palavras, os bloqueios impedem que Idris seja descoberto pelos mundanos, mas todos os integrantes do Mundo das Sombras podem passar livremente. Muitos Caçadores de Sombras argumentam que o propósito de Raziel ao bloquear Idris era impedir que os Nephilim um dia se envolvessem em conflitos territoriais com os vizinhos. Idris é para ser um santuário escondido dos mundanos e um lar, não uma entidade política entre as nações do mundo, e, como tal, suas fronteiras jamais devem ser alteradas.

IDRIS E O MUNDO MODERNO

A natureza intocada de Idris é conservada em parte pelos bloqueios, mas a Lei rígida também impede que o país seja modernizado. Isso ocorre, em parte, porque tais modernizações não funcionariam: a magia impede com facilidade o funcionamento de novas tecnologias. As barreiras que previnem que mundanos entrem ou sequer detectem Idris fazem com o que o país exista em uma "jaula mágica", que impede que máquinas funcionem de forma confiável nos confins das fronteiras (o princípio se parece com aquele que impede o funcionamento de armas de fogo Marcadas, e, de fato, nenhuma arma de fogo consegue disparar em Idris). Assim sendo, Alicante se mantém às claras principalmente por luz enfeitiçada, assim como as estradas que foram iluminadas.

IDRIS E OS INTEGRANTES DO SUBMUNDO

Idris é o lar de muitos grupos do Submundo — cortes de fadas, bandos de licantropes, clãs de vampiros em cavernas ou vales rochosos escuros. Para estes membros do Submundo, Idris é um espaço onde podem viver livremente sem precisarem disfarçar as próprias identidades, e onde podem possuir terras próprias, controladas por eles próprios. Aqueles que vivem em Idris tendem a ser os membros mais selvagens do Submundo, considerando que são os mais dispostos a abdicar do mundo humano e viver completamente afastados dos mundanos (isto vale até para as fadas, que, apesar de sua natureza, possuem muita afinidade com humanos e normalmente preferem viver entre eles).

Nas raras ocasiões em que é necessário levar um mundano a Idris para alguma colaboração, ou como parte dos procedimentos de Ascensão, o Portal mostrou ser a única forma de ultrapassar as barreiras.

LAGO LYN

Além de Alicante, o lugar mais sagrado para os Caçadores de Sombras em Idris é o Lago Lyn, às vezes chamado Lago dos Sonhos. É o local onde o Anjo Raziel apareceu para Jonathan Caçador de Sombras ao emergir das águas, brandindo o Cálice, a Espada e o Espelho que deram vida à nossa raça guerreira. Apesar de o lago ser sagrado, suas águas são, de alguma forma, amaldiçoadas: enquanto membros do Submundo podem bebê-las em segurança, os Caçadores de Sombras que o fazem terão febres, alucinações e, às vezes, em casos graves, insanidade permanente. Um Caçador de Sombras que bebeu do Lago Lyn pode ser curado com Marcas que possuam esta finalidade, além de outras intervenções, mas precisa ser tratado rapidamente, antes que a água seja totalmente absorvida pelo organismo e não possa mais ser eliminada.

As margens do Lago Lyn dão lugar à Planície Brocelind, um terreno plano com gramado alto que leva, de um lado, à Floresta Brocelind, enquanto a outra margem conduz a Alicante. Escritos nos revelam que a floresta costumava ser muito maior, cobrindo quase toda a terra plana de Idris. Boa parte foi capinada conforme Alicante cresceu, deixando de ser uma pequena instalação no centro de um anel de torres demoníacas e se tornando uma cidade grande e movimentada. Outras partes da floresta foram retiradas para que fosse mantida uma fronteira facilmente patrulhada de terra aberta ao redor da cidade; a floresta Brocelind há anos é um lugar onde ninhos de vampiros e bandos de lobisomens adoram se esconder.

É O ESPELHO. PESSOAL. Sério, como é que em centenas de anos ninguém descobriu?

Nunca ninguém sugeriu.

—— ALICANTE ——

Alicante, a Cidade de Vidro. A cidade sagrada dos Nephilim. Para os Caçadores de Sombras, Alicante é Jerusalém, Roma, Meca, Shambhala e Bodh Gaya em uma só. Isto jamais deve ser esquecido: apesar de a vida cotidiana seguir na cidade como acontece em qualquer outra, cheia de rotinas, necessidades humanas e trocas, ela não deixa de ser a Cidade Proibida, o local dado apenas aos Nephilim como nossa base de operações e nosso refúgio na Terra.

Para este fim, suas torres protegem contra os demônios, que não conseguem atravessar os bloqueios. Integrantes do Submundo conseguem atravessar sem dificuldade (um argumento comum durante muitos anos em favor do status destes como humanos com almas, e não demônios), mas não podem entrar em Alicante sem permissão. Podem entrar apenas como convidados de um Caçador de Sombras, e devem estar acompanhados do próprio ou trazer consigo a papelada assinada e encantada exigida (é possível que você mesmo tenha passado por este processo, se teve a sorte de visitar Alicante antes da

Ascensão). Tradicionalmente, os integrantes do Submundo só podem entrar na cidade pelo portão norte, que é guardado noite e dia.

Além disso, por questões de segurança, novos Portais não podem ser abertos diretamente em Alicante. Apesar da origem parcialmente demoníaca do Portal, Caçadores de Sombras se acostumaram à sua conveniência, portanto, os Portais são abertos nos contornos de Alicante, fora dos muros. A única exceção é o Portal permanente em Gard (ver página 208). Caçadores de Sombras frequentemente reclamam, mas a proibição permanece: Portais são criados por feiticeiros, e, apesar de sermos aliados deles como grupo, não poderíamos deixar um buraco em nossas defesas que permitisse que qualquer rebelde abrisse um Portal diretamente em nosso sacro santuário.

CARACTERÍSTICAS DE ALICANTE

A cidade fica em um vale raso e é dividida por um rio. A construção é basicamente de pedras douradas e cor de mel com telhados vermelhos. Alicante se ergue ao lado de uma colina íngreme, e suas casas são umas sobre as outras. A partir do rio, canais foram cavados, entre os quais o maior é o Canal Princewater. O novo Caçador de Sombras deve caminhar pela Princewater Street e passar pela ponte Oldcastle Bridge, onde o ruído da água do canal acompanhará sua bela vista de Gard e do Salão principal.

Exceto por suas torres demoníacas, Alicante é uma cidade de canais. Como os poços devem ser mantidos rasos para evitar que se perfure os veios de *adamas* abaixo da cidade, e o *adamas* causa um problema semelhante em aquedutos de estilo romano, há centenas de anos a água mais fresca foi trazida à cidade por uma série de canais artificiais, atravessados pelas pontes arqueadas de pedra características de Alicante. Hoje uma rede de canos subterrâneos permite que haja água corrente na maioria das casas, e os canais permanecem como lembretes de um tempo mais antigo e são atributos charmosos da cidade.

AS TORRES DEMONÍACAS

As torres demoníacas de Alicante são o aspecto físico mais dramático de Idris, uma verdadeira maravilha do mundo. Com as torres apontadas para o céu como os florões de uma coroa celestial, feitas de puro *adamas*, parece impossível que tenham sido feitas por mãos humanas. E, de fato, nossa história ensina que não foram: os relatos de Jonathan Caçador de Sombras que chegaram até nós sugerem que foram trazidas à existência por Raziel e que vêm de um veio espesso de *adamas* colocado por ele sob a terra para ser minado para a construção de nossas armas e ferramentas.

As palavras de Raziel para Jonathan Caçador de Sombras incluem, além de uma discussão sobre os Instrumentos Mortais, uma menção ao "presente que trago sobre a Terra". Acredita-se que ele se refira ao entalhe (e bloqueio) de Idris a partir do deserto na parte sul do Sacro Império Romano, mas há quem defenda que ele esteja falando das torres demoníacas.

Todos os Caçadores de Sombras devem olhar para as torres demoníacas para se lembrarem de seu encargo. Estes pináculos protegidos são um constante lembrete de que somos escolhidos e protegidos pelo Anjo, e não estamos sozinhos em nossa missão.

As torres demoníacas permanecem inalteradas desde o tempo dos primeiros Nephilim. Diferentemente de todos os outros exemplos de *adamas* lapidado, seu brilho não diminui com o uso, e seu poder não precisa ser recarregado. Acadêmicos sempre trabalharam para tentar determinar o motivo, e se as torres se comportam como *adamas* normal de outras formas — se poderiam ser desativadas por um ritual de magia sombria, se poderiam ser Marcadas e por aí vai. As torres permanecem como o maior mistério remanescente de Raziel, e quem está em Alicante se flagra contemplando-as sempre que passa sob suas sombras.

Próxima revisão do Códex — torres demoníacas menos majestosas e misteriosas. Mais lembretes de coisas ruins.

É, essa parte parece um pouco ingênua agora.

GARD

Gard é o ponto de encontro oficial da Clave. É a casa do Cônsul, da Inquisidora e de suas respectivas famílias, e é onde a Lei é feita e debatida. Quando a Clave está oficialmente reunida, somente Caçadores de Sombras adultos são permitidos em seu território.

A construção é de pedra escura e básica em termos de arquitetura — uma simples fortaleza, construída para segurança e sustentada em todos os lados por pilares sem decoração (sem decoração arquitetônica; os pilares obviamente são extensivamente cobertos por Marcas protetoras). Quatro torres demoníacas, menores que as que protegem a cidade, erguem-se dos quatro pontos cardeais do prédio. Reza a lenda que foi ao centro destas torres que Raziel trouxe Jonathan Caçador de Sombras antes de falar "é aqui que seu trabalho deverá começar". Diz-se, portanto, que o Gard está no local da pequena instalação que se tornou Alicante, apesar de as estruturas originais já terem desaparecido há muito tempo; gerações anteriores não reverenciavam a história como nós agora fazemos.

Os portões do Gard estão entre os aspectos mais dramáticos; muito mais altos que um homem, feitos por uma combinação de prata e ferro frio, e cobertos por interpretações caligráficas das Marcas. Em ambos os lados dos portões há estátuas de pedra, informalmente conhecidas como Guardiões. Cada uma é um anjo guerreiro empunhando uma espada entalhada sobre uma criatura moribunda que representa os inimigos demoníacos dos Nephilim — um lembrete de que anjos são belos, porém terríveis, e assim como somos anjos em parte, também somos guerreiros.

Só há um Portal aberto em Alicante, e fica no Gard, para utilização da Clave em momentos de emergência. O perigo potencial desta "porta dos fundos" é mitigado pelo fato de o Portal ter um "bloqueio inverso", assim como o Santuário de um Instituto. Ou seja, Marcas o bloqueiam como um local fora das proteções das barreiras. A magia demoníaca envolvida na construção de um Portal funciona nesta única sala no Gard da mesma maneira que um vampiro poderia ficar tranquilamente no Santuário de um Instituto. Isto, é claro, representa um grande risco à segurança, portanto, a exata localização do Portal é um segredo muito bem guardado.

PRAÇA DO ANJO E O SALÃO

Um dos pontos mais pitorescos e relevantes de Alicante é a praça localizada no centro da cidade, a Praça do Anjo, conhecida pela estátua de bronze do Anjo Raziel em seu centro. É a maior estátua de Raziel do mundo, apesar de ser possível encontrar muitas cópias menores em Institutos ao redor do globo (muitas supostamente são remodelações da original, e algumas são de fato, mas outras definitivamente não; esta distinção, contudo, só interessa a historiadores da arte Nephilim e não será detalhada aqui).

Na parte norte da praça fica o Grande Salão do Anjo, construído no século XVIII para ser um salão geral de encontro para todos os Caçadores de Sombras. Este edifício neoclássico, com sua longa escadaria de mármore e sua magnífica arcada de pilares, é um símbolo da força e integridade dos Nephilim.

Em 1872, o Salão foi utilizado para a histórica assinatura dos Primeiros Acordos, considerando que os integrantes do Submundo não podem entrar no Gard. Esta assinatura marcou a primeira ocasião em que membros do Submundo puderam adentrar Alicante em grandes grupos; entraram na cidade pelo portão norte, conforme a tradição. Desde a assinatura, o local constantemente é chamado de Salão dos Acordos e continua sendo utilizado a cada 15 anos para sua revisão e assinatura. Em outras épocas, é local de celebrações, cerimônias, casamentos e festivais.

A maior parte do interior do Salão é dominada por uma sala enorme, onde ocorrem as cerimônias; as paredes são brancas, e o teto, alto, com uma enorme claraboia de vidro que permite a entrada de luz do sol natural. No centro, há um grande chafariz em forma de sereia, encomendado e esculpido em 1902 para celebrar a Terceira Revisão dos Acordos, a primeira do novo século.

ARSENAL

O arsenal é uma imponente fortaleza de pedras na parte leste de Alicante, parte armazém, parte museu, parte centro de pesquisa. Representa a única existência das Irmãs de Ferro em Idris, apesar de visitantes raramente as verem, considerando que passam quase todo o tempo na parte subterrânea, desenvolvendo novas armas, fazendo consertos e coisas do tipo. O arsenal tem para Alicante a mesma função que a sala das armas tem para um Instituto. A Clave tem a autoridade de pegar qualquer armamento necessário a fim de equipar os Caçadores de Sombras para conflitos em Idris. Aqueles que não integram a Clave só podem frequentar a ala sul, que funciona como um museu de armas antiquadas e não mais utilizadas, e exibe pequenas coleções de armas tornadas famosas pelas lendas de Caçadores de Sombras.

A construção é em estilo medieval, ecoando a imagem de uma fortaleza, com suas paredes altas de pedra alinhadas em torres. Contudo, foi feita apenas nos primeiros anos de 1800 e propositalmente construída em estilo antiquado. O interior não parece uma fortaleza, e a impressão que passa de ser capaz de resistir a uma artilharia de fogo é apenas aparência. As Irmãs de Ferro ficam protegidas trabalhando nos níveis do porão, aos quais se chega após atravessar extensos labirintos. Dizem que há uma passagem no subsolo que leva diretamente à Cidadela Adamant.

── A CIDADE DO SILÊNCIO ──

Para muitos Caçadores de Sombras, a Cidade do Silêncio não recebe o devido valor, não passando do lar dos Irmãos do Silêncio e de uma cidade complexa, com níveis e câmaras, que sempre existiu e que é habitada há uma eternidade. Na verdade, a Cidade do Silêncio é um dos grandes feitos da engenharia de seu milênio, comparável à construção das grandes catedrais e templos mundanos.

A CONSTRUÇÃO DA CIDADE DO SILÊNCIO

A construção da Cidade do Silêncio foi assumida pelos Irmãos do Silêncio e levou cerca de quatrocentos anos para que a Cidade chegasse ao tamanho e alcance atual. Começou como uma caverna de pedra trabalhada no espaço misterioso e não geográfico abaixo de Idris, pouco maior que uma pequena câmara do conselho; uma pequena área utilizada como habitação e o primeiro cemitério Nephilim. Foi assim que David, o Silencioso, descreveu. Naquele momento, é claro, não era descrita como uma cidade. O local tornou-se conhecido pelos Caçadores de Sombras como o Castelo do Silêncio e expandiu-se lentamente ao longo dos primeiros cem anos dos Nephilim. Apesar de ter se tornado muito maior que seu terreno original, ainda parecia mais uma mansão subterrânea que uma cidade: as residências dos primeiros Irmãos do Silêncio foram transferidas para um nível separado; a área dos cemitérios foi, inevitavelmente, expandida; e a Câmara da Espada, como então era conhecida, parecia maior e mais imponente.

A CIDADE SE EXPANDE

Mais ou menos em torno de 1300, as duas primeiras entradas para o Castelo do Silêncio foram construídas fora de Idris: uma onde agora fica a cidade de Bangalore, no sul da Índia, e outra na cidade de Heidelberg, onde hoje é a parte sul da Alemanha. Ambas foram criadas para permitir que os Irmãos do Silêncio tivessem acesso mais fácil aos extensos materiais de pesquisas que essas cidades continham; os Irmãos do Silêncio também começaram a recrutar monges mundanos e acadêmicos que moravam ou viajavam para essas cidades em busca de conhecimento.

A essa altura, a construção e a expansão do Castelo do Silêncio acelerou rapidamente. Antes de 1402, os registros do Conselho já se referiam "Àquela Grande Cidade, cujos níveis não conhecemos e cujos segredos os Irmãos guardam em Silêncio". O método através do qual os Irmãos escavavam a cidade, e até mesmo o local da Terra onde esta extensa cidade residia, era um segredo muito bem guardado. Permanece sendo um dos mistérios que somente os Irmãos do Silêncio podem saber (acredita-se que as Irmãs tenham ajudado na construção, supostamente fabricando dispositivos para escavar e construir. As Irmãs de Ferro, no entanto, guardam segredos tão impecavelmente quanto os Irmãos do Silêncio). Detalhes históricos específicos são poucos, mas sabemos que as prisões dos Nephilim foram transferidas de um prédio externo do Gard em Alicante (há muito demolido) para os níveis mais profundos da Cidade em 1471, e que a câmara do conselho vista pela maioria dos Caçadores de Sombras em visita à Cidade viu ficou pronta e foi aberta aos

Caçadores em 1536. A construção e a expansão continuaram depois disso, no entanto. Aliás, não podemos afirmar que os Irmãos do Silêncio não estejam *ainda* expandindo e construindo a Cidade; não temos prova do contrário.

VISITANDO A CIDADE DO SILÊNCIO

A maioria dos Caçadores de Sombras apenas vê os dois níveis superiores da Cidade — os arquivos e a câmara do conselho, onde fica a Espada da Alma. Há, contudo, muitos e muitos níveis abaixo da Terra. A maioria deles não é acessível a quem não seja Irmão do Silêncio, e os detalhes dos aposentos dos Irmãos, do sustento, dos laboratórios etc. permanecem secretos. As exceções estão nas profundezas da cidade, onde vários dos níveis compõem a necrópole dos Nephilim e milhares e milhares de pessoas descansam eternamente. E ainda abaixo, nos níveis mais profundos, ficam as prisões.

As prisões da Cidade do Silêncio podem abrigar os vivos, os mortos-vivos e os mortos; são projetadas para prender todas as criaturas, por mais mágicas que sejam (as exceções são os demônios, que podem ser suficientemente poderosos para escapar até mesmo das celas mais fortes). Os culpados de violações menores podem ser encarcerados em Alicante ou nos Institutos, mas as celas da Cidade do Silêncio são reservadas apenas para os maiores Transgressores da Lei e os criminosos mais perigosos. Reze para você nunca ter que vê-las pessoalmente.

CIDADE DO SILÊNCIO: NÃO É UM PONTO DE CIRCULAÇÃO!
Como há entradas para a Cidade do Silêncio por todo o mundo, é razoável perguntar se a cidade oferece aos Caçadores de Sombras uma rota conveniente. A princípio, é possível viajar rapidamente entre lugares distantes, digamos, entrando na Cidade do Silêncio em Nova York e

saindo em Tóquio. De fato, os Irmãos do Silêncio utilizam as entradas da Cidade do Silêncio desta forma, para poderem chegar rapidamente aonde são necessários. As Irmãs de Ferro também podem utilizar a Cidade desta forma, apesar de raramente serem vistas fora da Cidadela. Caçadores de Sombras comuns não podem, por Lei e por tradição, utilizar a Cidade como uma estação de trem de luxo. O consenso geral é que não seria uma boa ideia, pois provavelmente envolveria passar por partes da Cidade do Silêncio que os Nephilim que não são Irmãos achariam horríveis demais para conhecer sem perder o juízo. Isto pode ou não ser verdade, mas os Irmãos do Silêncio nada fizeram para negar os boatos.

—— A CIDADELA ADAMANT ——

Assim como os Irmãos do Silêncio guardam cuidadosamente os segredos sobre a sua Cidade, a maioria dos Caçadores sabe ainda menos sobre a Cidadela Adamant, lar das Irmãs de Ferro. De muitas formas é mais simples, claro, considerando que se trata apenas de uma fortaleza, e não de uma cidade inteira. Por outro lado, seus mistérios são tantos que, até onde sabemos, pode se estender tão ampla e profundamente quanto a Cidade do Silêncio; suas câmaras internas só podem ser percorridas pelas Irmãs.

A Cidadela Adamant fica em uma planície vulcânica, um campo de leitos secos, pretos e proibitivos, além de um estreito riacho de lava que a cerca como um fosso. Pode ser alcançada — assim como a Cidade do Silêncio — por algumas entradas espalhadas pelo mundo; a mais antiga se encontra no nível mais profundo do Arsenal em Alicante. A atividade vulcânica atua como uma defesa conveniente para a Cidadela, é claro, mas a localização provavelmente foi escolhida pelas Irmãs pelo extremo calor necessário às fornalhas.

Os Portais que levam à Cidadela não o conduzirão diretamente para a fortaleza, mas para a planície vulcânica, do lado de fora dos muros. Um anel de *adamas* liso e inteiro, muito mais alto que uma pessoa, cerca a Cidadela; este anel, que parece um único círculo contínuo de *adamas* sem sinais de manipulação nem de engenharia estrutural, é uma visão imponente, um lembrete de que as Irmãs de Ferro não são apenas ferreiras, mas trabalham com forças angelicais que mal conseguimos compreender. Nos muros vemos um portão, formado por duas lâminas gigantes que se cruzam para formar um arco pontudo. O portão normalmente fica aberto, mas pode ser fechado e selado em eventuais emergências.

Atravessando o portão, no entanto, a fortaleza continua bem protegida. A Cidadela de fato só pode ser alcançada após a travessia de uma ponte levadiça, que só abaixa mediante um pequeno sacrifício de sangue de uma Caçadora de Sombras. A ponte é cheia de facas, presas com as lâminas para cima, que precisam ser cuidadosamente evitadas. Portanto, não é possível se aproximar da Cidadela com pressa; os portões não podem ser atravessados na correria, e as paredes não servem de apoio.

A fortaleza tem uma estrutura dramática e ergue-se aos céus cinzentos sobre a planície de lava, com um anel de torres em volta que remetem às torres demoníacas de Alicante, apesar de estas serem mais regulares e menos graciosas, pois foram construídas por mãos humanas. As torres possuem pontas de electrum brilhante, mas exceto por este detalhe, toda a estrutura é de *adamas* e irradia suavemente uma luz branco-prateada.

Uma vez na fortaleza, a visitante finalmente chegaria à antessala — e esta é toda a área da Cidade Adamant que alguém que não é Irmã de Ferro pode ver. O recinto é simples; as paredes brilham com *adamas*, assim como o chão e o teto alto. No piso, há um círculo preto no qual está entalhado o sigilo das Irmãs: um coração perfurado por uma lâmina. Não há móveis nem assentos; as Irmãs de Ferro não apreciam visitantes e se empenham em concluir seus assuntos o mais depressa possível.

As paredes da Cidadela Adamant são como as próprias vidas das Irmãs: rígidas, duras e fortes. Seu lema, e o lema da Cidadela, deixa isso claro: *ignis aurum probat*. "O fogo testa o ouro".

As Irmãs de Ferro parecem incríveis.

Se com "incríveis" você quer dizer "completamente assustadoras", então sim, concordo.

── INSTITUTOS DA CLAVE ──

Inicialmente não havia necessidade de se ter Institutos. Por algumas dezenas de anos após o nascimento dos Nephilim, todos os Caçadores de Sombras do mundo conseguiam chegar aos portões de Alicante em, no máximo, dois ou três dias de viagem. Mas fomos criados para sermos uma organização global, e rapidamente se tornou necessário que postos externos fossem criados, lugares protegidos por poderes de anjos, onde Caçadores de Sombras pudessem se organizar e ter segurança. Então foram criados os Institutos, as bases locais de poder dos Nephilim.

Institutos funcionam como as embaixadas dos governos mundanos. São casas de Nephilim, tanto quanto Idris. Cruzar a entrada de um Instituto significa que você não está mais no país, no estado nem na cidade onde fica o prédio do Instituto, mas em território Nephilim, onde nossa Lei predomina.

O corolário disso é que os Institutos são responsabilidade de todos os Caçadores de Sombras, não apenas dos que estão em um Instituto específico ou fazem parte de um Conclave daquela região. Os juramentos que fazemos de que protegeremos nossas terras se estendem a todos os Institutos pelo mundo.

Existem alguns elementos comuns a todos os Institutos. São construídos em territórios sagrados e são intensamente protegidos por bloqueios. São feitos para repelir demônios e impedir que amaldiçoados o profanem. Suas portas permanecem trancadas para qualquer um que não tenha sangue Nephilim (o contrário também é verdade: as portas são abertas a todos que possuem sangue Nephilim). A argamassa que sustenta as pedras das construções é misturada a sangue de Caçador de Sombras, as vigas de madeira são de sorveira-brava, e os pregos, de prata, ferro ou electrum.

Nunca a invenção de um escritório regional foi tratada de forma tão melodramática.

Humm, sangue delicioso, eu como seu Instituto, nham, nham, nham

Quanta maturidade, Lewis.

Além destes fatores comuns, é possível encontrar Institutos de todas as formas e tamanhos, desde casarões de um único andar no Instituto da Cidade do México a fortalezas montanhosas nas Montanhas Cárpatos sobre Cluj, Romênia. Cada continente tem um Instituto com uma Grande Biblioteca para aquela parte do mundo; esse é o maior Instituto do respectivo continente. São: Londres, na Europa; Xangai, na Ásia; Manila, na Oceania (cuja região inclui a Austrália e os contornos do Pacífico); Cairo, na África; São Paulo, na América do Sul; e Los Angeles, na América do Norte. Cada um desses Institutos maiores tem a capacidade de abrigar centenas de Caçadores de Sombras, apesar de a maioria não morar permanentemente no local. Normalmente, mesmo os maiores Institutos têm apenas um pequeno número de residentes permanentes, que são responsáveis pela manutenção do lugar e dos equipamentos.

Todos os Caçadores de Sombras locais serão chamados aos seus Institutos para reuniões do Enclave e para discutir questões locais que não precisem envolver a Clave ou o Conselho. Em algumas partes do mundo, o líder do Enclave local é sempre o líder do maior Instituto local; em alguns lugares, são pessoas diferentes. Tradições e histórias locais dominam; a única requisição é que a região seja representada de forma adequada na Clave, independentemente da organização da estrutura local.

A CONSTRUÇÃO DE INSTITUTOS

Institutos de Caçadores de Sombras são construídos para servirem como símbolos do poder e da santidade dos Nephilim; devem representar monumentos ao Anjo e glorificações a nossa missão. Frequentemente incluem elementos arquitetônicos feitos para evocar edifícios conhecidos em Alicante. Existem muitas cópias menores das portas da Sala do Conselho de Gard, por exemplo.

Normalmente, e sobretudo em áreas populosas, os Institutos são enfeitiçados para se misturarem aos arredores. O feitiço de disfarce normalmente é escolhido para fazer com que o Instituto pareça não apenas normal, mas nada atraente aos visitantes. Por exemplo, o Instituto de Nova York, apesar de, na verdade, ser uma catedral gótica magnífica, parece uma igreja destruída e com tapumes, aguardando a demolição.

Apesar de os bloqueios das torres demoníacas de Alicante impedirem que a eletricidade e outras fontes semelhantes de energia funcionem adequadamente no interior das fronteiras, as proteções mais fracas dos Institutos normalmente não provocam este problema. A maioria dos Institutos hoje é equipada para ter eletricidade ou, na pior das hipóteses, lampiões a gás, apesar de luz enfeitiçada ser frequentemente utilizada para efeitos atmosféricos ou como iluminação de emergência em lugares onde o fornecimento de energia elétrica não é confiável. Há exceções, é claro — alguns dos Institutos em áreas historicamente mais sitiadas ou em locais mais remotos, até mesmo alguns que são protegidos demais ou ficam muito longe da civilização mundana para se utilizarem de fontes modernas de energia.

Institutos não possuem trancas à chave, exceto por preservação histórica. Em vez disso, qualquer Caçador de Sombras pode entrar em qualquer Instituto colocando a mão na porta e pedindo para entrar em nome da Clave e do Anjo Raziel.

SANTUÁRIOS

A maioria dos Institutos construídos antes dos anos 1960 contém Santuários. Estes devem resolver um problema óbvio com a prática dos Nephilim de construir Institutos em solo santificado. Ao passo que isso impede demônios de entrarem em um Instituto, também impede que todos os membros do Submundo entrem. Houve um tempo em que esta política foi inteligente, mas também cria o problema de não permitir que Institutos abriguem temporariamente um membro do Submundo — por exemplo, quando há necessidade de interrogar algum e encarcerá-lo na Cidade do Silêncio, é mais complexo. Mas, nesta era moderna, os Nephilim mantêm relações cordiais com muitos habitantes do Submundo que nos ajudam com informações. Para resolver este problema, Santuários — espaços não consagrados que se conectam diretamente aos espaços sacrossantos do Instituto — foram anexados à maioria dos Institutos. Ali os moradores do Submundo podem ser mantidos ou, dependendo da situação, recebidos. Santuários costumam ser bem protegidos e bloqueados, normalmente por chaves mundanas e também por Marcas.

A magia de projeção foi inventada por um feiticeiro anônimo (ou grupo de feiticeiros, possivelmente) no subcontinente indiano, em 1958, e rapidamente se espalhou pelo mundo, acabando com a necessidade dos Santuários. A maioria dos Institutos, no entanto, precede esta data, e os Santuários foram mantidos por contingência e interesse histórico.

O Instituto de Nova York tem um. Posso te mostrar se quiser.

Combinado.

É possível que seja o local menos romântico do Instituto, aliás.

Você saberá compensar. Tenho certeza.

Céus, arrumem um quarto com tranca em território não consagrado.

EXCERTOS DE *UMA HISTÓRIA DOS NEPHILIM*

ANTES DOS NEPHILIM

Não podemos falar muito sobre a origem dos demônios. Tudo o que podemos afirmar com certeza é que eles já habitavam nosso mundo muito antes de os humanos existirem.

No princípio havia o mundo, a luz, a humanidade e a bondade, mas, no princípio, também havia os demônios, Samael e Lilith, mãe e pai do mal que viria, modelos da corrupção e do pecado. Foram criados juntamente com o mundo e circularam livremente, criando outros demônios inferiores e semeando o caos. Copularam com humanos e criaram os feiticeiros. Esses copularam com anjos, que naquela época eram encontrados na Terra, e criaram as fadas. Samael assumiu a forma de uma grande Serpente e tentou a humanidade. Lilith, a primeira esposa de Adão, rejeitou os mortais e amaldiçoou seus filhos. Ou, pelo menos, é isso que dizem os mais antigos textos Nephilim. *Os mais novos afirmam que eles formavam uma dupla que cantava e dançava.* *Nós entendemos, você não faz ideia.*

A história dos demônios é obscura e de natureza mitológica. Nas tradições judaica, cristã e muçulmana, há dezenas de variações sobre a história destes dois demônios e de seus filhos, e, em outras grandes tradições, existem contos que podem ou não estar tratando das mesmas entidades. Todas as religiões, afinal, possuem uma tradição de demonologia. Podemos afirmar que, em algum momento nos primórdios da humanidade, os demônios se tornaram muito fortes e muito numerosos, e o Céu declarou guerra contra eles. O Céu saiu vitorioso, mas os anjos não conseguiram livrar o mundo dos demônios. Tiveram que se contentar em expulsá-los para o Vazio e modificar nosso mundo de alguma forma sutil e desconhecida, tornando-o perigosamente tóxico aos demônios e impedindo seu retorno.

O folclore Nephilim nos conta que esta guerra entre Céu e demônios dizimou a Terra, e que os objetos mitológicos da religião humana — a Torre de Babel, o Jardim do Éden, a Árvore do Mundo, as pirâmides originais — foram varridos pela destruição, assim como os animais sobrenaturais da mitologia, entre os quais o unicórnio e o dragão. Não podemos saber, é claro, a verdade da situação. Somente o que se pode afirmar é que as fadas sobreviveram.

O tempo passou. A Terra se estabilizou, e teve início a história humana como conhecemos. Demônios foram essencialmente mantidos afastados do nosso mundo, considerando que não conseguiam sobreviver aos efeitos venenosos em seus corpos por muito tempo. Alguns dos mais poderosos demônios poderiam se manter por algumas horas ou até mesmo dias. Porém, seriam finalmente destruídos quando suas energias fossem sugadas de volta pelo Vazio. A humanidade amaldiçoou o mal que encontrou, sem conhecer a paz em que viviam.

FEITICEIROS E FADAS: OS PRIMEIROS INTEGRANTES DO SUBMUNDO

As fadas são a raça mais antiga de integrantes do Submundo que existem. Inclusive, sabe-se que precedem humanos por uma eternidade, apesar de se supor que fossem muito diferentes nesses primórdios. Feiticeiros são quase tão antigos quanto elas. Eram muito poucos em número, mas alguns demônios eram capazes de sobreviver o bastante em nosso mundo para criarem feiticeiros. Foi somente graças a eles que os humanos aprenderam sobre magia demoníaca.

FEITICEIROS ANTES DOS NEPHILIM

O primeiro integrante do Submundo com o qual Jonathan Caçador de Sombras interagiu foi um feiticeiro — Elphas, o Instável. Elphas escreveu a primeira demonologia "aprovada pelos Nephilim" que se conhece, reunindo informações sobre as experiências pessoais entre a primeira geração de Caçadores de Sombras e a dele, e ofereceu muitos comentários sobre demonologias anteriores, pois novos Caçadores de Sombras frequentemente possuíam alguma "presciência do Submundo" que era inteiramente errônea e baseada em textos populares e incorretos.

Hoje existem oito feiticeiros vivos que afirmam ter nascido antes de Jonathan Caçador de Sombras. Entre esses, os estudiosos acreditam que cinco provavelmente merecem crédito e dois possuem evidências suficientes para indicar que estejam falando a verdade. Uma deles, Baba Agnieszka, é a irmã mais velha de Elphas, o Instável, e vive quieta em Idris desde 1452, em uma casa construída e mantida pelos Nephilim em honra de sua conexão familiar. Ela não é receptiva a visitantes e parece preferir ficar sozinha. Relatos recentes de quem a visitou a descrevem como instável e trêmula, o que normalmente não é algo que acontece com feiticeiros. Agnieszka parece ter sofrido  deterioração mental, não como resultado de envelhecimento físico, mas em função de uma lenta decadência provocada por excentricidade e isolamento. Ela é uma espécie de relíquia, mas para os Nephilim é uma relíquia sagrada.

O outro feiticeiro ancião verificado é muito mais velho que Agnieszka. O nascimento de Isaac Laquedem remonta ao que hoje é o sudoeste da França no princípio do sétimo século. Ele se tornou amplamente conhecido por sua marca do feiticeiro, um par enorme e impressionante de chifres de veado. As lendas de um homem com chifres que fez uma caçada pela França, nunca parando em um lugar, provavelmente têm nele sua origem. Caçadores de Sombras franceses que tinham certeza de que o Caçador Errante era

um mito ou, no máximo, uma combinação de diferentes figuras, ficaram impressionados ao encontrar Laquedem e descobrir que ele não só era real, como também as histórias eram quase inteiramente verdadeiras.

Os dias de caça de Laquedem se encerraram, e ele decidiu viver sua eternidade em uma fazenda não muito longe de Bergerac, na França. Apesar da idade, Laquedem é inútil como fonte de conhecimento sobre qualquer tópico que não seja as florestas da França, sobre as quais ele sabe muitíssimo. O resto da história passou direto por ele.

Temos que trocar uma ideia com esse cara! *Na verdade, ele é bem chato. Além disso, espero que você*

Não! *goste de comer muita carne de veado.*

A INCURSÃO *Sempre tem que me empatar, não é mesmo? Seu pentelho.*

A Incursão demoníaca, a invasão ao nosso mundo em larga escala, começou pouco depois do primeiro Milênio Cristão (ou seja, 1000 d.C.) e ainda não acabou.

Depois do que pareceu um milênio de adormecimento, Lilith e Samael acordaram e — pelo menos é o que diz a teoria — executaram um ritual demoníaco muito poderoso, que só podia ser feito uma vez e nunca mais. O ritual afetou toda a cidade de Pandemônio, e, com este ato, eles fortaleceram muito toda a resistência demoníaca à toxicidade do nosso mundo. Após o ritual, demônios continuaram sendo envenenados na Terra, mas em um grau muito inferior, e começaram a entrar no nosso mundo, onde passaram longos períodos, sugando a vida do planeta, fazendo-o se arruinar e apodrecer. Invadiram, e a humanidade sofreu.

CRUZADAS E CULTOS

A Incursão foi desastrosa para a humanidade, de muitas formas. A mais óbvia consequência foi o dano físico, é claro — demônios assolaram vilas inteiras, incendiaram plantações, jogaram irmãos uns contra os outros.

Mas o dano mais extenso está na resposta da humanidade à ameaça. A presença de demônios fez surgir cultos apocalípticos que afetaram as estruturas normais da vida e da religião. Alguns cultos eram feitos por adoradores de demônios que torciam para ser poupados pelos conquistadores. Outros cultos tentaram se juntar a demônios para lutar ao seu lado, normalmente se destruindo, bem como a qualquer um azarado o suficiente para estar por perto. Esses cultos disseminaram medo e caos por onde passaram.

Pior, talvez, que cultos apocalípticos isolados foi a ampla resposta política. A Europa cristã decidiu que os demônios estavam se espalhando sobre suas terras porque seu Território Sagrado de Jerusalém não estava em mãos cristãs, e promoveu as primeiras Cruzadas com o intuito de recuperá-la. Com isso, em vez de voltarem a atenção para a ameaça demoníaca imediata, o Leste Islâmico e o Oeste Cristão embarcaram em uma longa série de guerras sangrentas e repreensões que só serviram para ajudar os demônios na propagação da destruição e da morte.

JONATHAN CAÇADOR DE SOMBRAS

As Cruzadas logo se tornaram uma opção de carreira bastante po-pular para jovens europeus que buscavam nome e fortuna nas ba-talhas. Era uma oportunidade de reconhecimento. Alguns, como Jonathan Caçador de Sombras, eram jovens filhos de nobres e não herdariam suas fortunas familiares. Jonathan se sentiu atraído pela batalha por honra e dever, claro, mas as Cruzadas representavam também um dos poucos caminhos que podia seguir.

Infelizmente, Jonathan como homem é uma espécie de enigma para nós hoje. Sabemos pouco sobre sua vida antes dos Nephilim e menos ainda sobre sua infância ou família de origem (uma tra-dição medieval nos conta que ele era o sétimo filho de um sétimo filho, mas não existe qualquer prova em relação a isso). Sabemos que vinha de uma família de fazendeiros prósperos, mas não her-daria nada.

Da viagem que mudou sua vida e todo o nosso mundo, sabemos que Jonathan estava a caminho de Constantinopla para se juntar às forças europeias que se reuniam ali. Ele não viajou sozinho, mas com dois companheiros: David, seu melhor amigo, que pretendia parti-cipar das Cruzadas não como soldado, mas como médico; e Abigail, a irmã mais velha de Jonathan, que se dirigia a Constantinopla não para lutar, mas para se juntar ao homem de quem estava noiva (des-te condenado noivo não resta qualquer conhecimento, exceto que

Jonathan não estava satisfeito com o acordo e constantemente falava em sua alegria por Abigail ter ficado com ele em vez de perder tempo com "um pequeno Hamlet no Mar Negro").

UMA NOTA SOBRE AS ORIGENS DE JONATHAN CAÇADOR DE SOMBRAS

Ao passo que a história da criação dos Nephilim já foi contada e recontada continuamente desde que se passou, há diversos detalhes importantes sobre Jonathan Caçador de Sombras que, infelizmente, se perderam na história. Sua casa antes do encontro com Raziel ficava em algum lugar ao centro, ao norte ou ao sul da Europa, pois na época sua jornada foi interrompida. David relata que o grupo estava viajando para o leste. Ao longo do curso da história, quase todas as nações se declararam o lar de Jonathan Caçador de Sombras; existe uma poderosa facção no século XVIII que acredita que ele foi um grande guerreiro islandês, por exemplo, mas hoje achamos que essa teoria é um tanto improvável.

UM SONHO DE SOMBRAS

Nosso único relato direto do grupo que contemplou Raziel vem de traduções de registros supostamente escritos por David. Não se sabe se ele escreveu esses registros na medida em que aconteciam ou se o fez mais tarde em uma biografia. Eles são, contudo, o mais próximo que chegamos da verdade.

Em suas notas, David relata uma conversa que, segundo ele, se passou na noite anterior à criação dos Nephilim. Os três viajantes ficaram acampados na floresta. Vários dias antes viram e combateram um demônio solitário na estrada. Conseguiram espantá-lo, mas não sem que Jonathan sofresse um ferimento profundo e perigoso no braço direito. O machucado foi coberto por muitas ataduras, e ele ficou com o braço imobilizado em uma tipoia, mas, então, à luz de um fogueira pequena, quase sem fumaça, ele retirou os curativos e disse aos companheiros "este corte é longo e fundo. Os demônios causaram um ferimento enorme na carne do mundo, que pode ser atada, mas sob os curativos não vai curar".

Abigail concordou com a afirmação, mas os três eram jovens e inexperientes, com pouco poder para ajudar. David permaneceu em silêncio, como preferia fazer, encarando o fogo e analisando.

Jonathan continuou dizendo que "não adianta apenas matar os demônios. Sua simples presença já prejudica o mundo. Precisam ser eliminados, o ferimento do mundo tem que ser tratado para poder começar a curar".

E contou a eles sobre um sonho: "Na noite em que fiz meu juramento às Cruzadas", relatou, "sonhei que estava sob um sol ardente, dourado como a luz do céu, e minha espada brilhava de um jeito que me deixou cego. Na noite em que meu braço foi arranhado, sonhei diferente. Tinha percebido que os demônios que eu buscava não viriam a mim na luz. Eles permaneciam seguros na escuridão, e o poder dos demônios se resume à sua capacidade de se manter secretos.

"Neste sonho, eu ainda estava com a minha espada, mas ela não brilhava. Em vez disso me arrastei pelas sombras, que me acolheram como uma criança. As sombras se tornaram minhas aliadas, e não dos demônios. Quando ataquei com a minha espada, foi com silêncio e velocidade, mas nem eu nem o demônio sabíamos o que havia se passado."

Não podemos saber se os eventos que levaram à criação dos Nephilim estavam destinados, se foram manipulados pelo Céu ou apenas aconteceram por acaso. Se o mundo teria sido destruído não fosse por Jonathan Caçador de Sombras ou se algum outro líder teria surgido, é questão de especulação. O fato é que, na hora de maior necessidade, Jonathan Caçador de Sombras se apresentou e se tornou esse líder.

LAGO LYN

No dia seguinte (segundo David), a viagem do grupo os levou ao Lago Lyn, nas montanhas da Europa Central. O lago não tinha o azul luminoso de hoje, mas era um rasgo sombrio no tecido do mundo pelo qual demônios passavam livremente. Jonathan, David e Abigail foram atacados por um bando de demônios de alguma espécie que hoje não sabemos identificar (existem algumas possibilidades apoiadas por diferentes estudiosos, mas tudo que temos é a descrição de David: "Eram muito grandes, como um morcego e uma sombra, uma águia e uma serpente, que se erguiam sobre nós como uma tempestade."). *Idiotas. Obviamente foi um enxame de Morcegos-sombra Serpente-águia.*

O grupo combateu os demônios como foi possível, mas Jonathan já estava ferido, e nem Abigail nem David eram dotados de muita força física. David nos conta que Jonathan tirou a tipoia e os curativos, e lutou com valentia, apesar da dor. Eles impediram que os demônios os matassem, mas foram dominados. Finalmente, os demônios levaram os três para o lago a fim de afogá-los. *Claaaa*

Lutando contra o destino, Jonathan utilizou o resto do fôlego para pedir uma bênção sobre o lago, para o que o local fosse santificado como um lugar onde coisas ruins, tais como os demônios, não seriam bem recebidas. Ele rezou, e a prece foi atendida.

RAZIEL E OS INSTRUMENTOS MORTAIS

E Raziel emergiu do lago, trazendo consigo os Instrumentos Mortais. Todos os acontecimentos cessaram. Mesmo as energias demoníacas daquela fissura pareceram parar. Nas florestas que os cercavam, os pássaros deixaram de cantar.

Raziel abriu a boca e disse:

Não tenha medo.

Sou um anjo do Senhor que veio para você, Jonathan. Você me chamou, e eu vim.

Jonathan disse:

— Por favor, salve meus amigos.

Não podemos culpar Jonathan por não pedir algo maior a Raziel; e é admirável que em um momento como aquele ele tenha pensado primeiro nas vidas dos companheiros.

Raziel ergueu Jonathan, David e Abigail do lago e os colocou na margem. A figura do Anjo era humana, mas tão grande que conseguia acomodar os três com facilidade na palma da mão.

Em seguida, levantou os braços e, com um único movimento, lançou o resto dos demônios ao ar. Jonathan os observou se elevando cada vez mais até finalmente virarem pontos e desaparecerem nas estrelas. Em seguida, Raziel voltou o olhar para Jonathan.

Conheço seu sonho, disse ele. Raziel os jogou NO ESPAÇO. Incrível.

Jonathan ficou sem voz. Olhou para os amigos e viu que estavam inconscientes, mas que respiravam.

Nas margens do lago, Raziel pousou o Cálice, a Espada e o Espelho, e contou a Jonathan sobre as funções de cada um. Ao lado deles, colocou seu Livro e também explicou a Jonathan a função dele. Com o dedo, desenhou suavemente no braço de Jonathan o primeiro *iratze* que a Terra viu. Jonathan observou maravilhado enquanto sua carne se recuperava, como se o mundo de repente tivesse voltado no tempo e a dor do machucado tivesse desaparecido. Inclinou a cabeça e agradeceu. Em seguida, Raziel ergueu o Cálice, misturou seu sangue angelical com o sangue de Jonathan e falou:

> *Em seu sonho você viu uma grande verdade: para destruir o que há de obscuro, às vezes é necessário descer para as sombras e se juntar a eles. Você precisa levar homens e mulheres para a escuridão com você, e conquistará as sombras e as caçará.*
>
> *De agora até o fim do mundo,*
> *Seu nome será Jonathan Caçador de Sombras*
> *Você e seus parentes levarão luz aos lugares escuros.*
> *E serão chamados Nephilim, como se diz no livro de Gênesis:*
> *"Os Nephilim estavam na Terra naquele tempo e também depois, quando os filhos de Deus vieram para as filhas dos homens e geraram filhos nelas: os mesmos eram homens poderosos e sábios, homens reconhecidos."*
> *Vocês serão de homens e também serão de anjos; ambos em um.*

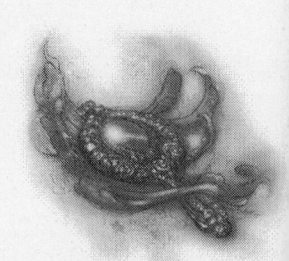

Raziel parecia menos irritado com todo mundo naquele momento.

Ter que lidar com humanos pelos últimos mil anos provavelmente não melhorou o humor dele.

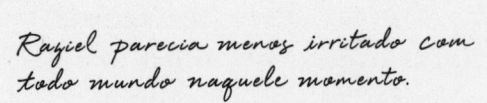

IDRIS

O Anjo Raziel, em sua generosidade, deu mais dois presentes a Jonathan Caçador de Sombras.

O primeiro foi o *adamas*, o cristal divino que brilhava com o fogo sagrado, que não podia ser cortado nem esculpido por vias mundanas e cujos segredos de funcionamento só podiam ser encontrados no Livro Gray. *Demônios fugirão do seu poder*, disse Raziel. *Será o metal dos Nephilim para sempre, enquanto for necessário.* E apresentou a Jonathan um pedaço polido de *adamas*, a primeira estela. *Com isto você desenhará os sigilos do Céu.*

Em seguida, ele ergueu as mãos, e do chão subiram pináculos e torres, muito mais altas que um homem, pontudas e que miravam o céu. Eles vieram de muitos pontos na planície, e Raziel levou os primeiros Nephilim a um ponto entre as torres, onde quatro torres menores se erguiam e criavam um losango, e lá lhes deu o segundo presente: Idris.

Este será seu país, falou. *O refúgio para todos os Nephilim e para aqueles que combaterem as sombras deste mundo.* Ele descreveu os bloqueios que havia criado e a segurança que garantiam. Em seguida, começou a se elevar de volta ao Céu. *Agora nunca mais me chamem, disse ele.*

As lendas nos contam que então Jonathan Caçador de Sombras chorou, em um momento de fraqueza humana, perguntando a Raziel como ele poderia ser chamado se a necessidade fosse muito maior que a capacidade dos mortais. E Raziel respondeu que dera tudo que podia, os muitos presentes do Céu: o Cálice, a Espada, o Espelho, o Livro Gray, o *adamas* e a terra de Idris. Não podia dar mais nada. Esta missão, ele disse, deve ser a missão dos homens. Mas então ele teve compaixão, sua rigidez desbotou por um instante e ele falou:

Se você voltar a se encontrar em real necessidade, real necessidade de mim, pegue o Cálice, a Espada, o Espelho — os Instrumentos Mortais — e me invoque na margem do lago.

E então partiu. *Mas, sério, nunca me chamem.*

A ASCENSÃO DOS NEPHILIM NO MUNDO

Temos uma imensa dívida com os primeiros Nephilim: Jonathan, David e Abigail (pois a primeira missão de Jonathan após a partida de Raziel foi cuidar do amigo e da irmã até se recuperarem, e fazê-los beber do Cálice Mortal para também transformá-los em Nephilim). Sozinhos, recrutando como podiam pessoas locais e conhecidos de confiança, construíram as bases sobre as quais a sociedade dos Caçadores de Sombras foi construída.

Abigail Caçadora de Sombras abriu o precedente para que os Nephilim incluíssem homens e mulheres, um princípio que se mantém até hoje. Com a intensidade de uma nova Boadiceia, ela estabeleceu que as mulheres Caçadores de Sombras não seriam menos ferozes e decididas que os homens organizados sob a bandeira de Jonathan. Quando ficou mais velha e não conseguia mais combater os demônios como outrora, concentrou-se no conhecimento esotérico do Livro Gray e no coração angelical que pulsava no *adamas* sob Idris, se tornando a primeira Irmã de Ferro. Junto com outras seis Nephilim, ela construiu a primeira fornalha de *adamas* e a primeira encarnação da Cidadela Adamant sobre a planície vulcânica.

David, em contraste, nunca foi um guerreiro, mas sempre um acadêmico e um médico. No começo de seu tempo entre os Nephilim, ele testemunhou um ritual de sacrifício executado por um Demônio Maior em uma caverna em Idris, e o horror do que testemunhou o fez fazer um voto permanente de silêncio. Isto o enviou às profundezas do Livro Gray e a pesquisas intensas. Com o tempo, ele e seus seguidores se afastaram do mundo, permanecendo Nephilim, mas sacrificando parte de sua humanidade em troca de mais poder angelical. David se tornou o fundador dos Irmãos do Silêncio e, com a ajuda das Irmãs de Ferro, exorcizou a caverna de seus pesadelos e criou o início da Cidade do Silêncio.

Enquanto isso, Jonathan e seus seguidores foram para o mundo recrutar mais homens e mulheres dignos de se tornarem Caçadores de Sombras. Quando possível, recrutavam famílias inteiras, trazendo-os completos aos Nephilim e lhes dando novos nomes, com o modelo composto dos Caçadores de Sombras. Há, é claro, pouco espaço nestas páginas para contar as histórias dos primeiros Caçadores de Sombras que deixaram seu rastro guerreiro pela Terra, mas encorajamos os interessados a procurarem mais histórias singulares na biblioteca de seu Instituto local:

- O relato do primeiro Instituto nas Ilhas Britânicas, na Cornualha, onde acreditaram que o primeiro Nephilim que chegou com o Cálice estivesse segurando o Santo Graal, e cujos contos de bravura e vigor se misturaram ao folclore mundano das ilhas.
- Os primeiros Nephilim europeus a chegarem ao Novo Mundo e suas lutas para sobreviverem aos invernos rígidos e demônios totalmente diferentes. Muitos foram aniquilados e, não fosse pela assistência dos primeiros povos daquele local e de uma pequena quantidade de feiticeiros solícitos entre eles, certamente teriam desaparecido.

- Os massacres dos anos 1450, quando o Instituto de Cluj, na Transilvânia, passou de um pequeno estabelecimento na montanha a um dos postos mais traiçoeiros e agitados dos Nephilim.

- Patrick de Cumbria, que uniu fadas, Caçadores de Sombras e condes mundanos na Irlanda, em 1199, para expulsarem os demônios (cujo trabalho infelizmente acabou desfeito por Henrique VIII, que encerrou centenas de anos livres de demônios na Irlanda quando começou a reafirmar o controle inglês sobre o reino da Irlanda no princípio dos anos 1530).

- Os grandes Cavaleiros de Escorpiões da Austrália em meados dos anos 1600.

- O malfadado Encargo Deslumbrante de 1732, quando um esquadrão dos guerreiros Nephilim da França descobriu, horrorizado, a ineficiência das armas de fogo no combate aos demônios.

- Os Nephilim etíopes perdidos e separados de toda a Clave e de Idris por centenas de anos nos primórdios de 1300, mas que mantiveram a missão dos Caçadores de Sombras, os conhecimentos das Marcas e o uso de lâminas serafim até se juntarem novamente ao restante do mundo na década de 1850.

Ah, qual é, essas parecem ótimas. O Códex tem cinquenta páginas de história dos demônios, mas não fala sobre estas coisas interessantes?

Então vá descobri-las na biblioteca! É para isso que ela serve.

CLARY, POR MEIO DESTE, ORDENO QUE VOCÊ VÁ PESQUISAR SOBRE CAVALEIROS DE ESCORPIÕES, O QUE QUER QUE ISSO SEJA. CAVALEIROS DE ESCORPIÕES! ELES MONTAM ESCORPIÕES! EU ACHO!

RELIGIÃO MUNDANA E OS NEPHILIM

No princípio da história dos Nephilim, a maior preocupação era a possibilidade de uma negativa dos poderes político-religiosos dominantes da Europa na época: as igrejas católica e ortodoxa. Ambas eram muito vigilantes na Idade Média, sempre atentas ao que considerassem posições heréticas, e, enquanto muitos de seus interesses eram alinhados com os dos Nephilim, não podíamos ser considerados nada alinhados com a ortodoxia religiosa. Quando conflitos locais por vezes eclodiam, as lideranças das igrejas e da Clave impediam as batalhas.

Foi, de fato, uma época complicada para se recrutar interessados em uma fraternidade secreta. Havia muita competição em forma de várias ordens de cavaleiros religiosos que apareciam na esteira das Cruzadas: os Cavaleiros Hospitalários foram fundados mais ou menos na mesma época que os Nephilim; os Cavaleiros Templários em 1130; e mesmo os famosos Assassinos só surgiram na década de 1090. Os Nephilim precisavam ser muito seletivos e só escolhiam recrutar candidatos fortíssimos, "permitindo" que os que rejeitassem fizessem votos a uma ordem militar. Por outro lado, desaparecer entre as fileiras de Nephilim não era tão difícil quanto seria hoje, considerando que tais votos de mudança de vida eram relativamente comuns.

Ao longo das primeiras centenas de anos dos Nephilim, foram feitos contatos entre nós e as ordens mais místicas das principais religiões do mundo. Uma coleção muito pequena, porém muito bem escolhida, de líderes religiosos assinou tratados secretos para oferecer refúgio e armas a Caçadores de Sombras em troca de proteção.

Mas aposto que a igreja não perdeu tempo na hora de excomungar Jonathan.

Não, teriam tido que emitir um comunicado público; oficialmente nunca ouviram falar em JCS.

Atenção: se você ainda não sabe sobre estas coisas, elas são bem ruins.

——— AS CAÇADAS E O CISMA ———

Muitas são as histórias de nobres Nephilim, homens e mulheres bravos e poderosos que até hoje nos inspiram com contos de coragem e valor. A história, contudo, não é um livro de contos, e fracassaríamos em nosso dever de instruir o novo Caçador de Sombras se ignorássemos as atividades mais vergonhosas e detestáveis dos nossos antepassados. Os Nephilim sempre atuaram com nobres objetivos morais e motivados pelo desejo de fazer o bem no mundo, mas com os esclarecimentos modernos dos quais dispomos, devemos mencionar e condenar as ocasiões em que dessas ambições nasceram comportamentos que hoje consideramos nefastos.

Os séculos XVI e XVII testemunharam uma onda trágica que varreu a Europa: a caça às bruxas. Ela surgiu por diversas razões históricas, entre as quais o fervor religioso que coincidiu com a Reforma Protestante e um interesse renovado da Igreja Católica em condenar a "adoração ao demônio". O que começou com inocentes sendo linchados, principalmente mulheres (e alguns homens) mundanas que eram considerados "bruxas", rapidamente se expandiu e se tornou oficialmente uma lei mundana. A Inglaterra, por exemplo, aprovou a primeira versão do Ato de Bruxaria em 1542, que tornou ilegal:

> ... utilizar práticas ou exercícios inventados e fazer ser praticada, exercitada ou desenvolvida qualquer Invocação ou conjuração de Espíritos encantados de bruxas ou feiticeiras para obter ou ganhar dinheiro ou tesouros; consumir ou destruir qualquer pessoa em seu corpo ou bens, ou fazer com que qualquer pessoa sinta

amor desleal ou tenha qualquer propósito desleal... em nome de Cristo ou por dinheiro, brandir Cruzes, ou por meio de tais Invocações ou conjurações de Espíritos, dizer a eles ou declarar onde bens perdidos ou roubados devem surgir...*

Muitos Caçadores de Sombras tentaram acalmar seus mundanos locais e direcionar suas atenções a preocupações menos violentas; contudo, a precisão histórica exige que admitamos que muitos Caçadores de Sombras assumiram o fervor das pessoas na caça às bruxas e ajudaram na perseguição.

Alguns Nephilim consideraram que este entusiasmo em expulsar demônios poderia ser bem conduzido, que mundanos poderiam se conscientizar e aprender a lidar com demônios sozinhos. Em vez disso, veio o Iluminismo, os mundanos desenvolveram a ciência moderna e começaram a construir tecnologias inovadoras, e a crença em bruxaria se tornou algo que um mundano esclarecido consideraria uma superstição tola. Ao fim dos anos 1700, por toda a Europa, a caça às bruxas já tinha terminado, e a manutenção do Submundo havia sido inteiramente revertida aos Nephilim.

Naqueles duzentos anos, no entanto, o Submundo sofreu muito com estas perseguições. Feiticeiros, particularmente, com marcas que não podiam ser facilmente disfarçadas ou escondidas, correram muito perigo. Tais "desfigurações" eram vistas como claros sinais de bruxaria entre mundanos. Por sorte, a maioria dos feiticeiros já vivia entre mundanos e já estava acostumada a esconder

---

* Gibson, Marion, *Witchcraft and Society in England and America*, 1550–1750 (Londres: Continuum International Publishing Group, 1976), 1–9.

Eu não sabia. É realmente muito ruim.

Até parece que seu país ou sua religião tiveram um comportamento melhor.

ou justificar suas marcas de feiticeiro, e quase todos conseguiam escapar de acusações. *Eu sei sobre isto, nós lemos As Bruxas de Salem na aula de inglês.*

Na verdade, os integrantes do Submundo que sofreram mais diretamente com as Caças foram os licantropes. Lembre-se de que a obsessão dos mundanos pela Caça às Bruxas se baseava na crença de que feitiçarias representavam alianças com "forças satânicas". Enquanto as vilas e cidades eram livradas das bruxas, as florestas da Europa central tinham suas populações de licantropes dizimadas por grupos que os varriam, normalmente com a ajuda de cães de caça, querendo matar os "semi-humanos que praticam o mal fantasiados de lobos". Ao contrário das "bruxas", que eram pessoas comuns que cometeram crimes terríveis, os lobisomens eram considerados menos que humanos e, por isso, não mereciam julgamento antes que a sentença de morte fosse aplicada. Vergonhosamente, o Conselho declarou, em 1612, seu apoio à caça aos lobisomens, argumentando que aqueles que viviam nas florestas e não em cidades tinham se descontrolado, como animais selvagens, e poderiam ser abatidos como tal. As florestas, dizia a Clave, só abrigavam "lobisomens selvagens", e não "os licantropes respeitáveis que controlam seu Traço distinto e se integram às cidades mundanas". O Conselho, no entanto, sabia bem que as florestas onde ocorria a caça eram cheias de lobisomens pacatos que foram viver em uma ordem social mais lupina em lugares onde não seriam perseguidos por isso; estes licantropes humanos foram abandonados pela Clave, que permitiu que fossem destruídos em escalas de centenas, possivelmente milhares.

Enquanto os feiticeiros sofreram menos violência que os lobisomens europeus, um tipo de dano diferente lhes era causado por este fervor "anti-satânico". Antes dessa época, feiticeiros e Nephilim foram essencialmente aliados e quase sempre colaboradores que perseguiam atividades demoníacas. Nós, Caçadores de Sombras, possuíamos as ferramentas mais eficientes para destruir demônios, enquanto os feiticeiros tinham acesso à magia e à pesquisa mágica que nos ajudaram muito, mas que não podíamos executar (mais

*em sei se
vero perguntar a
ke sobre isso.*

claramente, a invocação de demônios). A amizade entre Jonathan Caçador de Sombras e o feiticeiro Elphas, o Instável, abriu um precedente que durou mais de quatrocentos anos.

Logo depois da caça às bruxas, no entanto, veia o grande Cisma entre os Nephilim e os feiticeiros. Muitos Caçadores de Sombras envolvidos pelo calor das caçadas declararam que os feiticeiros eram "demoníacos por natureza" e inteiramente malévolos. Em 1640, a Clave proibiu que se contratasse feiticeiros para auxiliar com assuntos Nephilim. Em algumas partes do mundo, feiticeiros foram convocados ou foi-lhes exigido que deixassem suas marcas de feiticeiro visíveis o tempo todo (instantaneamente tornando criminosos todos os feiticeiros cujas marcas ficassem escondidas por roupas ou acessórios). Em outros cantos do mundo, os feiticeiros se esconderam, às vezes se agrupando em busca de segurança, porém mais frequentemente se virando sozinhos. Estas atitudes da Clave funcionaram contra os interesses dos Caçadores de Sombras, dificultando ainda mais a caça aos demônios. Também antagonizaram e diminuíram os outros integrantes do Submundo mais propícios a se aliarem aos Nephilim.

Em 1688, o cônsul Thomas Tefereel trouxe suas próprias Reformas, que são muito conhecidas e que declaravam oficialmente que ser lobisomem e morar fora de habitações mundanas não era um crime capital. As Reformas também exigiam que os Nephilim fossem "cuidadosos e claros" no julgamento de licantropes e feiticeiros, de modo que eles só fossem perseguidos se estivessem, de fato, transgredindo a Lei. Contudo, somente no notório julgamento de 1721 de Harold e Roberto Grunwald — irmãos Caçadores de Sombras que incendiaram uma taverna onde todo um clã local de licantropes estava reunido —, as perseguições a licantropes foram, de fato, extintas. A Clave ficou horrorizada com as ações dos Grunwald e, de forma atípica, entregou os irmãos às autoridades mundanas, que os enforcaram. A caçada a feiticeiros continuou nos rincões do mundo, só cessando no princípio do século XIX. A busca aos feiticeiros se tornou oficialmente ilegal, e as leis que proibiam colaborações entre Nephilim e feiticeiros finalmente foi revogada nos Primeiros Acordos de 1872.

Certo, perguntei para Luke assim mesmo. Ele não teve muito a dizer:

• Sim, as caças foram terríveis, exceto por tê-las tornado ilegais; • Não, a Clave não se redimiu ainda; • Ainda existem Caçadores de Sombras que acham que deveria ser ilegal "colaborar" com feiticeiros;

——— OS ACORDOS

• Muito fácil a Clave aceitar a culpa por algo que aconteceu há 300 anos. Acho que eles são o máximo.

PRIMEIROS ACORDOS, 1872

Você entendeu, eu acho.

Um grupo de homens de aparência séria e algumas mulheres se colocaram ao redor de uma mesa antiga e examinam a vigésima oitava versão do que, desde a vigésima primeira, passou a ser chamado de os Acordos. Este é o Salão Vitoriano do cônsul Josiah Wayland; ele conduz as coisas com a disciplina e a rigidez de um professor alemão. Diante do cônsul, do outro lado da mesa, encontram-se vários representantes do Submundo. Eles acham que os direitos dos membros do Submundo nos julgamentos de Reparação não estão muito claros. Wayland desconfia que estejam tentando construir armadilhas na Lei. *WAYLAND, SEU MALVADO.*

É o verão mais quente dos últimos cinquenta anos em Alicante. As temperaturas ultrapassam 32 graus durante semanas a fio. O ar quente e úmido envolve as deliberações dos Acordos como um roupão, encurtando a paciência e a boa vontade de todos. Os ânimos se exaltam. Uma discussão constante ocorre sobre se as cortinas devem permanecer abertas ou fechadas. Quando são abertas, pelo menos, tem-se o ligeiro alívio de uma brisa suave, mas também faz com que moscas entrem e tenham que ser espantadas. Todos estão pouco à vontade, a não ser pelos representantes das fadas e dos vampiros, que se sentem bem e com isso irritam ainda mais o restante da assembleia.

O fato de Wayland presidir aquele que certamente seria o evento mais importante da história moderna dos Nephilim foi um acidente interessante de sincronia. Wayland não era muito querido como cônsul, nem se destacava por sua personalidade ou sabedoria. Na verdade, a base para os Acordos foi totalmente estabelecida no século XIX, começando pela história do Tratado Europeu do Submundo, que foi assinado no fim das guerras napoleônicas em 1815 e marcou a primeira vez em que foi assinado um documento oficial que prometia alguma proteção legal a membros do Submundo. Quase todo o crédito pelas ideias que conduziram aos Acordos deve ser dado ao cônsul daquele tratado, Shimizu-Tokugawa Katsugoro. É um testamento às ideias e à determinação de Shimizu-Tokugawa que, mesmo após a sua morte, em 1858, o trabalho que levou aos Acordos continuou até eles serem finalmente assinados em 1872.

O outro grande herói destes Primeiros Acordos foi o líder do Instituto de Londres da época, Granville Fairchild, que atuou como grande guardião da paz durante o longo e quente verão, e atenuou constantemente as relações entre as delegações nos momentos em que interesses opostos levavam a ofensas e mágoas. Ele tinha um talento natural para fazer o Conselho entender e aceitar os desejos das delegações do Submundo e para ajudar os integrantes do Submundo a entenderem e aceitarem os desejos dos Nephilim. Infelizmente, Fairchild não viveu para ratificar os Acordos pelos quais tanto lutou. Enquanto as negociações se concluíam, ele viajou para a ilha de Chipre para oferecer sua especialização em demonologia ao Instituto local. Os Nephilim do Chipre estavam lutando contra o Demônio Maior Stheno, que vinha destruindo o interior. Lá, Fairchild morreu como é adequado a um Caçador de Sombras, em uma batalha com Stheno. Apesar de serem homens drasticamente diferentes, Fairchild e o cônsul Wayland cultivavam uma grande amizade, e este dedicou a assinatura dos Acordos à memória de Granville.

(Em um final um tanto incomum, Stheno finalmente foi despachado de volta ao Vazio na Escócia, em 1894, por uma equipe de Caçadores de Sombras ingleses; apesar de estar disfarçado, o demônio foi reconhecido por usar o chapéu ucraniano preferido de Fairchild, que tinha sido presente de Wayland). *Há!*

Estes Primeiros Acordos enfrentaram muita resistência por parte de alguns Caçadores de Sombras, principalmente daqueles que poderiam perder renda em consequência das Reformas propostas (ver "Despojos", página 178). Por sorte, eles conseguiram se entender, e os Acordos finalmente foram assinados. O texto final, a trigésima terceira versão, foi acordado quase no fim do verão de 1872. Cinquenta signatários estiveram presentes para ratificar: dez vampiros, dez lobisomens, dez feiticeiros, dez fadas e dez Nephilim. O representante dos vampiros, Aron Benedek, descreveu o documento final como a "concessão das concessões", mas, na verdade, o esqueleto final dos Acordos subsequentes estava perfeitamente alinhado com este primeiro acordo. Os que se seguiram quase sempre eram lavrados no modelo.

Dentre as resoluções mais marcantes destes Primeiros Acordos estão:

- A declaração de que integrantes do Submundo são seres com almas e, com isso, têm o direito às proteções concedidas aos humanos;
- A revogação da Lei que torna ilegal a adoção de crianças mundanas por membros do Submundo;
- A garantia dos direitos dos habitantes do Submundo a um julgamento quando acusados de transgredir a Lei. Os Caçadores de Sombras não poderiam mais presumir que tivessem cometido crimes nem puni-los imediatamente;
- Linguagem legal restringindo as penas que poderiam ser aplicadas a integrantes do Submundo a fim de impedir castigos desproporcionais;
- A garantia do direito dos membros do Submundo de se organizarem internamente como quisessem — clãs de vampiros, bandos de lobisomens, cortes de fadas etc. — sem interferência da Clave. Os Acordos inclusive oficializaram a exigência de uma filiação a membros do Submundo; os vampiros ou lobisomens não filiados eram considerados rebeldes e não recebiam as mesmas proteções da Lei;

- Reconhecimento dos Nephilim como guardiões oficiais das autoridades legais do Submundo, e acordo por parte dos membros do Submundo a agirem de acordo com a Lei do Pacto. Reconhecimento do corpo teórico do Céu por meio de seu representante Raziel como a maior autoridade sobre o nosso mundo.

É interessante examinar as atualizações dos Acordos ao longo dos anos, e como os Acordos de hoje diferem do documento original assinado há tantos anos. As principais diferenças incluem:

- Linguagem absolutamente detalhada e específica sobre os direitos dos membros de Submundo em julgamentos criminais. A necessidade de mais legalização nos Acordos veio quando os Cônsules e Inquisidores passaram a interpretar as coisas de modo muito diferente, por vezes adotando regras draconianas contra grupos do Submundo que dispunham de poucos recursos, além de tentar tornar as regras mais específicas nos Acordos seguintes. Curiosamente, a seção da lei penal dos Acordos hoje é tratada como um documento separado e é formulada por grupos de representantes — com conhecimento legal — diferentes daqueles que escrevem o restante dos Acordos. Isso ocorre em parte porque a seção criminal dos Acordos agora é especificamente mais longa que todo o restante. Este documento separado, no entanto, é o único local em que o direito de um membro do Submundo a um julgamento é oficialmente reconhecido pelos Nephilim, portanto, o documento cresceu em importância a cada edição dos Acordos;
- Uma declaração mais forte dos direitos dos mundanos a viver as próprias vidas sem interferência das vicissitudes dos membros do Submundo. Foi na Sétima Revisão dos Acordos que, por exemplo, se tornou ilegal a prática de vampiros manterem subjugados.

- Durante o período das três primeiras edições dos Acordos, os feiticeiros tinham o hábito de invocar demônios a pedido dos Nephilim. Tecnicamente, era ilegal. A Quarta revisão legalizou a prática de qualquer magia considerada necessária ao curso de uma investigação Nephilim.

Estas e outras reformas sociais nos ensinam que o espírito dos Acordos está vivo em Idris, e que temos que continuar a refinar e até a melhorar as relações entre Idris e o Submundo.

Que coisa mais vanguardista, não podemos mais assassinar integrantes do Submundo no meio da rua.

Uma grande mudança, mesmo assim. De "membros do Submundo são basicamente demônios" a "são basicamente humanos".

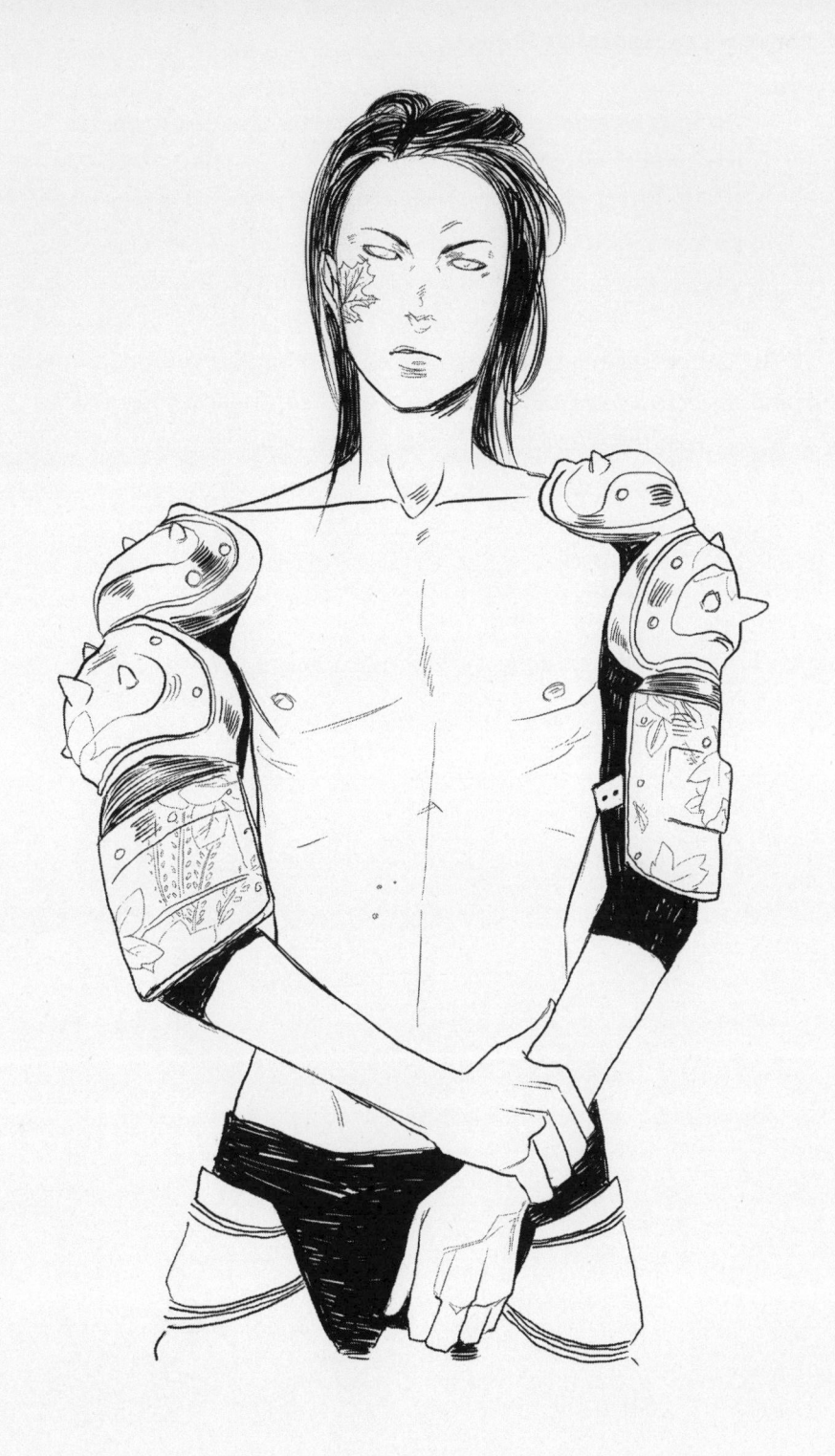

APÊNDICE B

NONA EDIÇÃO DOS ACORDOS, 1992

Adendo ao *Códex dos Caçadores de Sombras*, 27ª edição, acrescentado em 2002 por Christopher Makepeace, diretor do Instituto de Melbourne, Austrália

Os Acordos nunca tiveram o apoio unânime da Clave. Quase todas as negociações incitaram protestos, objeções e disputas internas entre os Nephilim. Aqueles em territórios mais distantes, principalmente com populações menores, sempre defenderam que as relações com integrantes do Submundo em ambientes mais "selvagens" exigem mão mais solta e que as restrições ao comportamento dos Caçadores de Sombras nos Acordos limitam muito a capacidade de fazerem o próprio trabalho.

Essas discussões foram calorosas e passionais. Os ânimos se exaltaram. Membros respeitáveis da Clave já deixaram o Salão dos Acordos em estado de fúria. Certos membros do Submundo e certos Caçadores de Sombras já tiveram que ser afastados cuidadosamente nas câmaras de negociação.

No coração, contudo, os objetivos dos Nephilim e do Submundo se alinharam. Todos queremos a paz. Todos, no fundo, queriam a paz. Até o Círculo.

Valentim Morgenstern, o único filho vivo de uma família Nephilim antiga e respeitada, e seus seguidores, violaram os Acordos. Não violaram... invadiram. Eu estava lá. Algumas pessoas, nos anos que se seguiram, suavizaram o horror e a violência daquele dia para pintar Valentim e seus seguidores como nobres dissidentes, protestantes se utilizando de ações dramáticas para transmitir seu argumento. Mas eu estava lá.

Não vamos medir palavras. O Círculo abominava os membros do Submundo. Eles acreditavam na pureza dos humanos e achavam que os integrantes do Submundo eram fundamentalmente demônios em sua essência, que deveriam ser aniquilados para que o mundo fosse mantido puro para os humanos. Os Caçadores de Sombras que discordassem das ideias do Círculo eram vistos por eles como cúmplices da blasfêmia que, acreditavam, os habitantes do Submundo trouxeram ao nosso mundo. Os membros do Círculo não protestavam; eles eram fanáticos violentos.

(Vale notar que, para ser justo com certas famílias, muitos dos membros originais do Círculo e muitos dos seguidores originais mais próximos de Valentim Morgenstern já tinham fugido dele antes dos Acordos por causa do extremismo de suas ideias e da brutalidade do seu plano, e não participaram dos eventos no Salão dos Acordos. Nem todos os seguidores de Valentim concordaram com seus crimes hediondos).

Como tantos outros Caçadores de Sombras, os do Círculo estavam no Salão dos Acordos naquele dia, entre o vasto auditório de Caçadores de Sombras e membros do Submundo que esperavam a assinatura desta nona edição dos Acordos. Sem que nenhum dos presentes soubesse, eles contrabandearam armas demoníacas para o Salão — o fanatismo era tal que eles utilizariam armas explicitamente demoníacas se acreditassem que isso fosse satisfazer seus nobres objetivos. Assim que os Acordos foram apresentados para assinatura, o Círculo, como um só corpo, se levantou, e todos brandiram suas armas. O pânico se espalhou instantaneamente pelo Salão como uma onda em uma tempestade.

Em meio ao tumulto, ficou claro que alguns membros do Submundo sabiam dos planos do Círculo e se organizaram secretamente do lado de fora do Salão para combatê-los. Quando o caos explodiu, estes grupos invadiram o Salão e foram para a batalha. Na verdade, este não foi o choque que poderia ter sido. Valentim foi muito franco em seus protestos por muitos meses, e muitos esperavam alguma demonstração dele e de seus seguidores durante os Acordos — mas nada como a briga que se desenrolou.

Tentar descrever a luta e a carnificina da batalha traz à mente velhos clichês que não podem traduzir o poder do momento: *foi horrível. Vou guardar para sempre. Foi pior do que se pode imaginar.* Mas é tudo verdade. Grandes homens e mulheres foram destruídos na minha frente, pelo único motivo de que aquele sangue derramando realçaria o recado do Círculo. Membros do Submundo cujo único crime era ter um pai demoníaco ou uma doença que não podiam controlar foram assassinados por terem tido o azar de estarem presentes. Membros do Conselho e representantes do Submundo gritaram ao mesmo tempo, tentando restaurar a ordem, sem que ninguém os escutasse com tanto barulho de metal esmagando metal e perfurando corpos humanos.

Hoje ainda posso fechar os olhos, dez anos depois, enquanto escrevo estas palavras no meu escritório silencioso no alto das torres de cristal do Instituto de Melbourne, e o cheiro de sangue e o ruído da carnificina voltam como se eu ainda estivesse lá. Acho que provavelmente a lembrança jamais deixará meus olhos.

Os que mais sofreram na batalha foram os Caçadores de Sombras não filiados ao Circulo. Foram mortos sem o menor critério, tanto propositalmente pelo Círculo quanto acidentalmente pelos membros do Submundo que achavam que eles estavam entre os inimigos. Mesmo assim, com a ajuda dos exércitos do Submundo, o Círculo foi combatido e fugiu. Não foram completamente derrotados. Valentim Morgenstern fugiu do Salão e foi para casa nos limites de Alicante, onde iniciou um grande incêndio e se queimou até a morte, junto com a esposa e o filho. Derrotado, Valentim deve ter concluído que seria morto; era culpado do mais grave crime entre os Nephilim, o assassinato de semelhantes. Fez todo o sentido do mundo ter feito duas últimas vítimas inocentes, a própria família, em seu derradeiro ato no mundo.

. . .

A Ascensão acabou em fracasso. Os Nephilim e os integrantes do Submundo trataram dos feridos e recolheram os mortos. Um grande funeral foi feito na Praça do Anjo em Alicante para honrar a memória dos que foram perdidos. Muitos membros sobreviventes do Círculo suplicaram clemência à Clave e colaboraram com as investigações de busca aos que se mantinham leais a Valentim. Houve grande especulação de que os Acordos haviam fracassado e que a paz entre Idris e o Submundo era impossível.

Mas a nona edição dos Acordos foi assinada. Ironicamente, os atos hediondos de Valentim ajudaram a manter o compromisso do Mundo das Sombras com os Acordos. Naquele ano, a negociação tinha sido difícil, cheia de conflitos de personalidades e opiniões fortes, mas, após a Ascensão, um grande senso de fraternidade tomou conta dos membros do Submundo e dos Nephilim, unidos contra um inimigo comum, e os Acordos foram acertados poucas semanas depois.

A décima edição dos Acordos (2007), terrível para todos.

MAS AS COISAS ACABARAM BEM, CERTO? PESSOAL?

O incrível e trágico amor
entre Jonathan Caçador de Sombras
e David, o Silencioso, por
~~Clary Fray, 17 anos~~
SIMON. FOI ESCRITA POR SIMON. NÃO POR MIM.

JONATHAN CAÇADOR DE SOMBRAS: Sou Jonathan Caçador de Sombras e estou prestes a formar uma ordem sagrada de guerreiros para defender a terra contra os demônios! Sou sórdido, aristocrático e inexperiente!

DAVID: Sou David e testemunhei algo terrível em uma caverna e, por isso, fiz um voto de silêncio e me comprometi a matar demônios. Só estou pensando isso tudo e não falando em voz alta, pois fiz o voto de silêncio.

JONATHAN: Eu me jogo contra demônios sem pensar duas vezes!

DAVID: Pois é, vai acabar morrendo se continuar assim. Você precisa da influência de um espírito calmo e meditativo nesta missão. Não é só uma guerra; é uma guerra santa. Medite comigo.

JONATHAN: Esta coisa de meditar é muito boa, e estou me sentindo mais equilibrado e preparado do que nunca, mas você notou que deveríamos ser caçadores de demônios, embora nenhum de nós tenha realmente matado um há várias luas?

DAVID: Você está sugerindo que apenas a combinação da sua coragem com o meu raciocínio pode derrotar a escuridão e que sozinho nenhum dos dois é capaz?

JONATHAN: ... Não, mas isso é melhor do que o que eu estava sugerindo, então vamos nessa.

DAVID: Seremos ótimos assassinos de demônios agora! Embarcaremos em aventuras e nos salvaremos repetidamente!

JONATHAN: Oh, David, eu confiaria minha vida a você!

DAVID: Oh, Jonathan, eu sacrificaria minha própria vida pela sua missão sagrada!
[quase o faz]
Não me arrependo de nada.

JONATHAN: (chorando) David, você precisa voltar para mim! Preciso de você! Não consigo sem você!

DAVID: Eu volto!

JONATHAN: ~~Uau! Estou sentindo uma movimentação nas minhas calças.~~

~~DAVID: O que a sua calça...~~

SIMON. EU VOU TE MATAR

QUESTÕES PARA DISCUSSÃO E COISAS A SE TENTAR

1. Com qual dos fundadores dos Nephilim — Jonathan, David ou Abigail — você mais se identifica? Por quê? O que na vida deles se parece com a sua?

> Hum, acho que Abigail, porque ela é a única menina, Códex. Quero dizer, é sério? Pelo menos, os meninos têm duas opções. A característica definitiva de Abigail é o fato de ser mulher.
>
> Alguns diriam que a característica definitiva de Abigail foi o fato de ter aprendido a manipular o material divino em uma fornalha e, depois, ter construído uma fortaleza gigante da qual nunca saiu. Não vejo isso como razão para não me sentir ligada a ela.
>
> Onde você quer almoçar?
>
> Meus poderes psíquicos vampirescos me dizem que você quer macarrão.
>
> Eu sempre quero macarrão.
>
> Seus poderes psíquicos macarrônicos dependem deles.
>
> Quantos anos vocês têm? Doze? Parem de ficar passando bilhetinho.

HISTÓRIA DO CÓDEX

Você sabia? *Como você pode se importar?*
A primeira edição do *Códex dos Caçadores de Sombras* é um livro de iluminuras escrito à mão em latim vulgar, em páginas de pergaminho fino. Pode ser visto exibido e cuidadosamente preservado entre os tesouros de Alicante. Por muitos anos, acreditou-se que esta primeira edição tivesse sido escrita por Jonathan Caçador de Sombras a próprio punho, portanto, ela seria datada do fim do século XI. Pesquisas modernas e técnicas de datação revelaram, infelizmente, que a data não está correta, e a primeira edição é do princípio do século XIII, quase cem anos

após a suposta morte de Jonathan Caçador de Sombras. O autor e ilustrador, que podem ou não ser a mesma pessoa, permanecem desconhecidos. Muitos Enclaves de Caçadores de Sombras na Europa afirmaram ser herdeiros legítimos do Códex original, mas jamais apareceu qualquer prova que permitisse uma alegação definitiva. De qualquer forma, é lógico entender o Códex como um documento com data posterior às mortes dos primeiros Caçadores de Sombras, quando os Nephilim de Idris estavam trabalhando ativamente para encontrar recrutas para a sua missão e ampliar drasticamente o número de Nephilim e o alcance geográfico dos mesmos. O *Códex* teria oferecido um método rápido de ensinamento da literatura, pelo menos a respeito do Mundo das Sombras e seus habitantes.

A primeira edição do *Códex* produzida em uma gráfica não é nada misteriosa. Foi impresso inicialmente na Alemanha, no Instituto de Frankfurt-sobre-o-Meno, onde então ficava o Sacro Império Romano. Foi trazido ao Instituto de Heidelberg, onde um grupo de Nephilim vinha estudando demonologia com alguns acadêmicos da universidade local. Não se sabe quantas cópias foram produzidas, mas dessas, 48 foram preservadas. Dentre elas, muitas podem ser encontradas em Alicante, e pelo menos uma em cada Grande Biblioteca. As outras estão espalhadas por Institutos menores, principalmente pela Europa central, e poucas em coleções particulares de Caçadores de Sombras.

Esta edição do Códex é uma revisão da vigésima sétima edição, publicada inicialmente em 1990. Apenas o material referente à nona edição dos Acordos foi acrescentado. *Eu me importo.*

Não venha citar Guerra nas Estrelas para mim, Lewis

NOTAS:
NÃO RABISQUE NESTE ESPAÇO

ÁREA DAS NOTAS

Utilize este espaço em branco para treinar as Marcas. Observação: por favor, pratique suas Marcas com uma caneta, e não com uma estela de verdade. O papel é frágil demais para suportar a força do fogo sagrado.

AGRADECIMENTOS ARTÍSTICOS

Rebecca Guay nos forneceu o frontispício, um estudo dos primeiros jogadores dos livros dos Instrumentos Mortais.

Charles Vess ofereceu a última ilustração, um estudo semelhante dos personagens das Peças Infernais (é com o Instituto de Londres que estão brincando).

Michael Wm. Kaluta produziu os inícios dos capítulos e entendeu o que quisemos dizer quando falamos "faça como um velho manual de jogo".

John Dollar ilustrou a história dos Nephilim e escolheu por conta própria o que ilustrar do texto, em vez de receber uma lista específica de assuntos solicitados.

Theo Black foi contratado para fazer duas ilustrações com tema de fada e nos mandou cinco. Utilizamos todas.

Elisabeth Alba tem uma prática de esboços boa o suficiente para serem impressos, mas que bom que esperamos as peças finalizadas. Ela colaborou com o trabalho lindo, essencialmente a lápis que cobre quase todo o Códex.

Jim Nelson também contribuiu com belos trabalhos por todo o Códex, porém o mais importante é que acrescentou três novos demônios ao universo dos Caçadores de Sombras. São maravilhosamente nojentos e temos orgulho em tê-los.

Cassandra Jean como Clary Fray. Cassandra Jean desenhou por todo este trabalho e preencheu a parte de trás com os retratos.

Michael McCartney, da Simon & Schuster, fez o design do livro, aplicou a arte e foi muito, muito paciente com nossos muitos pedidos cheios de detalhes.

E, é claro, obrigada a **Valerie Freire** por seus desenhos de Marcas e sua inspiração.